清詞選講

葉嘉瑩

三民書局

國家圖書館出版品預行編目資料

清詞選講／葉嘉瑩著.－－二版一刷.－－臺北市：三民, 2019
面；公分.－－(葉嘉瑩作品)

ISBN 978-957-14-6521-0 (平裝)

1. 清代詞 2. 詞論

820.9307　　107019977

© 清詞選講

著作人　葉嘉瑩
發行人　劉振強
著作財產權人　三民書局股份有限公司
發行所　三民書局股份有限公司
地址　臺北市復興北路386號
電話　(02)25006600
郵撥帳號　0009998-5
門市部　(復北店) 臺北市復興北路386號
(重南店) 臺北市重慶南路一段61號

出版日期　初版一刷　1996年8月
二版一刷　2019年1月
編號　S 820810
行政院新聞局登記證局版臺業字第〇二〇〇號

ISBN 978-957-14-6521-0 (平裝)

http://www.sanmin.com.tw 三民網路書店

緣 起

葉嘉瑩教授專長於中國古典詩詞，從事教學、研究多年，成果斐然，蜚聲海內外。

本局出版葉嘉瑩教授的五本詩詞論著作品：《迦陵談詩》、《迦陵談詩二集》將感性之評賞與知性之理論相結合，引領讀者細品詩歌的精神和生命；《清詞選講》看十位清代詞人如何在國破家亡的巨大黑暗中，創作出瑰麗耀眼的詞作；《迦陵談詞》品賞晚唐到兩宋等詞家的風格特色，提出迥異於舊說的新見解；《好詩共欣賞》評賞陶淵明、杜甫與李商隱三位風格各異的詩人作品，以傳統詩論與西方理論細細品味詩中趣味。這五本著作賞詩品詞無不深入淺出，不僅引領讀者涵泳於詩詞作品中，更能覓得與己心同感之抒懷。

本局秉持好書共讀、經典不輟的理念，重新設計版式、封面，期為古典帶來新意。誠摯邀請讀者，品賞古典詩詞的動人韻致，憶起曾觸動心弦的詩詞美句。

三民書局編輯部　謹識

序言

清詞之盛，號稱中興，其作者之多，流派之盛，以及其對詞集之編訂整理，對詞學之探索發揚，種種方面之成就，固已為世所共見。早在六〇年代中，我已曾經寫過〈對常州詞派比興寄託之說的新檢討〉一篇長文，繼之又在八〇年代中寫了〈對傳統詞學與王國維詞論在西方理論之光照中的反思〉，以及〈論王國維詞〉與〈論納蘭性德詞〉諸文，並且對於曾被龍沐勛稱譽為「遂開三百年來詞學中興之盛」的雲間詞人之代表陳子龍的詞，也曾寫過長文加以論述。凡此種種，當然都表現了我對於清詞研讀的興趣。不過，自從五〇年代我開始在臺灣各大學講授詩詞諸課以來，直到我於九〇年自不列顛哥倫比亞大學退休為止，三十多年來，我卻從來未曾在國內外各大學的詩詞課中講授過清詞。這主要是因為一般大學中的詞選課，主要都是從唐五代的詞講起，如此依時代次第講下來，要想把兩宋重要的作者講完，在時間上已經極為緊張，當然根本就不會有機會講到清詞了，誰知就在我退休已經四年之後，我卻在被新加坡國大中文系邀去客座講學的半年中，得到了一個講授清詞的機會。

我之被新加坡國大邀聘，其事蓋全出於一次偶然的機緣。原來我曾於一九九三年冬赴吉隆坡，參加馬來西亞大學中文系舉辦的一個國際會議。會議中得識新加坡國大中文系的陳榮照主任，恰巧我三十多年前曾在臺大教過的一個學生——王國瓔博士正在該系任教，於是我在吉隆坡開完會後，遂應國瓔之邀至新加坡旅遊。勾留數日，並作了一次講演。臨行前，陳榮照主任遂向我表示了擬於次年邀我前來講學之意。於是我遂於九四年七月中來到了新加坡。當時我擔任的有兩門課，一門是研究生的「專家研究」，另一門則是本科三年級的「韻文選讀」。後一門課由國瓔弟與我合開，她教前半學期，我教後半學期。這一班學生對於唐宋詩詞大多已經有了相當的學習經歷，所以當我提出想要講授清詞時，就立即得到了系方的同意。新加坡國大沿用英國教學制度，除課堂講授外，另有輔導課，由教師指定研讀主題與參考書目，由學生自行研讀，然後分為每十人一組，由教師指導討論，並寫成讀書報告交由教師評閱。我擔任的後半學期課，一共只有六週，每週的講授課只有三小時，但因選課的學生差不多有一百二十人，所以每組十人的輔導課卻有十二小時之多，我所擬定的教材內容，原為清代詞人十四家，依時代先後，計為：

李雯、吳偉業、王夫之、陳維崧、朱彝尊、顧貞觀、納蘭性德、項廷紀、蔣春霖、王鵬運、文廷式、鄭文焯、朱祖謀、況周頤等共十四位作者。但因受時間限制，只能有一半作者由我在課堂中講授，另一半作者只好由學生自己閱讀教材，然後在輔導課中討論。這一冊《清詞選講》所收錄的，就是由姚白芳女士根據我在課堂中講授時的錄音，所整理出來的文稿。其中所收錄的，計共有李雯、吳偉業、陳維崧、朱彝尊、蔣春霖、王鵬運、鄭文焯、朱祖謀、況周頤等九位作者，至於其他在輔導課中討論過的五位作者，則因討論時多由學生發言，然後才由我回答他們的問題，和指正他們的錯誤，是以內容頗為零亂。而且輔導課有十二組之多，其中自有不少重複之處，整理起來極為不易，因此未加收錄。不過最後我們卻增錄了另外一位作者，那就是清代常州詞派的作者張惠言。本來我並未將張氏列入講授的計畫之中，因為張氏的作品不多，在清詞的創作中並不占重要地位。只是我們在講課中既曾提到了清詞中陽羨、浙西，與常州三大流派，因此在介紹了陽羨派的代表作者陳維崧、與浙西派的代表作者朱彝尊之後，所以就也順便選講了一首張惠言的詞，那就是他的〈水調歌頭〉五首中的第一首。而其後我自新加坡返回溫哥華後，有幾位當地友人聽說我曾在新加坡講授清詞，就要求我也為他們講一些清代的詞。那時我對於才在新加坡講過的張惠言的一首詞，正有一種意有未盡之感，遂決定把張氏的五首〈水調歌頭〉全組詞，做了一次頗有系統的講評。所以這一位本來未被我列入講授計畫之內的作者——張惠言，如今在這冊書中反而占有了最大的篇幅，這原是我始料所未及的。

以上所寫，可以說是我對此書內容之講授的種種機緣。至於這些講授的音帶之得以整理成書，則由音帶之整理寫錄，以至聯絡出版成書，乃全出於我的一位私淑弟子姚白芳女士之手。這其間也有一些巧合的機緣，本來我身居加拿大，她遠在臺北，可說是素不相識。但就在我退休後將要應臺灣清華大學之邀赴臺講學之際，有兩位同事好友陳弱水和周婉窈夫婦，向我提起了遠在臺北的姚白芳女士，說她有心向我學習詩詞，我當時也未以為意，及至抵達清華大學開始上課以後，白芳遂經常自臺北來新竹聽課。直到我在臺大也開了同樣課程，才省去了她在臺北與新竹間的往返奔波。其後更巧的則是，當我返回溫哥華後，白芳也辦了移民加拿大的手續，送她的幾個子女來溫哥華讀書，而且她的住所離我家極近，走路不到十分鐘即可抵達，於是她遂經常來我家問學討論。那時她曾一度想要把我在臺灣清華大學所開的「清代詞學」一課的錄音整理成書，但因那也是一門討論課，學生程度不齊，所提的問題頗為零亂，所以整理起來極為困難，乃終於作罷。及至我赴新加坡國大講學，她又曾有一次自臺北遠來新加坡，要求我務必將講課錄音，交給她聆聽和整理，她的用功學習堅持不懈的精神，實在極為使我感動。如今她不僅已將我在新加坡所講的「清詞選讀」整理成書，而且已於最近考入了香港的新亞研究所，將從事清詞之研究，該所並已來函，邀聘我任其論文指導教師，以她的勤勉向學，和資質的聰慧，相信她在研讀方面必會獲得很好的成果。

在敘寫了此一冊《清詞選講》之成書的種種機緣以後，我還想對我最初擬定教材時的一些想法，也略加說明。我所擬定的教材始於歷經明清國變的李雯、吳偉業諸人，而終於晚清四家詞。我以為清詞雖以其創作及研究的種種成果，號稱中興，但是真正促使清詞有此種種成果的一個基本因素，卻實在乃是自清初直至清末，一直隱伏而貫串於這些詞人之間的一種憂患意識。其實早在一九八九年我所寫的〈論陳子龍詞〉一文中，我已曾對此一觀點有所論述。本來詞在初起時，原只是歌筵酒席間的豔曲，然而此種豔曲，卻在其早期的發展過程中，由於晚唐五代之時代背景，以及溫、韋、馮、李諸詞人之身世經歷，而於無意間使之具含了一種富於言外之意蘊的特質。其後經歷了兩宋之發展，雖然在形式上及風格上都有了很大的拓展和變化，但無論其在形式上之為小令或長調，在風格上之為婉約或豪放，總之詞之以具含一種言外之意蘊者為美，則仍是詞之佳作所要求的一種基本特質。只不過這種潛蘊的特質，一般人對之卻並無明顯的理論上的認知，明代之詞之所以衰落不振，就正因為明代詞人對於此種特質缺少了一種深入之體會，而且受了元代以來之散曲與劇曲之影響，對於「詞」與「曲」的體製風格之異，未能做出明顯的區分，往往以寫作小曲的方式來寫詞，遂使明代之詞缺少了深遠之意境，縱使偶有靈巧倩麗之作，亦不免淺薄俗率之病。如此相沿至明代末年，雲間派詞人陳子龍、李雯、宋徵輿諸人，他們早期所寫的所謂「春令」之作，也仍然只不過是一些敘寫男女柔情的豔歌而已。直到甲申國變以後，經歷了切身的家國之痛，才使他們的作品有所改變，加深了詞的內容，也提高了詞的境界。陳子龍自然是在此種轉變之中，最值得重視的一位作者。不過陳子龍乃是為反清復明殉節而死的一位烈士，我們自不應將之再收入清代作者之中。所以龍沐勛所編選的清代詞人選集，乃不敢稱「清代」，而改稱為《近三百年名家詞選》，私意以為那就正因為龍氏一方面既明知「開三百年來詞學中興之盛」的作者，乃是雲間派詞人之陳子龍，但另一方面則他又為了對這位殉節的烈士表示尊重，而不敢妄自將之收入為清代之作者，遂不得不以「近三百年」來稱其所選的詞集。但不論其名稱為何，總之清詞之所以有中興之盛，其最重要的一個原因，實在正是由於明清易代的慘痛國變所造成的結果，這一點乃是不爭之事實。不過，每一位詞人在國變中之遭遇既各有不同，其性格之反映也各有不同，所以清初詞壇乃在國變之後，驟然展現出一種激揚變化的異彩。葉恭綽在其《廣篋中詞》中，即曾稱「清初詞派，……喪亂之餘，家國文物之感，蘊發無端，笑啼非假。其才思充沛者，復以分途奔放，各極所長」。葉氏這段話是頗為有見的。我所擬定的教材中，李雯、吳偉業、王夫之三人，就分別代表了清初歷經國變的幾位不同性格與不同遭遇之作者，所展現出的幾種不同的風格。至於稍後的陳維崧與朱彝尊兩家，雖然在整體的風格上有著頗大的差別，但就其傳誦眾口的佳作而言，則如朱氏之〈水龍吟・謁張子房祠〉（當年博浪金椎）、〈長亭怨慢・咏雁〉（結多少悲秋儔侶）諸作，以及陳氏之〈夏初臨・本意〉（中酒心情）、〈沁園春・題徐渭文「鍾山梅花圖」〉（十萬瓊枝）諸作，也都蘊含有不少滄桑易代之悲。此外我所選的顧貞觀與納蘭性德二家，則主要以他們為遺戍寧古塔的友人吳漢槎所寫的幾首〈金縷曲〉為主，雖非家國之慨，但卻同樣是一種憂患之思。至於項廷紀與蔣春霖兩家，則同為落拓不偶之才人，項氏嘗自稱其「生幼有愁癖，故其情豔而苦」，不過其所寫大多為個人之哀愁，似乏高遠之致；而蔣氏則除個人之哀愁外，還有不少反映時代亂離之作，自然也屬於一種憂患之意識。繼此而後，則我又選了王鵬運、文廷式、鄭文焯、朱祖謀、及況周頤數家之作，他們所生的時代，已是晚清多難之秋，自鴉片戰爭、英法聯軍、甲午之戰，在列強的覬覦之下，中國被迫簽訂了一系列喪權辱國的國恥條約，繼之以戊戌變法的失敗，八國聯軍之攻占北京，於是這些作者們就也把他們傷時感事的哀感，一一反映在了他們的作品之中。而與這一系列清詞之發展的憂患意識相配合的，因而在詞學中遂也發展出了重視詞之言外之意的比興寄託之說，以及詞中有史的「詞史」之觀念。而詞之意境與地位遂脫離了早期的豔曲之拘限，而得到了真正的提高，也使得有清一代的詞與詞學，成就了眾所公認的所謂「中興」之盛。

以上所寫的，乃是我最初編選教材時的一點理念，但可惜的是我的這一點理念，在這一冊講錄中卻並沒有完全反映出來。其中最主要的一個原因自然是由於時間的不足，如我在本文開端所言，這一門「清詞選讀」只有半學期的課，在教室中所上的講授課，時間極少，於是我遂不得不把許多作者和作品，都放在了輔導課中，由學生自修，然後輔導討論，而這一冊講錄，則因體例關係，並未能將輔導課的內容納入其中，因此對於王夫之、顧貞觀、納蘭性德、項廷紀，以及文廷式諸人，在這冊講錄中乃並無一語及之，除此以外，對於陳維崧與朱彝尊等人的一些長調之作，在課堂中也未曾加以講授，這一則自然也是由於時間的有所不足，再則也因為其中幾首作品，我們在另一班「專家研究」的課程中，也已經輔導閱讀過了，所以這冊講錄中，就只講了他們兩首短小的令詞，凡此種種，當然都是需要這一冊書的讀者，對之特別加以諒解的。不過相對於這些原在擬定的教材之內，然而卻未能在課堂之中講授的缺憾，我們卻在另一方面做出了補償，那就是我們增錄了一位原不在教材計畫之內的作者——張惠言，而且因為在講授張氏之詞作時，並沒有任何時間之限制，於是遂使我有了比較可以自由發揮的機會，因而遂造成了張氏之詞在此一冊書中，所占分量為獨多的一種不平衡的現象。這種不平衡的現象，一方面固然說明了時間之不足，對我的講課所造成的是否能暢所欲言的影響；而另一方面，則我以為這種表面不平衡的現象，卻也在這冊書的內容本質上，於無意間形成了一種巧妙的平衡的效果。因為如我在前文所言，我當初擬定教材時，原是想以憂患意識作為貫串清詞之一條主線的，而就中國傳統之士人心態而言，則在他們對於國家社稷的「進亦憂、退亦憂」的「以天下為己任」的憂患意識以外，若就個人而言，則他們卻原來也有著一種「不以物喜，不以己悲」的超然於個人得失之外的一種「仁者不憂」的境界。而張惠言的五首〈水調歌頭〉，所表現的可以說就正是這樣的一種修養境界，而這種修養境界卻往往也正是使得那些士人們去關懷和承擔憂患的一種基本的力量，如此說來則張氏之詞的不平衡的介入，豈不也有著一種微妙的平衡的作用。不過縱然如此，這冊書之並不完備，之並未能達成我初心原意的理想，則是一個不可諱言的事實。

在此即將成書之際，我除去對熱心整理並促成此書出版的姚白芳女士表示感謝之意以外，謹將成書之經過及一切我所感到的不足之處，說明如上，是為序。

一九九五年十二月二十九日寫於天津南開大學

清词選講

目次

第一講 清詞的復興

明月多情應笑我，笑我如今。
辜負春心，獨自閑行獨自吟。
近來怕說當時事，結遍蘭襟。
月淺燈深，夢裡雲歸何處尋？

清朝的詞在中國文學歷史上，是詞這種文學體式的復興時代。為什麼說是詞的復興時代呢？因為從宋朝以後經過了元和明兩朝，而元朝興盛的是曲（如散曲），是雜劇（如王實甫的《西廂記》）；明朝興盛的是傳奇，像湯顯祖的《牡丹亭》之類。元明兩代流行的是散曲、雜劇和傳奇。

我在以前的文稿中曾提過詞跟詩是不同的，曲子跟詞也是不同的（請參看葉撰〈論浙西詞派〉一文，見民國八十四年六月份《中國文化》）。詞要曲折深隱才是美，而曲子則要寫得淺白流暢才是美。詞要有言外之意，而曲則是說到哪裡就是哪裡，不需要有言外之意的聯想。關漢卿寫過一套曲子，我只唸兩句給你們聽，關漢卿說他自己：「我是蒸不爛、煮不熟、搥不扁、爆不破、響噹噹一粒銅豌豆。」這是說他自己個性的堅強，這種文學體式是讓人這麼一說一唱，當下就覺得很好，它不是讓你去想它有什麼言外的意思。你一唸就很痛快，曲子的好處就是明白流暢，能讓人讀後感到痛快淋漓的就是好的作品。因為元、明兩朝曲子流行，所以元、明有些文人就用寫曲的辦法來寫詞，他們只是追求寫得像曲這樣的流暢，什麼都說完了，也就失去了詞特有的曲折深隱富於言外之意的美學標準。但是到了清朝，詞恢復了這種深隱曲折有言外之意的美學標準，所以清朝是詞的一個復興時代，因為它重新找回了詞的美學標準。

元朝、明朝文人都寫曲，所以詞寫得不好，為什麼到了清朝詞又寫得好了？清朝怎麼會忽然間把詞的曲折深隱富於言外之意的特美找回來了？清朝找回了這個詞的特美是付上了絕大的代價。是什麼代價？是破國亡家的代價！是明朝的滅亡，經過了破國亡家的慘痛，而在新來的外族統治之下，他們有多少的悲哀？有多少的憤慨？而又不能明白的說出來，所以他們才掌握了詞的曲折深隱言外之意的美，他們找回來的美學標準是付上了破國亡家的代價。

我們開頭要講的是清朝早期的幾個作者，我給你們選了三個人：李雯、吳偉業、王夫之，都是經過了破國亡家，可是對於破國亡家之痛每個人的反應都不一樣。有的人是殉國死難了、有的人是投降給外族了、有的人是隱居不出了，他們都有破國亡家的慘痛經驗，每個人的反應不同，因此每個人的風格也不同。所以清朝的詞是很微妙的，這是非常奇妙的一種現象。今天時間已經到了，下一次我們就要看看，清朝付上了這麼沉重的代價寫出來的是什麼樣的作品？

第二講 李雯

誰教春去也？
人間恨、何處問斜陽？
見花褪殘紅，鶯捎濃綠，
思量往事，塵海茫茫。

我們上次已經說過，詞的微妙在於它有一種特別的美學特質，它的美學特質是以曲折深隱，富於言外之意為美的，讀者閱讀後，可以引起很多聯想，詞是以這樣的作品為好。每一種不同的文學體式有它不同的美感特質，我以前說過，詩是以感發為主，是明白地寫自己的感情和志意，是以引起讀者之感發者為好。曲子是以痛快淋漓為主的，你一唸氣勢很盛當下就感動了，曲是以這樣的作品為好。可是詞不是的，詞與詩的直接的言志不一樣，與曲子的痛快淋漓也不一樣。詞在初起的時候與《花間集》的特殊性質有很大的關係，《花間集》的詞寫的大都是美女跟愛情，但如果全只是美女跟愛情就顯得很淺薄，有一些作品表面上雖然也是寫美女跟愛情，但是卻可以給讀者很豐富的聯想，這樣的詞就是好詞。不但從《花間集》的作品就形成了詞這種美學品質，就是當詞發展到了蘇東坡以後，雖然蘇東坡的詞不再是歌詞之詞，蘇東坡是用寫詩的方法來寫詞，是自己言志的寫自己的感情和志意的詩化的作品了。這一類作品之中有的作品它有詩的美學特質，是好的詩但卻不是好的詞。好的詞，就像蘇、辛二家詞的佳作，既有詩的直接感發的力量，同時也有委婉曲折的深隱情意，這樣的作品才是詞裡面好的作品。

宋朝以後經過了元、明二朝詞就衰微了。為什麼呢？因為他們沒有能夠認清詞這種特別的美學品質。而元、明所流行的是曲子，北曲、南曲、雜劇、傳奇，他們用寫曲的方法來寫詞。而曲子的特色是痛快淋漓，一唸當下就動容。關漢卿寫過一首小令，也是寫美女跟愛情的。他說：

一半兒　題情

碧紗窗下悄無人，跪在床前忙要親。罵了箇負心回轉身，雖是你話兒嗔，一半兒推辭一半兒肯。

在一個碧紗窗下靜悄悄的沒有一個人，這個男子就跪在女子的床前要親她。這個女子的話語好像不太高興，她表面上像是推辭但心裡卻是肯的。

這首作品在曲子裡算是好的曲子，它生動活潑。但不是好詞，詞是不能這樣寫的。詞一定要有深隱曲折言外之意的才是好詞，明朝的人用寫曲的方法來寫詞，所以詞的美學品質就衰微了，就失落了。

我說清詞是詞的復興時代，因為清朝找回來了詞的曲折深隱、富於言外之意的美學特質。他們是用什麼代價找回來的呢？那是他們付出了破國亡家的代價才找回來這種曲折深隱的品質。我們今天有詞為證，現在我就拿詞的實例給大家講清朝的詞是怎麼樣復興的？而且是怎麼樣在破國亡家的情況下復興的？

現在我們就先看第一個作者，這個作者的名字叫李雯，我選了他的兩首詞，第一首詞的牌調叫〈風流子〉。我上次說過詞跟詩之所以不同，詩是有一個題目說我要寫什麼，可是詞有的時候沒有名字，它的前面只是一個曲調的名字。第一首詞的牌調叫〈風流子〉，可是他把這個牌調再附一個題目叫——「送春」；春天走了，然後下面再有小括號叫《篋中詞》，《篋中詞》是一本詞的選集，在這個選集裡邊，在送春的題目底下還有三個字「同芝麓」，這就是說這首送春的詞是跟芝麓一起做的，等一下我再慢慢地講。

第二首詞叫〈浪淘沙〉，它下面也有一個題目叫——「楊花」。在早期的《花間集》裡邊都只有牌調沒有題目，像以前我講過的歐陽炯啦、溫庭筠啦，都只有牌調沒有題目。可是後來的作者有的就有牌調同時也有題目了。

現在我先把作者簡單地介紹一下，我們看看清初的詞人怎麼樣付上亡國破家的代價來寫他們的詞。

李雯，字舒章，是江南華亭人。華亭是在現在的上海附近，原屬於江蘇華亭縣，華亭在古時有一個別名叫雲間。我們講清代的詞人你們要注意他們死生的年代，他們的生平經歷了當時什麼樣的時代風雲？然後我們才能知道，他們怎樣的反映了時代的苦難。李雯是明朝萬曆三十六年（西元一六〇八年）出生的，少與陳子龍、宋徵輿齊名，稱雲間三子。這三個人不但是好朋友而且家住得很近，甚至他們共同有過一個女性朋友，這個女子就是柳如是。柳如是是一個才技皆絕的伎女，她的出身是很卑微的，初在嘉興名伎徐佛處為侍婢，後來嫁與人做姬妾，她很有才藝、又美貌、會作詩、還會寫字，很得主人寵愛，但不容於其他姬妾，後來被逐出。她遷轉於江南，與當時名士才子相往來，也想擇人而嫁，這雲間三才子都與她交往過。宋徵輿曾熱烈地追求柳如是，但是因為當時他太年輕尚未中科舉，他的家人強烈反對他與柳如是成婚，後來柳與宋遂因事決裂。她又跟陳子龍交好，陳子龍年歲較大已經結婚，本來可以娶她做妾，但是他的家人也反對他娶伎為妾，因此婚事終告不偕。但是柳如是是個很有勇氣的女子，她把自己喬裝成一個男子，去拜望當時很有名的一個文士錢謙益，後來遂嫁與錢謙益。

我之所以要講這一段故事，因為這與李雯詞的風格有密切的關係。當李雯、陳子龍、宋徵輿與柳如是交往的時候，這時他們寫的詞都是描述美女與愛情的作品。但是這種浪漫的日子過得不久長，明朝就滅亡了。這個大變故來臨的時候，他們這三個好朋友就各自走上了不同的道路，落到了不同的下場。這雲間三才子以陳子龍為領袖，就才華論以陳子龍為最高，他古文、詩、詞，樣樣都寫得好。陳子龍參加了「復社」，而「復社」的主持人叫張溥。張溥曾編定了《漢魏六朝百三名家集》，是當時很有名的學者。除了「復社」之外，他們在陳子龍、李雯的故鄉另外成立了「幾社」。這些文社的成員都是關心國家政治的，他們以儒學為基，以天下國家為己任，因此這些文人學者都喜議論朝政。

當明朝敗亡，滿清入關時，這中間你們要知道：中國從三代夏、商、周以降經過了幾千年，也經歷了無數的改朝換代。但是以南宋到元朝這一次易代，和明朝到清朝這一次的易代，反抗最激烈。這又是為了什麼緣故呢？因為元朝攻進中原的是蒙古人，清朝進入關內的是滿族人，不像過去的那些朝代再怎麼換同樣是漢族人。滿清之所以引起明遺民強烈抵抗的緣故，更是因為滿族的服飾與漢族不同，漢族不只女子留髮，連男子也留髮。而滿族一入關就下薙髮令，要男子把頭髮剃去大半，只剩中間一塊梳根辮子，這以漢人來看真是怪異，很不能接受。而漢人自小就認為身體髮膚受之父母不敢毀傷，因此當滿清嚴令薙髮後，大家群起反抗。

影響人一生的，一半是由於你自己的性格，一半是由於你的命運。當滿清入關時，陳子龍是在南方，因此他參加了南方的義軍抵抗滿清，但是後來他的軍隊失敗了，陳子龍被俘虜後乘人不注意時跳水而死，成了一個殉節的烈士。而李雯呢？李雯當時在哪裡？

李雯當時在北京。陳子龍在南方參加了抗清起義的義軍，而李雯淪陷在北京。當滿清入關時，因為李雯是有名的才子，遂被盛名所累，因此就被人推薦給滿清。這時史可法在南方堅守揚州不肯投降，滿清的親王多爾袞就寫了一封信勸史可法投降。但是多爾袞未必漢文精雅，因此當時就有很多傳說，說這一封多爾袞致史可法書是李雯寫的。人真是受制於命運，他因才名淪陷在北京，又被推薦做中書舍人。因李雯投降了滿清又替多爾袞寫了這一封勸降書，當時另外一個有名的文士侯方域曾寫了一首詩：〈寄李舍人雯〉，詩裡有兩句：「嵇康辭吏非關懶，張翰思鄉不為秋。」還有一個詩人叫吳琪也寫了一首詩：「胡笳曲就聲多怨，破鏡詩成亦自慚。庾信文章多健筆，可憐江北望江南。」另外還有一個人叫宋琬寫給李雯的詩有兩句說：「競傳河朔陳琳檄，誰念江南庾信哀。」你們看這些詩提到多少次庾信：「庾信文章多健筆」、「誰念江南庾信哀」。

說到中國的詩，有些你是不能明白說出來的，因此就要用典故。「庾信」又是一個什麼樣的典故呢？庾信是南北朝時候，南朝梁國的臣子。他曾出使到北方，但後來被北周扣留，不許他回到南方。庾信在北周也做了很大的官，可是他一直懷念他的故國，因此他寫了一篇很有名的賦叫〈哀江南賦〉。

現在大家把留在北方替滿人做事的李雯比喻成庾信，所以說「誰念江南庾信哀」，至於「競傳河朔陳琳檄」，陳琳又是誰呢？陳琳是曹魏時代的建安七子之一，據說他最會寫檄文。什麼是檄文呢？檄文就是寫給敵對的一方要征討他們或勸降他們的文字。就像武則天篡唐的時候，徐敬業寫了一封〈討武曌檄〉，這就是檄文。多爾袞寫了一封書信要史可法投降所以說是「檄文」，而三國時代的陳琳據說寫檄文寫得最好。當時南方的人傳說李雯替多爾袞寫了勸史可法投降的信，是「競傳河朔陳琳檄」。可是李雯心裡快樂嗎？李雯自己也不快樂，李雯也很難過，不過畢竟人性也有軟弱的地方。古人說：「千古艱難唯一死。」當你們遇到人生大考驗的時候，你們千萬不要交這樣的考卷。

李雯在這次人生的大考試之中，他交了一個不光明的卷子，他投降了，而且還為敵人寫了檄文。所以李雯一直很後悔，在順治四年時就離開北京回到江南。現在我們再回到作者李雯。當時雲間三子之一的李雯不是很有名嗎？順治初年的時候，廷臣交相薦任李雯才可任用，除了當中書舍人外又充順天鄉試同考官。他在清朝很受重用，可是他不是心甘情願的，他是因守父喪而留在京師的，所以三年後就藉口運喪櫬歸葬而回到了江南，那一年正是順治四年。李雯生於萬曆三十六年，死於順治四年（西元一六〇八——一六四七年）。與他少年時交往密切的陳子龍也是萬曆三十六年生，也是順治四年死去。可是陳子龍是起兵抗清被俘不屈投水而死的；當李雯回到江南老家時，聽到當年他最好的朋友，也共同寫過《陳李唱和集》的陳子龍卻參加了義軍抗清，因此李雯非常的慚愧，非常的悲哀。也就是當他在人生中遭遇了這麼大的考驗，有了這麼大的悔恨，有了這麼大的屈辱以後，寫了他後來的這些詞作。他早年的作品沒有很高的價值，都是寫一些美女與愛情的，可是他後期的詞，經過了這麼多的生活體驗以後，就寫了一些很不錯具有特色的詞。

現在我先講第一首〈風流子〉，我先把李雯的〈風流子〉從頭唸一次。

風流子 送春

（《篋中詞》下有「同芝麓」三字）

誰教春去也？人間恨、何處問斜陽？見花褪殘紅，鶯捎濃綠，思量往事，塵海茫茫。芳心謝，錦梭停舊織，麝月嬾新妝。杜宇數聲，覺餘驚夢；碧欄三尺，空倚愁腸。東君抛人易，回頭處、猶是昔日池塘。留下長楊紫陌，付與誰行？想折柳聲中，吹來不盡，落花影裡，舞去還香。難把一樽輕送，多少暄涼。

「誰教春去也？人間恨、何處問斜陽？見花褪殘紅，鶯捎濃綠，思量往事，塵海茫茫。」我唸詞的時候並不是故意要造做些調子來唸它，也不是像廣播員特意拉細了嗓子來唸它。而是我要在讀詞的時候把它的平仄聲調所表現的情韻傳達出來。

這一首詞一開頭就是個疑問的句子。不是像李後主說的：「流水落花春去也。」那只是單純哀悼春天的消逝；而李雯寫的是一個疑問：「誰教春去也？」我曾說過凡是用這種疑問句子表示的，常常是一種悔恨、不平，要試問人間為什麼有這麼多不幸、困惑？有一位在麻省理工學院教書而舊學修養很好的物理學教授黃克蓀，他曾翻譯有波斯詩人奧馬伽音的《魯拜集》，其中有這樣的詩句：「搔首蒼茫欲問天，天垂日月寂無言，海濤悲湧深藍色，不答凡夫問太玄。」他說我搔首蒼茫欲問天，人間有這麼多悲苦、戰亂、不平。而天上懸掛著有太陽、月亮，但是太陽月亮並不能回答我這些困惑的疑問。既然天上的日月不能回答我的問題，那麼我低頭看看海水洶湧的波濤，這深湛的藍色波浪也不能解答我的疑惑。這首詩和中國屈原的〈天問〉向蒼天提出許多的問題有相似之處。也和秦觀的兩句詞「郴江幸自繞郴山，為誰流下瀟湘去？」有異曲同工之妙。就如同謝冰心說的：「最幸福的孩子是永遠在母親懷抱中的赤子。」郴江發源於郴山，郴江幸自繞郴山，但又為什麼流向那麼遙遠的瀟湘去？為什麼走向那麼悲哀而遙遠的路程？這是秦少游被貶官時所寫的：「郴江幸自繞郴山，為誰流下瀟湘去？」

李雯這首詞一開頭就是用這樣感慨、哀愁、悲憤的口氣寫的。他說：「誰教春去也？人間恨、何處問斜陽？見花褪殘紅，鶯捎濃綠，思量往事，塵海茫茫。」「花褪殘紅」，就說的是花落了。「鶯捎濃綠」，就是說黃鶯鳥飛過了長得非常濃密而碧綠的樹梢。當然這只是表層的意思；你們更要知道中國詩歌欣賞中感發生命的由來，它是有一個傳統的。我以前曾經講解過西方文學的新批評，其實西方現代的文學批評還有更新的學說，如符號學（semiotics）、詮釋學（hermenutics）等。我們現在講清詞的批評當然要詳究中國的傳統，但你要知道一些西方當代的新理論，才可以對中國詩詞的批評做出更有理論性的說明。按照符號學與詮釋學的理論，現在我舉一個例子，我手上拿的是一份講義，「講義」這是一個「符示」（signifier）。而「講義」本身是「符旨」（signified）。也就是一個是「符示」，一個是「符旨」。

再舉一個例子，比如說「茶杯」二字這只是一個符示，而拿一個「茶杯」給你看，這個茶杯本身就是「符旨」。這些符號除了我們日常所用以外，當一個符號在一個國家、一個民族被使用了很長久以後，這個符號就結合了這個國家民族的文化及傳統。在符號學上這就叫一個 code；就好像我們打電話有一個區域號碼（code），這個號碼就包括一大片地方了。

現在我們再回過頭來講「落花」，花的零落。李後主說：「流水落花春去也。」花的零落是代表了所有美好的、繁華的事情不能夠再保留。「見花褪残紅」，親眼見到那殘餘紅色的花顏色消褪了、花朵也稀少了，那是多少繁華的消逝不能挽回。而當它是一個 code 時，那就不只是說花的零落。凡是一切美好的東西消逝了，都可以說是花落了。當它變成一個 code 的時候，當它所指的範圍這麼廣大的時候，這個語碼就產生了很強、很多、很複雜的作用。所以西方的接受美學 (aesthetic of reception) 說這就產生了一種可能性的效果 (potential effect)。我把 potential effect 翻譯成「潛能」，它潛在的功能。李後主沒有明白的說出來，他只說了一個「落花」，但是它可以給你這麼多的暗示；這麼豐富這麼複雜的暗示，我管它叫做「潛能」。這是西方接受美學所說的 potential effect。

而在李雯的這闋〈風流子〉的「花褪残紅」可能有什麼樣的 potential effect？除了表面上所描述真正現實的春天消逝以外，他的故國，明朝的敗亡再也不會回頭了。還有當年和他一起讀書、一起作詩、一起交女朋友的陳子龍等人的往日的交誼和歡樂，也再不會回來了。他們當年一起參加文社，特別是他們這幾位雲間才子加入了「幾社」有多少人殉節死難了？真是「花褪残紅」。那美好的少年時代，充滿了理想的時代，充滿了歡樂的時代，他的故國，還有那些故人知交都再不復返了。

「鶯捎濃綠」，像李清照所說的：「知否，知否，應是綠肥紅瘦。」紅花少的時候就顯得綠葉更多了。「狂風吹盡深紅色」，就「綠葉成陰子滿枝」了。李雯詞中說：「有黃鶯鳥在這裡飛來飛去。」我們說春天爛漫，鶯鶯燕燕，這是多麼美麗的春光。而李雯的詞中有一種潛能 (potential effect)，它能給我們讀者一種聯想，什麼聯想呢？有多少人是殉節死難了？又有多少人變成了清朝的新貴？有多少人投降了滿清去爭取高官厚祿？所以說是「花褪殘紅，鶯捎濃綠」。在這個大變化之中，有這種種不同而又複雜的現象。所以他又說：「思量往事，塵海茫茫。」想起從前的生活、從前的理想，在這渺渺茫茫人生的大海之中，被那洶湧的波濤推送、起伏，誰能掌握？誰能回答呢？

「芳心謝」，我所有的歡樂、所有的理想、所有的希望都消失了。「錦梭停舊織，麝月懶新妝」。一首詞的好壞，要明白作者他是以什麼樣的感情？什麼樣的心思理念來寫的？我們當然要知道。寫得好不好？他有沒有把他內心的所思、所感能夠傳達表現出來？而且一個作品的完成是從作者 (author) 到作品 (text) 然後到讀者 (reader) 產生了感發的作用，這才是一篇作品的完成。好的詞就因為他用的字很美？還不只這些，它的形象 (image)、它的質地 (texture) 都是很重要的。像剛才我們說：「花褪殘紅，鶯捎濃綠。」給我們這麼多這麼豐富的聯想，所以這才說它的意象好、它的結構好。

「錦梭停舊織」，「梭」，是古代織布的梭，而且又是「錦梭」，在在形容它的珍貴及華美。李雯把自己比喻成是一個女子，每天在編織一個美麗的理想，但是我再也編織不下去了，因為國破家亡了，我有那麼多的屈辱，那麼多的玷污，我再也織不出絲綢錦緞。我曾經用了那麼多的感情、那麼多的心思，要織成這幅錦緞，但現在我再也編不下去了。這是「錦梭停舊織」。下句「麝月懶新妝」，《紅樓夢》裡有一個丫鬟的名字就叫麝月。什麼是麝月呢？就是一種女子的妝飾。「麝」，是一種香料。麝香，是黃顏色的。用這種麝香的香料畫一個新月形的花樣在前額上，像唐朝出土的古畫都還可以看到這種妝飾。他說：「我現在也懶得再做這種美麗的妝飾了。」麝月懶什麼妝？這一句對得很工整，上一句用的是「舊織」，下面這一句是麝月懶「新妝」啊！什麼叫「新妝」？就是比喻迎合新朝、奉承新朝的人。唐朝的秦韜玉寫的〈貧女〉說：「共憐時世儉梳妝。」我體念時局的艱難，不追求時髦，不追求流行，把自己打扮得樸實些。現在李雯雖然是投降了，但內心並不向清朝追求富貴利祿，去曲媚迎合新朝邀功。詞這種體式是很妙的，特別是它有多種潛能。「錦梭停舊織，麝月懶新妝。」表面上是說春天走了，這個女孩子也不織錦，也不再妝扮。可是它裡面竟有這麼豐富的涵義。

「杜宇數聲，覺餘驚夢；碧欄三尺，空倚愁腸。」「杜宇」，就是杜鵑鳥，杜鵑鳥的叫聲在中國有一個歷經久遠而形成的語碼（code）的作用，可引起很豐富的聯想。一個就是說杜宇是送春的鳥，這首詞的題目就是〈送春〉。當杜宇叫的時候春天就走了，再也不回來了，這是第一個意思。第二個意思是說杜宇鳥叫的聲音像是在說：「不如歸去，不如歸去。」所以杜宇鳥是在叫：「不如歸去。」也就是說我舊日的國家、舊日的朝廷、舊日的朋友、舊日的生活都回不去了，都沒有了，就好像杜宇在叫不如歸去。此外杜宇還有什麼涵義呢？李商隱的〈錦瑟〉詩說：「錦瑟無端五十弦，一弦一柱思華年，莊生曉夢迷蝴蝶，望帝春心託杜鵑。」古人說望帝死後他的魂魄化成了杜鵑鳥，所以中國常常以死去的皇帝、失去的國家引喻為杜鵑。杜鵑鳥聲聲啼叫，那美好的日子再也回不來了。故國滅亡明朝已矣，我永遠都失落了。

「覺餘驚夢」，把我過去所有的美夢都驚醒了，我們年少時編織的夢都破碎了。孟浩然有一句詩說：「春眠不覺曉，處處聞啼鳥……。」還有《唐詩三百首》裡頭的：「打起黃鶯兒，莫教枝上啼，啼時驚妾夢，不得到遼西。」我打走黃鶯鳥，不讓牠在這裡叫，因為鳥聲一叫就把我的夢驚醒了，我的夢是要到遼西去見我的丈夫，去見我所愛的人。所以杜宇數聲就把我的夢驚醒了。驚醒就是「覺」。什麼叫「覺餘」呢？那就是說醒來以後，把我所有的夢都驚醒了。這就是：「杜宇數聲，覺餘驚夢。」

「碧欄三尺」，這是說碧玉的欄干。欄干當然有很多種；像李後主說的「雕欄玉砌應猶在」，這是雕欄。像李商隱的詩有一首叫〈碧城〉：「碧城十二曲闌干」。這闌干是碧玉的闌干，代表那麼樣的美好，那麼樣的曲折。李雯說「碧欄三尺」，李商隱說「碧城十二」。數目在中國不只是用來計數的；我們說：事不過三、三思而後行……。「三」是代表多的意思，「碧欄三尺」也代表它是那麼的曲折，那麼盤旋繁複的碧玉欄干。我靠在欄干上本來是要向外觀望的，觀望那春天美好的景色，但是春天那美好的景色已經消逝了。我現在倚立在欄干邊是「空倚愁腸」，我再也找不到美好的景色了。我倚靠在這裡是空倚，只剩那滿天的哀愁。

「東君拋人易」，東君是春天的神，你這春天的主宰這麼容易就把人拋棄了。把人拋棄就是說離開人走了。你們唸過李商隱的詩說：「相見時難別亦難。」李後主的詞說：「別時容易見時難。」這是把別離的感情作不同的描述，有的感情捨不得離別，但又乖隔於外邊的形勢，那就是相見時難別亦難。當南唐投降以後，李後主已破國亡家。他被宋朝俘虜帶走了，那是再也回不了南唐，再也收復不了他的失地，這真是「別時容易見時難」。「東君拋人易」，這南明的朝廷也是「別時容易見時難」了。

在開始講李雯的〈風流子〉一詞下半首以前，我們要討論一個問題。以前英國一位學者燕蒲遜（William Empson，他曾於民國二十年左右在清大講學）寫過一本書，書名叫 *Seven Types of Ambiguity*。朱自清先生把它翻譯成《多義七式》，這就是所謂的「多義之說」。ambiguity 原是一種模稜兩可不好的意思，到了十九世紀後期二十世紀前期，西方的學者就不再用 ambiguity 這個字。他們改用 multiple meaning，或 plural signation，這是多義、複義之義。

到了近二十年來，「讀者反應論」和「接受美學」開始風行的時候，有一個很有名的學者伊塞爾（Wolfgang Iser）在他著的一本書 *Acting of Reading*《閱讀的活動》中，他提出一個字，也就是我曾提出來的一個字，叫做 potential effect。這個 plural signation 跟 potential effect 和 ambiguity 看起來很相似，但是它們的層次和範疇是不同的。當 ambiguity 被提出來的時候，是我們過去的傳統觀念認為詩歌應該有一個意思，這個意思不清楚時，就叫它 ambiguity，這是第一步。後來承認了詩歌不是僅定於一個意思，是可以有複雜的多義，我們肯定它是可以這樣，就叫它 multiple meaning 或 plural signation，這就是多義和複義了。等到了 potential effect 這就更進一步了。你一定要瞭解它們雖然相似，但是卻是不同的。這進一步，進在哪裡？從 ambiguity 到 plural signation 是觀念的改變，即是我們正面的承認它，不把它看做是模糊的不好，我們不用這個字，我們用「多義」這個字，我們是承認它了，可是到了 potential effect 這就有了又一次演變了。這「潛能」兩個字就是說詩歌的文本內可以有這個意思，也可以有那個意思。是由讀者自己發現出來，而不全是作者的原意。

現在先說「多義」，我可以舉一個你們熟悉的詞做例證來說明。李後主寫過一首〈浪淘沙〉：「簾外雨潺潺，春意闌珊。」我在講李雯〈風流子〉「誰教春去也」時，也提到過李後主的這一首詞；因為他說「流水落花春去也」，這「流水落花春去也」後邊是什麼呢？「天上人間」。這「天上人間」四個字說得就不清楚；所以大陸的俞平伯先生就說「天上人間」可能有四個不同的解釋：一說，從前我的生活像在天上，現在我的生活像貶入人間，這是天上與人間的不同。另外一個說法，說它是一種很悲哀的呼天喚地之詞。「流水落花春去也，天上人間啊！」這是一種很悲哀的呼喚。還有一種可能則是疑問的口氣，說「流水落花春去也」，春天到哪裡去了呢？是到了天上呢？還是人間呢？最後俞平伯先生要給它確定一個意思，他說：這首詞的前面說「簾外雨潺潺，春意闌珊，羅衾不耐五更寒，夢裡不知身是客，一晌貪歡。獨自莫憑欄，無限江山，別時容易見時難」，他說這「流水落花春去也」，所承接的便是「別時容易見時難」。「流水落花春去也」，是別時的容易！「天上人間」，是見時的艱難，好像一個是天上一個是人間。所以這「天上人間」四個字有了這麼多種不同的理解，這就是「多義」。也就是說它有多種的可能，過去的傳統文學批評認為這是不好的，這是曖昧（ambiguity），李後主這首詞寫得不很明白。可是這「天上人間」的不清楚，其實正是李後主詞的好處。李後主是一個純情的人，他不是個很有理性的人，不是個很有反省思考能力的人。他只要心裡有所感受一下子就發洩出來了，還沒有想明白的時候就說出來了。

至於我剛才所講的接受美學中所提出的術語 potential，就是另外一種不同的意思了。剛才所說的「天上人間」種種不同的解釋，這是說李後主可能有這樣的解釋，也可能有那樣的解釋。我不曉得你們讀過哪些有關詩詞評賞的作品？王國維的《人間詞話》裡有一段話，他說：「古今成大事業大學問者必經過三種之境界。」他說的這三種境界都是用宋人的詞來做比喻；他說「昨夜西風凋碧樹，獨上高樓，望盡天涯路」這是要成大事業、大學問的第一種境界。「衣帶漸寬終不悔，為伊消得人憔悴」這是第二種境界。「眾裡尋他千百度，驀然回首，那人卻在燈火闌珊處」這是第三種境界。最後王國維加了一個按語，他說，你們若拿我的意思來解釋這三首詞，「恐晏歐諸公所不許也」；恐怕原來的作者會不同意。我說的不必然是作者原來的意思，可是這幾句詞可以給我們這樣的聯想，可以使我們讀者有這樣的感發，這是 potential effect。現在你們明白我的意思了嗎？

我上次講完課以後有同學到我這裡來談話，他問：「這是不是就是多義的意思？」這是一種多義。可是當文學批評的術語，從 ambiguity 到 plural signation 到 potential effect 有一個觀念層次的演變，而且有一個範疇大小的不同。這是關係到文學批評和欣賞的一個基本問題，因為有同學來問我這些個問題，所以今天我就簡單的做一個說明，而且你們明白了這個觀念以後，對於以後我們講詞更有幫助。

中國的小詞是一個很微妙的文學體式，它不像詩那麼顯意識的明說：「國破山河在」，我們一看當然就知道它的意思了，甚至連「雞聲茅店月，人跡板橋霜」這一看就都明白這個意思了。到了晚唐李商隱的時候寫出來像〈錦瑟〉「滄海月明珠有淚，藍田日暖玉生煙」這樣難以確釋的詩。李商隱詩的多義性，這是中國詩歌的一種演進，從那麼現實那麼具象的敘寫演進到了如此抽象的、象喻的傳達。李商隱是中國詩人裡邊最有詞人美感特質的一個詩人，李商隱的詩很多不是都叫「無題」嗎？而早期的小詞也大都沒有題目，只有一個音樂的牌調，後來的小詞跟李商隱的詩又有一點層次的不同。李商隱寫「滄海月明珠有淚，藍田日暖玉生煙」，他其實內心是有一個要傳達的主觀情意在那裡，只不過他是用一個抽象的形象做象喻的表達，而不是用簡單的語言做浮淺的說明。可是到了早期的詞，就有了很微妙的一種現象，就是因為作者寫的是一個歌唱的歌詞，所以在他自己的意識裡邊不是很清楚的要表達某一種情意，只是在無意之中把他內心之中最深隱的，連他自己顯意識都說不清楚的一些東西，在無心之中流露出來了，這種最微妙的情思，就是最富於潛能 (potential effect) 的。

西方一個很有名的女學者叫做茱莉亞·克里斯特娃 (Julia Kristeva)，是位非常銳敏、非常精細而且非常博學的女學者。她會很多種歐亞語文，而對西方文學及哲學的理論更是精徹而貫通。我說過一個語言就是一個符號，比如說「投影儀」這個名稱就是一個符示，投影儀這個東西在這裡，這就是符旨，是一個實物。所以它有一個「符示」和一個「符旨」。一般來說「符示」與「符旨」的關係是約定俗成的。像我說「茶杯」，這個「符號」就是指茶杯。我說桌子就是指一張桌子，我說椅子就是指一把椅子。這個「符示」與「符旨」之間的關係是 established，是已經固定起來的。可是克里斯特娃在她寫的一本書叫做《詩歌語言的革命》(*Revolution in Poetic Language*) 中，她認為「符示」與「符旨」的關係在詩歌裡邊有時是不固定的，是作者用了這個「符號」而讀者來讀這個符號，是作者及作品與讀者三者之間，像一個變電器一樣在那裡同時運作，而且可以隨時產生新的東西。王國維讀了「昨夜西風凋碧樹，獨上高樓，望盡天涯路」，他說那是成大事業、大學問的第一種境界，這是有一天王國維讀了這兩句詞有了這樣的聯想。另外一天王國維還是讀了這兩句詞，同樣的兩句詞「昨夜西風凋碧樹，獨上高樓，望盡天涯路」他說什麼呢？他說《詩經》的〈小雅〉有兩句詩：「我瞻四方，蹙蹙靡所騁。」是寫一個詩人在一個不幸的環境社會之中，瞻望四方，想出去馳騁，但是卻找不到可以走的一條路，是「詩人之憂生也」。他說「昨夜西風凋碧樹，獨上高樓，望盡天涯路」似之。也就是這幾句詞的意境跟《詩經・小雅》的這兩句詩非常相近。這就跟成大事業、大學問完全不同了，一個是詩人的憂生之意，一個是成大事業、大學問的第一種境界。他今天所讀的這一種感受跟另外一天所讀的感受完全不一樣。

這是詩歌的語言透過了作品，經過了讀者使它重生，賦予它再一次的生命，就如同一個變電器，隨時在生發，隨時在創作，有一種生生不息的變化。這是克里斯特娃所提出的一種學說理論，本來她這一個學說理論講的也是符號學，可是她現在給它一個新的名字，叫做「解析符號學」(semanalyze)，這是一個新名詞。而中國的小詞裡邊有很多時候有這種情況，這就是為什麼王國維讀詞他今天可以讀出一個意思來，明天又可以讀出另外一個意思來。可是你要注意到這個作品雖然有這個潛在的能力(potential effect)，可以引起讀者有這麼豐富不同的聯想，但是你不必然指說這是作者原來的意思，可是這種說法不妨害作者原來的意思，它可以同時有這種潛能，給我們讀者這麼多的聯想，它同時可能有它本身自己的意思，這麼一來不是太自由了嗎？如果我今天這樣解說，他明天又那樣解釋，這不是太自由了嗎？在這種多義之中你還要給它一種限制，你不能胡說，是要它裡邊的涵義真的有，而不是你可以隨便亂說的。這在作品本身，在於你這個讀者，對於一種語言符號、文化傳統的瞭解和修養的理解有多少能力。

我舉一個例子給大家說明一個錯誤的聯想：唐詩有一首李益的〈江南曲〉，是五言絕句的小詩，他說：「嫁得瞿塘賈，朝朝誤妾期，早知潮有信，嫁與弄潮兒。」這本來是說我嫁給一個在瞿塘江上做買賣的商人，「賈」在這裡唸「古」，指商人。每天我盼望丈夫回來，但是他只顧做買賣，耽誤我對他的期待和盼望。可是我又常常看到在長江江水上，當潮水來時那些弄潮的年輕人，我要是早知道潮水的漲退是準時而從不延誤，我還不如嫁給那些弄潮的年輕人呢！

有一位研讀西方文論的學者，因為受了西方前些年所流行的佛洛伊德心理學的影響，他認為所有的文學藝術都是作者在性（sex）這方面不能得到滿足，被壓抑以後的表現，所以就把什麼都說成性。所以這位學者就說「早知潮有信」就是「早知潮有性」的意思。這實在不可以這麼隨便的聯想，第一，這「性」跟「信」的發音並不一樣。「信」是「ㄣ」的音，「性」是「ㄥ」的音，一個是 ing 的聲音，另一個是 in 的音，從發音來說

「信」就不是「性」。我們再降低一步，就算我們同意他「信」跟「性」發音是一樣，也不能這樣聯想，因為中國古人所說的「性」，是性善、性惡之性，「人之初，性本善」不是西方指sex的「性」，這是兩回事。

所以我現在告訴你們，文學作品可以有多義，可以有潛能，可是你要對於這個語言、這個文學它們的文化傳統有一個更深切、更正確的理解，那麼你的聯想才不會偏離得太遠。那是你的一種啟發而不至於變成一種謬論，這雖然是題外話，但卻也是關係你們批評和欣賞的一個很重要的課題。而你們要想能真的具有批評和欣賞的能力，你只有從多讀開始，多讀自然就會體會得比較正確。因為有同學問我這些問題，所以我就說明這些簡單的解答。

我們現在再來看李雯這首詞的下半片：「東君抛人易，回頭處、猶是昔日池塘。」有同學在課堂上提出來說，我對李雯的〈風流子〉下半片有我自己的理解。他說：東君當然是個男子，而這首詞表現出來的卻是一個女子的口吻，是她所愛的那個男子拋棄她離去了。這個學生讀了不少中國的書也懂得一些中國的傳統，他說中國這個男女的關係可以聯想到國君與臣子。所以東君可能是國君，國君也可能是朝廷，所以這就說到明朝的滅亡。「東君抛人易」這是不錯的，這種聯想不像剛才那種「潮有信」變成「潮有性」

偏離得很遠，這種聯想是可能的，但是在聯想之中，在多義之中，朱自清先生曾經提出來過：在多義之中你還要分別哪個是它的「主義」？哪個是它的「衍義」？哪個是它表層的意思？哪個是它深層的意思？這些是要有所分別的。它是可以有多種的意思，但是哪個是它重要的意思？哪個是它衍申的意思？這就關係到文化的傳統。

「東君」在中國文化傳統之中第一個意思是春天，東君是春天的神，是春天的主宰。中國過去曾有詩句說：「東君不做繁華主。」這是說春天的神為什麼不給春天的萬紫千紅做主人？為什麼不保護它們？所以「東君」是春神。第一，他是扣住題目來說的，是送春。「東君拋人易」，沒想到春天這麼快就過去，這麼容易就把我們拋棄了，所以說「東君拋人易」這是它的第一個意思。然後當然它可以有衍申的意思和深層的意思，那美好春光的消逝，東君的把人拋棄，當然也可以代表那舊日的朝廷、舊日美好的生活。「東君拋人易」正像李後主說的，是「別時容易」。

「回頭處、猶是昔日池塘」，一切都改變了，可是你要知道李雯離開了中國嗎？沒有。他還是在中國的國境之內，而且很可能他寫這首詞的時候，不管他是在京城的北京或是他回到江南的雲間，那景物依然，那一切的風景不殊。京城還是舊日的京城，雲間還是舊日的雲間，所以東君拋人易，這麼容易的就拋棄了我們，「回頭處、猶是昔日池塘」，我回頭看看一切的景物不殊，京城是當日的京城，雲間是當日的雲間。「回頭處、猶是昔日池塘」，而為什麼要說是池塘呢？你說他是為了押韻？所以要說「池塘」嗎？不是的。因為他是寫送春，而春天我們寫到楊柳，楊柳是最能夠代表春天的，而楊柳生長的地方常常都是在水邊，這是中國文化傳統的一個習慣。因為楊柳的長條披拂在水邊上是最美麗的、最動人的。你們不是唸過了周邦彥的〈蘭陵王〉：「柳陰直，煙裡絲絲弄碧，隋堤上，曾見幾番拂水飄綿送行色。」這個景象是在哪裡呢？是在隋堤上，是在水邊的岸上。是拂水飄綿，是在水邊上飄拂的。楊柳是春天的代表，楊柳是種在池塘邊的。所以他說：「回頭處、猶是昔日池塘」，這就像是同時代的王夫之有一首〈蝶戀花〉詞曾說：「葉葉飄零都不管，回塘早似天涯遠。」所以你一定要瞭解一個文化的傳統，你就知道他為什麼要用「池塘」兩個字。所以說「東君拋人易」，我「回頭處、猶是昔日池塘」。（參看49頁附錄王夫之〈蝶戀花〉及39頁李雯〈浪淘沙〉二詞）

「留下長楊紫陌，付與誰行？」你們一定要瞭解中國的文化傳統，為什麼說「留下長楊紫陌」？春天走了，花落了。他前面說：「見花褪残紅。」花是落了，柳樹、柳綿、楊花都飄飛盡了。柳樹上開的花就是楊花，也就是柳綿，也就是柳絮都飄完了。可是樹還在啊！我們可以看出王夫之的〈蝶戀花〉這首詞跟李雯的〈浪淘沙〉有些地方相通，因為李雯說了「金縷曉風殘」。這個「金縷」就是王夫之說的他夢中還看到的「鵝黃拖錦線」啊！可是他說鵝黃錦線是夢裡看見的，現在已經是衰柳了。至於李雯的〈浪淘沙〉，有的同學以為「金縷曉風殘」寫的也是柳樹衰殘，這就不對了。「金縷」，是春天的柳樹。所以王夫之說，我夢中見到鵝黃錦線般春天的柳樹，可是現在的柳樹是衰柳了、是凋殘了。你們要知道李雯這個金縷的後面雖然也有一個殘字，「金縷曉風殘」。可是他的題目是什麼呢？是〈楊花〉不是柳樹，是金縷上面的楊花在曉風之中被吹得零落了。這你們一定要分別清楚，因為春天楊花飄完的時候正是暮春三月，當花落以後樹葉濃蔭茂密，正是柳樹長得很茂盛的時候。你一定要把它分別得很清楚，你可以有很豐富的感發和聯想，但是你不能判斷錯誤。而你怎麼樣可以不錯誤，就在於你對文化傳統的理解。所以現在他說「東君拋人易」，我「回頭處、猶是昔日池塘」這說的是柳樹。

「留下長楊紫陌」，是柳花都飛盡了，原在春天開放的萬紫千紅都飄飛盡了，可是柳樹還在，所以「留下長楊紫陌」，從表面上來看，這句寫的就是高大的楊柳樹跟寬闊的道路。現在你就要注意了，這關係著我曾講過的中國文化的傳統。「紫陌」是什麼？紫陌不是平常的一條大馬路，紫陌講的是都城，是京城的道路。在唐朝的劉禹錫寫過一首〈看花〉的詩，他第一句說的就是「紫陌紅塵拂面來」。紫陌紅塵他寫的是哪兒？劉禹錫是唐朝人，他寫的是長安。「長楊」，任何地方高大的柳樹都可以叫做長楊，可是你要知道中國文化，中國有這樣長久的歷史，很多事物間都有牽連，都可引起人豐富的聯想。在漢朝有一位和班固並稱的文學家揚雄，他寫過一篇賦，叫〈長楊賦〉。這篇賦是寫什麼呢？〈長楊賦〉寫的不是柳樹，「長楊」原來是當時漢朝一個宮殿的名字叫「長楊宮」。這就又要回過頭來講為什麼我在一開頭要跟你們講那麼多文學理論，因為我們要欣賞詩詞的時候你要有一個根據。我們才可以體會出作品中有表層的意思，有深層的意思，有主要的意思，有衍申的意思。你從表面上看李雯寫的是春天走了，萬紫千紅都零落了，楊花、柳花也都飄飛完了，只留下那寬闊的馬路和高大的柳樹。可是它深層的意思呢？「長楊」有一個聯想是漢朝的長楊宮，「紫陌」也有一個聯想，是都城的馬路。我們自己的國家，我們自己的民族，我們自己國都中的馬路，現在誰在上面車馬奔馳呢？那是敵人啊！是滿清人啊！

我這樣說，因為我也有過這樣的感慨，在民國二十六年七七事變日本人占領了北京城時，是我初中二升入初中三那年的暑假，我就看到蘆溝橋事變以後，走到馬路上一看都是日本的軍車和軍隊開進來。「長楊」是舊日的「長楊」柳樹，「紫陌」是舊日「紫陌」的道路，留下這長楊紫陌你現在交給了誰呢？「付與誰行？」（「行」字唸ㄏㄤˊ，表示賓語）怎麼都交給敵人了？你當年的主人到哪裡去了？所以他說「東君拋人易，回頭處、猶是昔日池塘。留下長楊紫陌，付與誰行？」這交給誰了？「雕欄玉砌應猶在」，你交給誰了？這雕欄玉砌到了今天是誰的雕欄玉砌？長楊紫陌到了今天是誰的長楊紫陌？「長楊紫陌，付與誰行？」我就是因為聽到你們在輔導課中同學們的講話，所以我有責任要帶領你們一個正確的欣賞途徑。同學們對一個中國字的發音有它多種不同的唸法也要有所認識，在「付與誰行」句中的這個「行」字，同學們把它唸成ㄒㄧㄥˊ，行走的行。同學們又把這句解釋成：我跟誰一同行走呢？當初跟我一起的陳子龍死了，我跟誰一同行走呢？但這裡的行不是行走的意思，應該唸誰「行」（ㄏㄤˊ）。

我以前講過周邦彥的《清真詞》，其中有一首小令〈少年游〉：

> 并刀如水，吳鹽勝雪，纖手破新橙，錦幄初溫，獸香不斷，相對坐調笙。低聲問向誰行宿？城上已三更。馬滑霜濃，不如休去，直是少人行。

在這麼短的一首小令之中有兩個行走的行字，第一字唸ㄏㄤˊ。「低聲問向誰行（ㄏㄤˊ）宿？」不是向誰行（ㄒㄧㄥˊ）宿？你走到哪？跟誰一起住宿？不是這個意思，是到誰那裡去的意思。這個「行」（ㄏㄤˊ）字是個表示受詞的位置辭，表示它的位置是接受語氣的詞句。誰行（ㄏㄤˊ）？就是誰那裡。所以「向誰行宿？」就是你今天晚上到哪裡去住呢？這當然不是太太說的話，太太哪裡會問你今天晚上到哪裡去住呢，這當然是歌伎酒女說的話。所以她才會說「低聲問向誰行宿？」「馬滑霜濃」，你「不如休去」吧！街上霜重路滑都沒有人在路上走了，你還是留在我這裡，今晚就不要走吧。後面這個「直是少人行」，才是「行」（ㄒㄧㄥˊ），行走的行。上面是向誰「行」（ㄏㄤˊ）宿。所以這句詞不是李雯跟陳子龍一同行走不行走的意思，是「付與誰行？」是說把「長楊紫陌」留給什麼人了？是留到什麼人的手裡了？是一個表示接受口氣的問句詞。所以這「留下長楊紫陌，付與誰行？」是留給誰了的意思。

「想折柳聲中，吹來不盡，落花影裡，舞去還香。」在欣賞詩詞之中有時會有兩種錯誤的方向，一個就像剛才我所說的臺灣的那個教授，他是盲目的跟隨西方的理論，所以把「潮有信」說成「潮有性」，硬把它解釋成佛洛伊德所說的「性」。這是一種盲從與不清楚，你不要受西方理論的影響而盲從，你也不要受中國的影響而盲從。什麼是對中國傳統的盲從呢？你說「折柳」，大家都說古代有折柳送別的傳統。這「柳」跟「留」的聲音相似，所以就有挽留的意思，所以折柳就是送別，這是不錯的，中國是有這麼一個傳統是這種意思的。可是「折柳聲中」你折柳樹有多大聲音？你折一條柳樹試試有多大聲音呢？所以你不能受西方文化錯誤的影響，你也不要受中國傳統文化錯誤的影響。折柳後面有個「聲」字，這是個微妙的關鍵所在。

什麼叫做「折柳聲中」？所以這就關係到你們讀書的多少才能夠判斷不謬。這句詞關係到李白的一首詩，李白詩的題目是〈春夜洛城聞笛〉。就是在洛陽城聽到吹笛聲，這也是很熟的一首唐詩。其實中國的文化傳統或典故也不是很難瞭解。像我說的李益的〈江南曲〉、劉禹錫的「紫陌紅塵」啦、〈烏衣巷〉啦，都是出在《千家詩》或是《唐詩三百首》裡邊。這些都是我們小時候必讀的詩，這些詩數量又不多，薄薄的幾本，只要你讀一讀，翻一翻，你以後就可以知道很多典故的出處。李白的〈春夜洛城聞笛〉說些什麼呢？他說：「誰家玉笛暗飛聲，散入春風滿洛城。」是誰在暗地裡吹著玉笛？這笛聲散入了春風，飄滿在洛陽城裡。你要知道中國洛陽在古代是以多花著稱，洛陽城有很多花。「誰家玉笛暗飛聲，散入春風滿洛城」，後面就提到「折柳」的聲音，說「此夜曲中聞折柳」。這是聲音，這是「聞」；「何人不起故園情」。詩中的季節是春天，所以他說的是「散入春風」。

在笛曲之中有一個曲子叫〈折楊柳〉，〈折楊柳〉這支曲子的感情表示的是離別，表示的是思念，是離別和懷思。「誰家玉笛暗飛聲，散入春風滿洛城。此夜曲中聞折柳」，我在這一天晚上聽到了〈折楊柳〉的曲子。〈折楊柳〉曲子裡所傳達的是離別和懷念，真是引起了我對故鄉、故園多少的懷念，多少的感情，這是「何人不起故園情」。所以現在李雯說：「想折柳聲中，吹來不盡。」無數楊花被風吹落。春天是走了，春天走了，它所帶給我的是相思懷念的感情，而且是〈折楊柳〉這支曲子聲中帶給我對故國、故園不勝懷念的感情。所以說「想折柳聲中，吹來不盡」，我聽到吹來的〈折楊柳〉笛曲，是有訴說不盡的悲哀的心曲。你們唸過王昌齡的一首絕句〈從軍行〉：「琵琶起舞換新聲，總是關山離別情。撩亂邊愁聽不盡，高高秋月照長城。」我對故國、故園的相思是說不盡的。「想折柳聲中，吹來不盡」，這吹笛的聲音喚起我對故國、故園相思懷念的感情。

「落花影裡，舞去還香」，我把春天送走了，在暮春的時候有多少花是飄落了。杜甫詩中說的：「一片花飛減卻春，風飄萬點正愁人。」這把落花、落紅說得那真是纏綿不斷的感情。這花被吹落了，但李雯不說「落花」，因為落花是個實物，他說「落花影裡」。詞的這種文學體式真是細緻，真是微妙。所以他不說「落花」這真正實物的花，而是說在落花飛舞的影子裡面，花落了。「花落」，代表什麼呢？花落代表所有一切的繁華、一切美好的事物都消失了。我的故國、我的故園、我舊日一切的理想，都消失了。我和知交們一起生活的美好光陰，我從前舊日的理想志意曾經美好過，一切都曾經美好過，就算它今天零落了。「舞去還香」這個舞字和香字寫得真是多情，這是落花在飄飛到地上的時候的姿態和感情。在五代的馮延巳，也就是李後主他們那個南唐有名的詞人，他有一首詞牌調也叫〈蝶戀花〉，他說：「梅落繁枝千萬片，猶自多情，學雪隨風轉。」他說梅花落了，千萬片的梅花都落了，就是它落的時候它還表現這麼多留戀的感情，它在落地前的一剎那，它還飄舞出這麼多美麗的姿態。所以雖然花落了，但它在臨到地面之前，還在空中飛舞，這姿態還是這麼美麗。「落花影裡，舞去還香」，花已經落了，在它落地之前還有舞，不但有舞，它還有殘餘的香氣，這說得真的是好。李雯把這一種留戀的感情寫得如此之纏綿。「落花影裡，舞去還香」！

「難把一樽輕送，多少暄涼」，「一樽」，就是一杯酒。古人說送春，春天要走了，我們喝一杯送春的酒。在晚唐有個詩人叫韓偓，也就是韓冬郎。他曾被李商隱特別誇獎過，說「鶵鳳清於老鳳聲」。說的就是韓偓小時候的才華穎出。韓冬郎寫過一首詩叫〈惜花〉，他說：「臨軒一醆悲春酒，明日池塘是綠陰。」趁著今天還有一些殘花，我喝一杯酒送它走，明天花都沒有了，池塘上都是一片綠陰了。春天是走了：「胭脂淚，留人醉，幾時重？」花，我們是可以喝一杯酒送它走，可是人就不行了。「難把一樽輕送」，我大可以也喝一杯酒把春送走，可是我又覺得這麼困難，我真的不能夠把它送走，我真的難以把它送走。如果你的一生沒有愧欠，你沒有羞恥，你沒有慚愧，你死的時候是平安的。可是我李雯怎能無愧呢？明朝的滅亡，故友的死亡，一切志意的失落，我為他們做了什麼？我又留下了什麼？我曾經有怎樣的羞恥和慚愧，我就這樣送它走了嗎？如果我沒有慚愧，我雖然悲哀我就送它走了。可是我「難把一樽輕送」，我怎麼能送它走呢？有「多少暄涼」！暄是熱，涼是冷。這裡邊有多少恩怨？有多少炎涼？有多少羞恥？有多少慚悔？這是非常複雜的感情，很難叫人以言說傳達的。所以這一首詞是一首非常好的詞，可惜時間已經到了，我不能夠再發揮講說下去了。

我們下面講李雯的〈浪淘沙・楊花〉。

浪淘沙 楊花

金縷曉風殘，素雪晴翻，為誰飛上玉雕闌？可惜章臺新雨後，踏入沙間！

沾惹忒無端，青鳥空銜，一春幽夢綠萍間。暗處消魂羅袖薄，與淚輕彈。

（《篋中詞》作「偷」彈）

李雯寫「楊花」用的又是另一種手法，他用與楊花有關係的典故，寫楊花的命運、楊花的遭遇。而他是以楊花的命運和遭遇來暗示他自己的遭遇和心情。所以他說「金縷曉風殘」。第一句有的同學就問起關於欣賞的問題，他們說「金縷曉風殘」和王夫之〈蝶戀花〉衰柳的凋零是同樣的意思，這其實完全是不一樣的。王夫之的衰柳，寫的是秋天，是柳樹的凋零和殘敗。可是李雯所寫的楊花是春天的季節，在春天的季節柳樹沒有凋零，沒有衰殘的感覺，所以這兩首詞所寫的「柳」不是完全一樣的。你要注意它們的題目，王詞的題目是「衰柳」，所以他寫的是秋天的柳樹。可是李雯所寫的是「楊花」，所以它凋殘的不是楊柳的枝葉，它所凋殘的是楊花，是柳樹上所飄出來的楊花，現在凋殘吹落了。你們一定要把它們弄明白，所以你們看詩詞尤其是詠物詞，一定要掌握它的要旨，不要胡亂猜測，那是不對的。

「金縷曉風殘」，「金縷」指的是柳樹，「殘」指的就是楊花，也就是柳絮。在曉風之中被吹落了，這就是「金縷曉風殘」。下句的「素雪晴翻」寫的就正是楊花飄落的情景。「素雪」指的就是白色的柳絮如同白色的雪花，「晴翻」寫的就是白色的柳花在晴空中飄落時翻飛舞動的樣子。後邊他用不同的典故，不同的形象，寫這個被吹落的柳花有不同的遭遇，有不同的命運。「為誰飛上玉雕闌？」這是頭一種楊花的遭遇。楊花被吹到那白玉石的闌杆上去，這是幸運的遭遇。李雯年輕的時候在雲間跟陳子龍、宋徵輿在一起，被稱為雲間的三大才子，在京師得到那麼多人的讚美、推重，還把他推薦給清朝，那他真是名重京華，這是何等高貴的地位。可是他的名望、他的才華，「可惜章臺新雨後」，那柳樹生長的章臺街，章臺街也就是首都的大街，也就是暗指明朝的都城。「可惜章臺新雨後」，一次大的國破家亡的變故，那就「踏入沙間」了！這就沾惹了滿身的羞恥和污穢。他說：「為誰飛上玉雕闌？」可見這不是他自己選擇的。為了什麼緣故誰使他飛上了玉雕闌上去？李雯的悲劇是他自己性格的悲劇，他軟弱他不夠剛強，可是同時也是命運遭遇的悲劇，如果滿清入關的時候他不在當時都城的北京，他也許就可能成為和陳子龍一樣的抗清的義士，所以說「為誰飛上玉雕闌？可惜章臺新雨後，踏入沙間！」踏入沙間他就沾惹了羞恥和污穢。

「沾惹忒忒無端」，有的同學不認識這個「忒」字，不認識這個字你應該去查一查。「忒無端」就是太無端了，無端就是無緣無故，我沾惹上這樣的污穢真是太無辜了，只是命運的作弄使我遭遇到這樣的羞恥和污穢。

「青鳥空銜」，杜甫的詩曾說：「青鳥飛去銜紅巾」，青鳥可以把楊花銜起來，我現在沾惹了塵土被人踏在塵沙之間，就算有青鳥要把我銜起來，牠也銜不起來了。這句詞有兩種可能，一個是當年的人推薦我，他是白推薦我了，反而讓我沾惹了污穢。另一種詞意的可能，也就是我們說的多義，那就是我被踏到沙間之後，就算有青鳥要把我銜起來，也銜不起來了。

「一春幽夢綠萍間」，有的同學在分組討論時說這句不懂，我剛才在最後一組討論課上給大家講了，最後的這幾句是出於蘇軾〈水龍吟〉詠楊花的詞，在這首詞中有「曉來雨過，餘蹤何在？一池萍碎」的句子，注解上提到，蘇東坡說，楊花落到水裡面就變成了浮萍，這也就是楊花另外一種可能的命運。這楊花可能被吹上玉雕闌，這楊花可能被踏入沙間，楊花也可能被青鳥銜去。他所寫的都是借用楊花，寫楊花的遭遇和命運，但也都暗示自己的遭遇和命運。那楊花還有一種遭遇，它不飛上玉雕闌，也不被踏入沙間，也沒有被青鳥銜走，這楊花怎麼樣呢？楊花落到水池裡，變成了一池萍碎，變成了一池的浮萍。花雖然沒有了，蘇東坡說：「曉來雨過，餘蹤何在？」一場雨下過了，楊花的蹤跡沒有了，楊花不見了，剩下了「一池萍碎」，變成了滿池的浮萍。如果我們推測楊花的遭遇，它不飛上玉雕闌，不被踐踏到沙間，不被青鳥銜走，它可以落到水池裡邊，楊花雖然不見了，它變成了另外一種生命生存下來，它變成了浮萍葉子生存下來。

人，也許你的身體死了，可是你有一種品格遺留下來，你有另外一種超然於肉身之外的精神遺留下來，也許就像他當年的好朋友陳子龍一樣有不朽的精神留存下來。夏完淳曾編有《三子合稿》之詩集，三子就是李雯、陳子龍和宋徵輿這三個好朋友。那夏完淳是誰呢？夏完淳是陳子龍的學生，夏完淳是一個很了不起的人，而夏完淳幾歲就死了呢？虛歲十七歲！實歲十六歲！夏完淳是一個很了不起的人，他品格上了不起，才華上也了不起。夏完淳是夏允彝的兒子，夏允彝跟陳子龍又是好朋友，所以夏完淳私淑陳子龍，他是把陳子龍當老師的。當清朝入關，明朝滅亡的時候夏完淳只是十三、四歲的童子，他十四歲就跟他的老師、他的父親參加了反清復明的革命運動。第一次失敗時，他父親夏允彝就跳水自殺了，然後第二個死的就是他的老師陳子龍，當軍事失敗的時候他的老師也跳水自殺了。當時的夏完淳只有十六歲，被滿清捉去，但清軍很同情他，這麼聰明這麼有才華，而當時審判他的人是漢人洪承疇，他在當時非常有名望，可是後來他投降了清朝。洪承疇很愛惜夏完淳的才華，因為他被捉去的時候才十六歲，當他參加反清復明的軍事運動時才只有十五歲。所以洪承疇說，十五、六歲的小孩哪會有叛逆的行為，因惜才而替他開脫。但夏完淳卻對他說：「你哪是洪承疇啊！我所知道的洪承疇是有氣節不降清的洪承疇！哪裡是滿清用女色誘惑就投降變節的洪承疇呢？」夏完淳正義凜然大罵洪承疇，當然後來夏完淳就被殺了。

在當年清兵入關的時候有多少人殉節死難了？而特別是李雯故鄉的人，陳子龍是雲間人，夏允彝是雲間人，連這十五、六歲殉節死難的童子夏完淳都是雲間人。可是李雯的命運能避開他的那些羞辱嗎？這是沒有辦法的，所以他說：「一春幽夢綠萍間」，李雯認為這些像是夢，像那些人一樣，楊花入水是變了，生命消失了。「一春幽夢綠萍間」，他只是一個夢想，他再也不能改變自己在塵沙之間的命運，他再也不能夠在泥沙間飛起來了。

他後面再接著說：「暗處消魂羅袖薄，與淚輕彈。」這又有一個出處，也是蘇軾的〈水龍吟〉詞，前一句的出處，見於蘇詞自注，這比較明顯，至於「與淚輕彈」或「與淚偷彈」這一句，出處就不大明顯了。其實這也是出於蘇東坡的詞：「細看來不是楊花，點點是離人淚。」所以楊花不但與那綠萍有關係，楊花與眼淚也有關係。因為蘇東坡的詞說，滿空中飛舞的楊花像是離人的眼淚，什麼季節楊花飛舞？是在春天離別的時候楊花在空中飛舞。而春天走的時候，你所愛的人也走了，我們不是說「折柳送別」嗎？楊柳總是一個送別的象徵，「楊柳」即象徵離別。所以他說當春天走的時候，當滿空中楊花在飄舞的時候，正是我們人類把美麗的春天送走了，把我們所愛的人也送走了，由我們這些悲哀怨別的人來看，滿空中飛舞一點一點的楊花，正像是我們離人的一點一點的眼淚。所以蘇東坡說：「細看來不是楊花，點點是離人淚。」

現在李雯寫的是楊花，蘇李兩個人寫的都是楊花，李雯寫的是楊花的各種遭遇。如果有一個女子，在楊花飄落的季節傷春，為了這楊花遭遇的飄零而悲哀、傷感，是「暗處消魂」。你看他前面寫楊花這麼多不幸的遭遇，當然使人悵惘消魂。而這種消魂就李雯而言，就是心中說不出來的悲哀、痛苦、悔恨。有的時候人的悲哀是可以說出來的，比如說，我悲哀我的祖國滅亡了，像王夫之，他可以說出來，因為我並沒有投降，我沒有羞辱，我為我的祖國滅亡而悲哀，這是我可以說出來的。但是李雯他有什麼資格說，他現在已經做了清朝的中書舍人，他可以去對人家說我為明朝的滅亡而悲哀嗎？他沒有臉面去對人家說。所以「暗處消魂」。這個女孩子穿的是羅衣，「羅」，代表的是很輕很薄。輕跟薄又代表什麼呢？那是抵抗不住外邊風雨的侵襲和寒冷。這樣的單薄在寒冷的風雨侵襲之下，我沒有辦法抵抗。所以是「暗處消魂」。這真是悲哀、羞愧，我沒有地方躲藏，沒有地方隱蔽，沒有地方保護，這就是「羅袖薄」。所以這個女孩就流下淚來，流下淚來又怎麼樣呢？就用她的羅袖來擦淚。古代的衣袖很長很寬，而這個羅袖上是沾滿了她自己的淚點。而李雯在這裡用了一個「與」字。詞在敘寫感情時是非常精微、非常細緻的。他不是說眼淚偷彈，而是「與淚」，什麼東西與淚呢？現在你們就要回過頭來看他寫的是「楊花」，我的羅袖上沾的是我自己消魂的眼淚，我的羅袖上也沾著飛舞的楊花，而飛舞的楊花蘇東坡說它也是像眼淚一樣，所以我就把我的眼淚跟我衣袖上沾惹的楊花，一起彈落了。我沒有臉面，我連哭泣都見不得人，我連流淚都不能讓人家看見。這李雯寫得真是羞恥，內心真是慚愧。所以他說：「暗處消魂羅袖薄，與淚輕彈。」（《篋中詞》作「偷」彈）你經過這麼多的悲哀，這麼多的痛苦，連說都不敢說，連流淚都不能讓人看見，這種羞愧的感情是很深刻的。這是寫得很好的一首詞，因為它這裡面有這麼多的典故，這麼細微的心思，這麼深沉的悲哀。同學在討論的時候，有很多疑問，所以我給大家做了一個簡單的說明。

至於王夫之就不同了，所以我說人之所以一生變成一個悲劇，有的時候是性格造成的，有的時候是命運造成的，有的時候是當你在命運的遭遇之中，看你的性格是怎樣去面對、去反應的。王夫之跟李雯不同，王夫之是一個非常堅強、堅忍而且非常重視品格道德的人。歷史上記載王夫之是湖南衡陽人，王夫之不但沒有投降給滿清，王夫之遇到的第一次考驗是李闖的考驗，因為當滿清還沒有打到湖南來的時候，是李自成的軍隊先打到湖南來。你要知道當李闖流竄到湖南時，王夫之的名氣給他帶來了麻煩，像李雯說的：「為誰飛上玉雕闌？」你的名聲、才華愈高愈是容易沾惹上麻煩。李闖到了湖南，知道王夫之的聲望很高，就要王夫之到他手下做官。王夫之認為李闖是叛賊，他不肯屈從，就逃走了。李闖就把他的父親捉去，威脅王夫之說：「你如果不出來替我們做事，我就把你的父親扣留，甚至可以把你父親殺死。」

在中國人的觀念中，忠與孝兩個字是非常重要的，但在這個時候王夫之忠孝哪能兩全呢？如果不出來做官勢必犧牲他父親，那就是不孝，而如果出來做官那就是不忠。於是王夫之就用刀、劍把自己砍傷了，然後叫人抬著他去見李闖。他對李闖說：「你叫我來交換我的父親，我來了，請你放我父親回去。」可是他遍體是傷，行動都有困難，幾乎殘廢了，還能替李闖做事嗎？於是李闖無可奈何，就放他和他的父親回去了。

王夫之是用這樣的苦肉計讓李闖釋放了他的父親，自己也沒有受到屈辱，他是一個這樣堅忍的人。當清朝入關後，南方也各自立了小朝廷，王夫之本來也希望小朝廷能恢復明室，當時南方立了桂王，他就依附桂王。

我剛才在另外一班也講了，以漢族的立場來說，滿族是敵人、是異族。但是明朝也不是一個好的朝廷，你如果看看明代的歷史，明代的一些皇帝，那真是淫亂、殘暴，而明朝的那些官吏也是貪贓枉法，明朝是個非常腐敗的朝代，所以農民才會在各地發難起義。甚至到了後來崇禎皇帝死後，北京淪陷，明朝已經滅亡了，這些南方的小朝廷本來須勵精圖治，改過自新，可是他們爭權奪利的毛病還是沒有改變，所以南明也很快的滅亡了。雖然滿清占領北方，但是中國土地那麼大，南明可以據長江而自守。但是南明還是很快的敗亡了，這就因為南明的幾個小朝廷自己內部都還是爭權奪利，腐敗顢頇。

王夫之曾經一度依附桂王，他的忠愛是想恢復明朝，可是看到這些朝臣如此的敗德、淫靡及爭權奪利，他很失望的退隱了。他退隱到哪兒呢？他退隱到湖南的一個荒山之中，這個荒山叫石船山，所以後人稱他為船山先生。他是一個有理想的人，他不但要自己有最好的品德人格，而且也想把他自己所體會的做人的道理傳給後代的人。他把自己讀書的心得、體悟寫了下來，他有不少的著作傳下來，所以王夫之是個了不起的人。他也寫小詞，也寫明清之間的亂亡，可是他跟李雯的心境是不同的。在他的〈蝶戀花〉後面那「夢裡鵝黃拖錦線，春光難借寒蟬喚」幾句詞，他的感情是深重的，是專一的。我就是懷念我的故國，我的朝廷，我的夢裡邊是「鵝黃拖錦線」，是那春天的柳樹生命的美好。

我曾經說，好的詞是有很多的潛能，這幾句可以給我們兩個聯想，一個聯想的可能是說過去的明朝，也就是我的祖國存在的時候，像春天時鵝黃嫩綠的柳絲拖著像錦線似的長條，是我對舊日明朝的懷念。還有一個聯想的可能，他不是曾經侍奉桂王永曆的朝廷嗎？他也曾經希望永曆朝能不能有這樣美好的日子，有一個光榮美好的未來。「夢裡鵝黃拖錦線」不也可能暗示對小朝廷有這樣的期待和盼望？可是舊的明朝滅亡了，永遠不會回來了，而小朝廷是這樣的淫亂腐敗、爭權奪利，沒有希望。「春光難借寒蟬喚」，那美麗的春天再也不會回來了，而我就像這秋天的蟬。這首詞寫的是衰柳，蟬是落在柳樹上，蟬所託身的是衰柳，也就像王夫之所依附的這個國家是衰敗的、滅亡的。我在這個樹上想把春天呼喚回來，我是一隻在衰柳上的寒蟬，是沒有辦法藉著我的感情、藉著我的願望、藉著我的呼喚，就把那美好的時光呼喚回來的，這就是「春光難借寒蟬喚」。他寫得也很好，可是他表現的感情跟李雯是不同的。

附錄

蝶戀花 衰柳

王夫之

為問西風因底怨？百轉千回，苦要情絲斷。葉葉飄零都不管，回塘早似天涯遠。

陣陣寒鴉飛影亂。總趁斜陽，誰肯還留戀？夢裡鵝黃拖錦線，春光難借寒蟬喚。

第三講

吳偉業

萬事催華髮！
論龔生，天年竟夭，高名難沒。
吾病難將醫藥治，耿耿胸中熱血。
待灑向、西風殘月。

好，今天我們就要再討論第三個詞人吳偉業了。我也把他的生平為人簡單的介紹給你們認識。吳偉業，字駿公，號梅村，江南太倉人。明萬曆三十七年（西元一六〇九年）生。弱冠，舉崇禎辛未科（西元一六三一年）會試第一，廷試第二，官至少詹事。與馬士英、阮大鋮不合，假歸。清世祖聞其名，力迫入都，累官國子監祭酒。以病乞歸，康熙十年（西元一六七一年）卒。偉業尤長於詩，少時才華豔發，後經喪亂，遂多悲涼之作。著有《綏寇紀略》、《梅村家藏稿》、《梅村詩餘》、《秣陵春雜劇》等書（見宏業書局出版《近三百年名家詞選》）。這要你們自己再去看，所以今天我們就以講吳偉業的作品為主了。吳偉業是另外一個經過了明清之際國破家亡，易代鼎革的一個作者。

我曾說清詞之所以興盛是因為他們經歷了一個這麼樣考驗人的苦難的時代。我現在簡單介紹一些參考的材料：葉恭綽所編的《廣篋中詞》（他是民國早期的人）、譚獻編的是《篋中詞》。葉恭綽所編的是《廣篋中詞》，在他所編的詞集前面有一篇序文論到清朝初年的詞，他說：「喪亂之餘，家國文物之感，蘊發無端，笑啼非假。其才思充沛者，復以分途奔放，各極所長，故清初諸家，實各具特色，不愧前茅。」他說整個清朝初年的詞，因為經過了國破家亡的變故，所以說是「喪亂之餘」。經過了這樣的喪亂敗亡，「家國文物之感」，有很多人是亡家破國了，父親死了，兒子也死了，這是家國滅亡的痛苦及感慨。還有「文物之感」，滿清入關是異族，他們是滿族，一入關就下薙髮令叫男子要把頭髮剃掉留成辮子，這一件事漢人非常不能接受，因為中國傳統孝的教育是說身體髮膚受之父母，不敢毀傷。而現在滿清不僅是要人們剃掉頭髮，而且還要人們把衣服的式樣也都改成為滿族的樣子。

一切的文化、事物、禮法、制度都改變了，所以葉恭綽說：「喪亂之餘，家國文物之感，蘊發無端，笑啼非假。」因為他們有這麼多的悲慨蘊藏在心裡邊，這憤懣是要發出來的。無端，就是說找不到一個頭緒。至於李雯的詞寫得那麼複雜、那麼深刻，這真是不知道從哪裡來說的感慨，所以說是「蘊發無端，笑啼非假」，因為他們真的有這樣的經歷，真的有這樣的悲哀和痛苦，所以他們寫出來的感情不是吟風弄月，不是舞文弄墨，不是自命風流，不只是可以作兩首詩寫兩首詞，寫一些風花雪月漂漂亮亮的句子。他們的悲哀、歡喜、感慨各種感情的表現非假，都是非常深刻，非常真誠的，沒有一點虛偽。「其才思充沛者，復以分途奔放」，何況在這些人中，每一個都是有思想、有才氣、天賦特別好的人。李雯是雲間三子之一，是個出類拔萃的人。王夫之，後來是清初的三大學者之一。吳偉業也是一個出類拔萃的人。吳偉業不但詞寫得好，詩也寫得好，當時是江左三大家詩人中最出名的一位。這些「才思充沛者」，「復以分途奔放」各展所長。因為他們都是有才華出色的人，所以當他們下筆來寫詞，遂表現出多方面不同的情思和風格，這是清詞所以復興的又一個原因。同樣是經歷國破家亡不說，同樣經歷國破家亡的人，不但有不同的經歷，而且有不同的才華，不同的性格，表現了不同的感情。

李雯、王夫之二家，我們講的都是小令，吳偉業我們要講的是一首長調，他的作風與李雯、王夫之完全不同，真是「分途奔放」各逞所能。清朝早期的這些詞人，每個人都有不同的特色、不同的性格。因此他們的好處是「各具特色，不愧前茅」，所以他們開啟了清朝整個一代詞的復興。這有種種的原因，有環境背景的原因、有作者個人的才華和遭遇的原因，這些都是清詞復興的原因。我們看了三家，這三個人都是不同的。

我現在要告訴大家吳偉業又有什麼不同呢？你們要把歷史跟文學都當做有生命的東西來看，不要只把它們看成是書本上死死板板的文字。吳偉業的生平是特別值得注意的，他可真是受到明朝特殊的恩遇。他在崇禎四年會試第一名，廷試第二名，也就是榜眼。會試，是在首都集合全國的舉人所舉行的考試。當時鄉試的第一名叫解元，會試的第一名叫會元，如果殿試還是第一名那就是狀元，也就是所謂連中三元。吳偉業是會試第一名的會元，殿試第二名的榜眼，他有很高的天分，考試考得好還不說，當時主考官周延儒是他的房師，看他考卷的人是李明瑞，這中間有一些複雜的關係。當時的副宰相叫溫體仁，與正宰相周延儒兩個人不合，溫體仁認為考試有弊，考官有私心，爭執不下。後來怎麼解決這件事情呢？他們就把卷子拿給崇禎皇帝看，由皇帝做主，崇禎皇帝親自看了吳偉業的卷子以後說：「正大博雅，足式詭靡。」他認為吳偉業的文章寫得文詞雅正，足以給那些寫得詭靡的人做模範。皇帝說他的文章好以後，那別人也就不敢再爭執了。此時吳偉業才剛過二十歲，年輕得意，少俊未婚，皇帝親自叫他回故鄉去完婚，這還不說，崇禎皇帝還特賜金蓮寶燭，並賜冠帶。皇帝把他御座前點的黃金蓮花形的蠟燭臺賞給了吳偉業，並給他各種賞賜讓他回到故鄉去完婚。吳偉業真是集才華、榮耀於一身，才二十剛出頭就睥睨不可一世，後來他怎麼樣了呢？

吳偉業早歲參加了「復社」的活動，復社當時的領導人叫張溥。吳偉業參加了復社以後，張溥對他非常器重，張溥和吳偉業一起參加的崇禎四年科考，吳偉業考的名次比張溥還高，所以當時吳偉業的聲華詞藻名重一時。

明朝亡後，吳偉業曾經十年不出仕，後來就有人把他推薦給清朝。那些推薦的人各有各種不同的心態，有的人真的是認為這麼有才幹的人應該出來作事，而有的人就像晉朝的嵇康寫信給山濤在〈與山巨源絕交書〉（《文選．卷第四十三》）所說的，他自己沾染了污穢也不願意看到別人是清白的，也要拉別人跟他一樣同流合污。還有的人是想，在朝廷政黨爭權奪利的鬥爭中，如果把吳偉業拉了進來就更增加了我們這個政黨的勢力。在當時的情勢之中本來吳偉業不想出來做官，但是他的父母年老懼怕飛來橫禍，所以吳偉業的仕清，實有不得已之情。

關於在順治十年，他被逼迫出來給清朝做官時的心情，他後來在死前病中給他的兒子寫的一封〈與子疏〉中曾有說明。他要給他的兒子說他一生的經過。你們要知道如果他的兒子年紀很大，對於父親一生的經歷都會瞭解，那就不用留遺疏。可是吳偉業晚年得子，他五十四歲時才有兒子，而他六十三歲時就死了，那時他兒子才不過是八、九歲的童子。八、九歲的童子怎能知道一個父親身經的國變憂患？將來如果有人對吳偉業的品節有所訾議的話，這個做兒子的怎能知道這其中的是非曲直和他身不由己的苦衷？因此他給他的兒子留了一封遺疏。疏文中說：「薦剡牽連，逼迫萬狀。」薦，就是推薦的意思。剡，就是奏章。為什麼推薦的奏章叫剡呢？剡，本來是一個地名，是一條水名，叫剡溪。這條溪的水造出的紙很好，所以當時寫公文都用剡紙，所以推薦的公文就叫薦剡。「薦剡牽連」的意思，就是推薦他的奏章接連不斷。「逼迫萬狀」，他們不肯放過吳偉業。「老親懼禍，流涕催裝」，他父母已經是七、八十歲的人，恐怕家門遭到禍害。清朝要他出來做官，而他不出來，這豈不是抗旨？而且吳偉業以前參加過復社的活動，而復社、幾社都曾有反清復明的舉動。所以他當時不忍心讓年老的父母擔憂，也不忍心讓父母受到株連。所以他說：「老親懼禍，流涕催裝。」所以他就出來做官了，出來做官以後又怎麼樣了呢？

他出仕清朝後，不過兩年多，他的伯母張氏去世了，而他的伯父無子，所以吳偉業就上了一封奏疏給皇帝，他說他的伯父無子，而他自己願意給他的伯父為嗣子。既然他過繼給他的伯父，那麼他的伯母去世他也要守制，因此他就告假回鄉，而從此以後他再也沒有出來做官，所以我們可知他本意原是不願仕清的。

吳偉業一向身弱，當他被薦仕清時他曾大病一場。我們現在要講的這一首詞是〈賀新郎・病中有感〉。這是他在被薦舉不得已仕清後，在大病之中幾乎死去時，所寫的一首詞。我曾經引了葉恭綽的《廣篋中詞》，在當時明末清初有些作品之所以感人，是因為他們「蘊發無端，笑啼非假」。他們身經國變，內心的感受就不知不覺流露出來，不管是歡喜還是悲哀都是他們內心真情的流露。所以說：「喪亂之餘，家國文物之感，蘊發無端，笑啼非假。」而且「才思充沛者，復以分途奔放，各極所長」。清初的各家都各具特色，而吳偉業跟李雯及陳子龍幾乎是同年的人，但遭遇不同，作風也不同。就像《廣篋中詞》所說的：「才思充沛者，復以分途奔放。」所以你們可以看出一個詩人或者詞人，他們的成就實在是受時代的背景、個人的性格、生活的遭遇，還有他的才情等各種原因所影響。

天之生材，有長有短，有高有下。陳子龍、李雯所走的路是小令，也叫令詞。我曾寫過一篇有關陳子龍的文章〈談令詞之潛能與陳子龍詞之成就〉（見萬卷樓出版《詞學古今談》），希望大家找出來看一看。陳子龍的詞都是小令，李雯的詞也大多是小令。小令有小令的成就，他們繼承了《花間集》令詞的傳統，寫得篇幅短小，而且寫的題材大都是傷春啦、美女啦，而在傷春、美女的敘寫之外還有一種言外深意，這是《花間集》一向的作風。我以前也曾經說過，中國詞學的演進，自五代以來並沒有停止在《花間集》的風格中而已，自從蘇東坡他們這一些人出來以後，改革了《花間集》的傳統。變成了詩人的詞，可以抒寫自己的思想、志意、懷抱等，不再只寫美女及愛情。而且這樣的作者如蘇東坡、辛棄疾等用寫詩的眼光及手段來寫詞，就把他們自己的學問、思想都寫了進去，而且用了很多典故。蘇東坡用得還不算多，辛棄疾的長調典故用得更多。

談到吳偉業的生平，他在很年輕的時候就考了會試第一名，廷試第二名，這個人真是有才。什麼又叫做有才呢？就是用文辭表現的能力出色。而要想具有這種文辭出色的表現能力，有一個非常重要的因素。

我在臺灣及大陸都曾教過詩詞，有很多學生聽了，他們認為詩詞真的是很有意思，用那麼短的語言說出那麼多的情意，那麼我們也有很多話要說，我們跟老師學寫詩詞好不好呢？我說好，不過你們要讀、要背幾十或幾百首後再來跟我學。我說，這就像蓋一幢房子，你們看到這幢房子這麼大、這麼漂亮，你們也想蓋一幢，可是你們有建築的材料嗎？你們有設計的藝術眼光嗎？什麼是建成這幢房子的材料？就是積存在你們腹笥中的博學多識，如果你想表達你自己，你有豐富的語彙來表達嗎？你用什麼樣的詞句來表達？這些有才的人，都是因為博學所以多才。他對中國的舊書不管是經、史、子、集，讀得非常熟，只要一下筆，歷史上的人物、故事、言語都紛紛來到他的手下。吳偉業是這樣一個有長才的人，所以吳偉業不但詞的長調寫得好，他的詩更是好，在清朝初年號稱江左三大家之一。而且他的長篇歌行體的詩也很有名，像〈圓圓曲〉之類，寫得非常好。因他經歷了國亡，而他在清朝也做了官，在六十三歲才死去。所以他長篇的歌行，是反映了明清之際的當代史實，這些都是很好的作品。不過我們現在不講他的詩，我們先來欣賞他的詞。

你們已經知道他的為人、他的遭遇、知道他詞風的改變、知道他為什麼改變：第一，因為他經歷很多，所以要講出來的話也很多。第二，因為他真是長才，所以不知不覺他的感情跟他的詞句就奔赴到他的腕下，也因此而滔滔滾滾，一反令詞的風格。現在我把他的這首詞先唸一下：

賀新郎 病中有感

萬事催華髮！論龔生，天年竟夭，高名難沒。吾病難將醫藥治，耿耿胸中熱血。待灑向、西風殘月。剖卻心肝今置地，問華佗解我腸千結。追往恨，倍淒咽。

故人慷慨多奇節。為當年，沉吟不斷，草間偷活。艾灸眉頭瓜噴鼻，今日須難決絕。早患苦，重來千疊。脫屣妻孥非易事，竟一錢不值何須說！人世事，幾完缺？

這首詞寫得真是悲歌慷慨，他的內心有多少的悲哀和遺憾？「萬事催華髮」，很平常的一句，但是他寫得多好！「華」，就是花的意思。我們說頭髮花白了，你的黑頭髮裡邊開始有了白顏色的頭髮，我們叫花白。當然，人總會衰老的，但當你經歷憂患苦難後，你的頭髮就花白得更厲害了，所以他說「萬事催華髮」。「萬事」，他生平一切悲哀苦難的經歷。我曾給大家一些參考的材料，裡面有他寫給他兒子的遺疏，其中就有幾句說：「一生遭際，萬事憂危，無一刻不歷艱難，無一遇不嘗辛苦。」你們如果對明清之際的歷史不瞭解，就對他所說的話不會十分清楚。可以說他的艱難危險是從他會試第一名，廷試第二名就開始的。在他考試的時候主考官正宰相及副宰相之間有政治鬥爭，所以他考上之後就平白的被人家說有舞弊之嫌。在以前的科場案中如果舞弊之名真的成立的話，就有滿門抄斬之禍，這是很嚴重的罪名，而且他復社的老師張溥也捲入了政治鬥爭，所以吳梅村的一生真是有很多危難，我現在沒辦法仔細講，只能說一些大概。

人，當然是會衰老。可是在這種苦難、危險之中，你的精力所受到的挫折跟摧毀就更多。所以李後主說：「林花謝了春紅，太匆匆。」我們人的一生本來就是非常短暫。何況無奈的還有「朝來寒雨晚來風」。人生是有這麼多的風雨，無怪他要說：「萬事催華髮！」這第一句就包含了很多他平生的悲慨。

吳偉業是位學養很豐富的人，他對歷史非常熟悉，接下來他就想到一個古人。我曾說人都要接受考驗，古人也是要經歷考驗的。「論龔生，天年竟夭，高名難沒」，這說的是漢朝的龔勝。在漢朝王莽篡位時，龔勝跟他的朋友邴漢相約不仕新朝，辭官歸去。當王莽正式篡立後，史書記載：「莽既篡奪，遣使者拜勝為講學祭酒。」王莽要龔勝出來當國立學校的校長。這裡吳偉業用典用得很妙，因為吳偉業本人被推薦仕清後，他的官銜也是國子監祭酒，而龔勝也是被推派出來要當祭酒，吳偉業真是有學問，用的典非常恰當，他有很多話不能說，他不能在詞裡直說我不願意仕清，所以他用了很多典故。

龔勝是曾被王莽請出山做祭酒，但是龔勝不願意。他說我年紀這麼大了，早晚就要死了，「今年老矣，旦暮入地，誼豈以一身事二姓？下見故主哉」，遂不復開口飲食。所以龔勝就絕食死了，死後又怎麼樣呢？這時龔勝是七十九歲。我們不知道人生在什麼時候要遭到考驗，也許是在很年輕的時候，也許是要活到桑榆晚景的七十九歲時考驗才來到。你這時能通過人生的考驗嗎？所以吳偉業說得很好：「論龔生，天年竟夭。」我們常說人應該享壽天年，也就是自然的死去。人生七十古來稀，本來七十九歲差不多也是生命快走到最後了，而龔勝竟然在這時才遇到了考驗，也竟然以餓死保全了他的名節。所以說「天年竟夭」，在這麼高的年壽時竟然遇到考驗，而竟然夭亡。夭，就是中途意外死去，是外來的因素而非自然死去，他是絕食餓死的。吳偉業是非常感慨的，所以說「論龔生，天年竟夭」，七十多歲了竟然活活餓死，不能終享天年。不過他雖然是餓死的，可是「高名難沒」，他終竟贏得了人生的考驗，他這種崇高節義的名聲千古都不會被磨滅。這是一個典故，他沒有再說下去，只舉了一個歷史人物的故事。

接下來他再說：「吾病難將醫藥治，耿耿胸中熱血。」他說我這次病得這麼重，沒有藥能治我的病。因為他經歷了這麼多的憂患痛苦，他說我的身體有這麼多的疾病，可是我的內心是「耿耿胸中熱血」。難道我就是這樣一個甘心於屈辱污穢的人嗎？不是的！「耿耿」，就是光明，如你點了一盞燈，而那一點的光明一直不肯熄滅就叫耿耿。我內心之中有一點光明不肯磨滅掉，這是我胸中的熱血，這是我的品德、我的忠愛，可是我心內的熱血向誰來證明？

「待灑向、西風殘月」，他說我胸中雖殘留有那一點光明，但我的身體已經污穢了，誰會相信我的內心還有這一點光明？我只能把我的熱血灑向那淒涼凜冽的秋風之中，在那殘缺將要沉落的月光之下，我只能面對這樣淒涼的景況。我無法向人說明我胸中不磨滅的忠愛，我有什麼資格向人說呢？所以吳梅村給他的兒子留了一封遺疏，他說當時：「老親懼禍，流涕催裝。」以表明自己受到這種屈辱是不得已的。他再說：「剖卻心肝今置地。」我願意剖開心來給大家看一看，把我的心肝拋在地上讓大家看個清楚。「問華佗解我腸千結」，「華佗」，這又是一個典故。他是三國時代名醫，他給人治病其實用的就是外科醫生的手術。如果有人內臟有病，他就把人的內臟剖開洗滌乾淨，再把病灶切除，然後敷上膏藥這就好了，傳說中華佗有這樣的醫術。吳梅村說，我的疾病是我內心的憂傷、悔恨、悲苦，我解不開我自己心裡的結，就像人家說的心有千千結，我就是有這麼多愁結，所以我生病了。如果我把自己的心肝拋到地下，是不是就有一個像華佗這樣的神醫，能夠給我內心這種千迴百轉憂恨糾纏的愁腸解開？有嗎？

「追往恨，倍淒咽」，他說我追想往日我內心的悲哀悔恨。你想他受到崇禎皇帝當年如此的厚愛，如此的重恩，撤了殿前金蓮燭臺給他回鄉完婚，如此種種的厚愛。他也曾依附南明的福王但是並不能恢復大業，最後被迫仕奉清朝。而當時像陳子龍這些人跟他年紀相若，他這些同輩結果都怎麼樣了呢？所以他說「追往恨」，我過去有多少憂愁、悔恨？我現在真是「倍淒咽」。我有說不出的淒涼，哭不出的哽咽，這真是「追往恨，倍淒咽」。這是它的上半首。

下半首他接著說：「故人慷慨多奇節」，我的老朋友，跟我同年齡的，同輩分的，他們那樣的激昂慷慨，有多少不平凡的、不磨滅的品節。他的朋友抗清死難的，像陳子龍、像楊文聰，還不只是這些人，像陳子龍的朋友夏允彝、夏完淳父子，這些都是江南人，都是吳梅村的故友，他們都殉節死難了。

只有我「為當年，沉吟不斷，草間偷活」，只因為我為當年的一點沉吟，不能決斷。什麼叫沉吟呢？沉就是沉思，翻來覆去地想。吟呢？我們說沉思吟想，有時一個人想到出神了，口裡就唸唸有詞是做還是不做呢？這就叫沉吟。心裡邊沉思，口中還唸唸有詞的，這樣就叫沉吟。他當然不是心甘情願來出仕清朝，他也曾經沉思吟想猶疑不決，可是他就沒能在當時下一個決斷，堅持自己不出山仕清。就這麼一個念頭，他就「草間偷活」。從此後也只能忍辱偷生，該死的時候沒有死，這就叫偷活。什麼叫「草間偷活」呢？吳梅村不愧是有才的人，他讀的書多，一下手那些典故就紛紛來到他的筆下。草間偷活也有個典，在晉朝時王敦是叛將，他帶著叛軍攻打晉朝的正規部隊，即六軍，六軍兵敗，此時掌六軍的叫周顗，他手下的長史叫郝嘏，還有他左右文武都勸周顗避難，可是周顗卻說「吾備位大臣」，我占了國家的一個官位，做了國家的大臣，「朝廷傾撓，豈可草間偷活」。「傾撓」，就是朝廷傾覆了，朝廷有危險。當國家有了危險，我周顗怎麼能夠在草間苟且偷生，而去投身胡虜呢？這就是草間偷活的典故，這說的是在朝廷危險時不肯投降的人。可是我吳梅村為了當年一念之差，沉吟不斷，落得如今草間偷活。他說你們現在若要給我治病，那真是「艾灸眉頭瓜噴鼻，今日須難決絕」。吳偉業的長調作品典故很多，就跟辛棄疾一樣。「艾灸眉頭瓜噴鼻」，是中國古代治疾病的一種方法。《隋書》記載，有一人名麥鐵杖，「遼東之役，請為前鋒，顧謂醫者吳景賢曰：『大丈夫性命自有所在，豈能艾炷灸頞，瓜蒂噴鼻、治黃不差，而臥死兒女手中乎？』」他說一個大丈夫男子漢應該把生死看成命定，我怎能夠拿艾草綁成一捆，然後點燃艾草而來針灸我的額頭呢?什麼叫「瓜蒂噴鼻」呢?就是用艾草在額頭針灸時,若溫度太高呼吸不暢,就拿比較涼的瓜蒂放在鼻子上給他通氣,這是瓜蒂噴鼻的典故。吳梅村說現在你們用艾草來針灸我的眉頭,用瓜蒂噴我的鼻子來給我治病,但是「今日須難決絕」,今天我在臨死之前,我還是不能解開我內心的鬱結,泯除我所有的愧悔。

天下有不同的人,像曹操這一類的人是寧可我負天下人,只要是對我懷疑的、只要是對我猜忌的、只要是跟我奪權的,我都要想盡辦法把他消滅,這是寧可我負天下人。可是也有一種人是寧可天下人負我,而我不負天下人。因為人家負我,你可以原諒人,這個原諒在你,如果你對別人有了虧欠,你一生無法挽回,就像李雯的愧疚,吳偉業的愧疚。因為當你內心做了對不起人的事情,這個結就沒有辦法解開。所以有同學問我:為什麼孔子說:「朝聞道,夕死可矣!」什麼是道?孔子又曾說:「仁者不憂。」什麼又是仁者?孟子曾說:「仰不愧於天,俯不怍於人。」上面沒有對不起天,下面沒有對不起人。我內心反省沒有一點過錯,我就可以沒有虧欠。可是吳偉業沒有辦法,他說,我內心的腸憂鬱千結,一直到死也沒有辦法解開。「決絕」,在這裡不是指平常的斷絕,在前面的沉吟不斷也是不能夠斷決的意思,可是這難以決絕的這個「決絕」,不是平常的決絕,是在死生之際你能夠安然地面對死亡的判決嗎?我前面講過李雯的那首〈風流子〉，他說：「難把一樽輕送。」如果春天走了，我可以準備一杯送春的酒，來把春天送走。可是我對於明朝的滅亡，對於過去的朋友，過去的理想和志意，我都辜負了，我內心沒有平安，所以我不能若無其事的只拿一杯酒就把春天揮送，因為在我內心有多少各種不同恩恩怨怨的感情。現在再回過頭講吳偉業，他說「今日須難決絕」，我今天在臨死的時候真是難以面對死亡。

陶淵明的〈歸去來辭〉說：「聊乘化以歸盡，樂乎天命復奚疑？」「化」，指的就是宇宙天地運行的大化。寒來暑往，人的生老病死，宇宙自然的運化，人是無法違逆的。所以陶淵明說，當死亡來臨的那一天，我就順著它，順著這古往今來運行的大化，走向我人生最後的道路，這就是「聊乘化以歸盡」。什麼是「樂乎天命復奚疑」呢？上天給我的命壽，我應該有多少年壽就快樂的承受，我還有什麼可疑慮的？我還有什麼可困惑的？《孟子・盡心篇》曾說：「仰不愧於天，俯不怍於人」。《論語・顏淵篇》也曾說「內省不疚，夫何憂何懼？」你仰起頭來對上天，你沒有虧欠天理。你低下頭來面對世人，你沒有虧欠親友，你向內心省察自己，你沒有做過罪咎有愧的事，那你內心還有什麼困惑疑慮呢？可是李雯做不到這一點，吳偉業也做不到這一點，這就是因為他們內心有愧疚。

前幾天有個同學來問我，做人應該怎麼樣完成自己？西方有個哲學家亞伯拉罕・馬

斯洛 (A. H. Maslow) 寫了兩本哲學的書，一本是《人類生存的心理》，還有一本《自我的完成》。不管是中國的哲學家或是西方的哲學家，他們認為人生最重要的一件事情就是你如何完成你自己。李雯跟吳偉業之所以愧欠，因為他們是有了內疚。所以吳偉業說：「今日須難決絕。」我臨死也難以安然死去。

「早患苦，重來千疊」，我們曾經說過，從他二十三歲殿試第二名，考中了榜眼開始，當時就捲入了政治鬥爭，差一點釀成科場案。以後我們如果有機會講到納蘭成德、講到顧貞觀及他兩首最有名的〈金縷曲〉，就會談到清代的一些科場案。顧貞觀的兩首詞是為誰寫的？是為被貶放到寧古塔的吳漢槎，詞題中稱他為「吳季子」寫的。吳季子為什麼被貶放呢？因為他牽涉到一件很大的江南科場案件。在古代考試舞弊算是欺君之罪，如果罪名成立，後果是很嚴重的。我今天再補充一些資料，當時給吳偉業看卷子的房師李明瑞是什麼人？他就是吳偉業的父親吳坤的好朋友。我曾說吳偉業曾拜復社的張溥為師，又是誰把他介紹給張溥呢？也是李明瑞。如果當時崇禎皇帝不是一個明君的話，那吳梅村是很難逃過這一場考試的政治鬥爭的。而他是被周延儒選拔上的，他的房師是李明瑞，李明瑞的好朋友又是張溥，而當時張溥、周延儒在朝廷裡存在著很多政治黨爭的糾紛。以後福王在南京建立了小朝廷之後，根據吳梅村後來給他的兒子所寫的遺疏說當時是：「常慮捕者在門。」一直在擔心說不定哪天就把我捉走了，那時說的還不是清朝，那說的是南明的小朝廷。所以他說我的平生真是「早患苦，重來千疊」，我的憂患、我的苦難從很年輕時就重重到來。

你們有沒有發現他在這首詞裡面，用了很多的數目字。萬事催華髮的「萬」事、問華佗解我腸千結的「千」結，還有這裡的早患苦重來千疊的「千」疊。我常向你們說，你們作文章尤其是作詩，要避免用重複的字，這是對一般人而言。因為你肚子裡根本沒有很好的東西，而你還老重複，那真是很乏味。但是對真正有感情、有心胸志意要表達的，那你想要怎麼表達，就無妨怎麼表達。我的心裡邊確實有萬千的愁恨，我覺得我所有的憂愁苦難是千千萬萬，所以我就說：「萬」事催華髮、我就說我的腸「千」結、我就說我的患苦是重來「千」疊。你們一定要注意分別詩詞的好壞，詩詞的評賞沒有絕對的法則，重複字句就一定是壞的？那可不一定，你要從它的整體來看。

「脫屣妻孥非易事」，我們上次說過了，吳偉業跟李雯的不同，不但因為他們的經歷、他們感情的質量不同，他們的才賦也是不同的。李雯的秉賦是屬於比較幽微、纖細的才思。人天生下來就是不一樣的。而吳偉業是屬於比較飛揚、奔放的才思，所以吳偉業長篇的詩、長篇的歌行寫得洋洋灑灑、浩浩蕩蕩，寫得真是好。吳偉業早年也寫過小詞，你們都知道詞是從《花間集》開始的，它本來寫的都是美女與愛情，所以不管陳子龍也好，李雯也好，吳偉業也好，他們都寫過短小的描述美女跟愛情的令詞。可是一旦經歷了挫折打擊，變成有很多話要說的時候，吳偉業就把他自己另一面的才華呈現出來，開拓了一個新的途徑。本來在清朝早年的詞壇裡，不脫陳子龍、宋徵輿、李雯這「雲間」一派所籠罩，而吳偉業以他對歷史典故的博學，以他作長篇歌行的才華寫了長調，他開拓出來這激昂慷慨，極為奮發的詞體。雖然他是挫折的，雖然他是羞辱的，但是他內心裡有一種激昂奮發的氣勢，他內心雖然悔恨，可是他氣勢並非軟弱。我們說他對歷史典故很熟悉，所以有那麼多材料來寫。他說：「脫屣妻孥非易事」，這句也有個出處典故。其實有些個典故你看它或不看它，並沒有很必然的關係，這只是一個出處。在《史記》的〈封禪書〉裡邊說：「於是天子（指漢武帝）曰：『嗟乎，吾誠得如黃帝，吾視去妻子，如脫躧耳。』」這是說漢武帝有一次他封泰山，封禪也就是祭祀山川，不免要提到古代的軒轅黃帝，黃帝曾在鼎湖煉藥，後來他成為神仙。之後漢武帝聽說黃帝可以煉丹成仙，他說：「如果我要是像軒轅帝一樣可以成為神仙，我絕不留戀我的妻子、兒女，我撇棄我的妻子兒女就像脫掉一雙舊鞋一樣。」就像三國時的劉備一樣，有一次人家對劉備說，夫人被敵人捉去了，你可要趕快想辦法。他卻說，我看重的是關張結義的兄弟，

「兄弟如手足，妻子如衣服」，衣服舊了就換件新的，不要它了，這是脫屣妻孥的出處。可是吳偉業又說「脫屣妻孥非易事」，你真要撇棄你的家屬也不是一件容易的事。當年他受屈辱的時候上有年老的父母，下有妻子兒女，實在沒有辦法，一個人可以自己去死，但是能夠讓父母、妻兒老少一家子都跟我犧牲嗎？但是我畢竟是錯了，不管我怎麼不得已我也是錯了。

「竟一錢不值何須說」，現在我是一分錢也不值了，因為我是羞辱的、虧欠的。一錢不值當然也有出處，因時間來不及，只好請同學自己去看。他說我的生命已經一錢都不值了，這還有什麼話好說。

「人世事，幾完缺？」我們剛才說到《論語》上的話，陶淵明的話，還有西方的哲學家的話：「人要怎麼樣完成你自己？」人間的事幾完缺？不錯！我們都應該追求一個完整的人格。我們都應該有一個自我的完成。你自己的力量能夠完成嗎？經過考驗的時候你能夠完成嗎？吳偉業說，我何嘗願意有虧欠？但在人生的考驗之中幾個人是完？幾個人是缺？幾個人通過了考驗保全了自己？「人世事」，是「幾完缺」？

這首詞寫得真是感慨萬端。有很多人以為這是吳偉業的臨終絕筆，認為這是他臨死前寫的一首詞，但是有一個叫做談遷的寫有《北游錄・紀聞》，卻認為這不是吳偉業臨死寫的詞，寫這首詞距離他的死還有十年之久。我們後來知道這首詞不是他死前的作品，但當他病得很重的時候哪裡會曉得自己真的是會死還是不死呢？所以他那時的心情按理說是跟死前是差不多的，只是他這一次還算幸運沒有死就是了。他在臨死之前真的給他兒子寫的就是那封遺疏，他對於自己的過去有很多反省和懺悔，最後他還囑託他的家人說，我死了以後不要請任何人給我寫墓誌銘。中國古代的墓誌銘一般都是歌功頌德，但是吳偉業生平這麼屈辱，又怎能讓人寫墓誌銘呢？他說，我死後你們不必替我寫墓誌銘，你們只要找一塊石頭，沒有楞角的圓石頭，上面只寫「詩人吳梅村之墓」就好了。因為墓碑本是有楞角方形的，但是他就是不要碑銘，所以他只要圓石就好。他要讓世人知道，我所有在人間完成的，就只有我的詩。

而且我們還要說，一個人早死或晚死，你有沒有完成你自己？像太史公司馬遷受到腐刑，這是人間最屈辱的刑罰。他說，我之所以當時沒有就死去的原因，因為我要完成的事情尚未完成。如果司馬遷當年就死了，那麼我們今天就沒有這麼一部了不起的《史記》了；如果吳梅村當年就死了，我們也就看不到吳梅村的詩稿，那麼多記載明清易代之間，種種人世間、社會間現象的詩歌了。所以他完成的是一個詩人，而且他的詩歌確實反映了當時的歷史，自有他的意義與價值，而且在美學上，在詩歌上也有不可磨滅的成就。後來有一位詩人叫宗元翰，他在〈題吳梅村先生寫照〉一詩中就曾說：「苦被人稱吳祭酒，自題圓石做詩人。」這就是說吳梅村最苦惱的一件事情，就是被人叫做吳祭酒，因為這是清朝給他的職位。當年他被清朝召到北方，他從江蘇起身經過淮南的時候，他曾寫過一首詩叫〈過淮陰有感〉，其中有「我是淮王舊雞犬，不隨仙去落人間」之句。崇禎皇帝吊死在景山殉國了，吳偉業認為那時候他也應該跟崇禎皇帝一起死，因為崇禎皇帝對他那麼好，所以他說：「我是淮王舊雞犬。」這是一個歷史上的故事，從前漢朝有位淮南王，他學道成仙化去，他所煉的仙丹妙藥被他家的雞跟狗吃了，雞和狗也都成了仙。而吳梅村他真的受過崇禎皇帝的恩遇，因此他後悔當時沒有跟崇禎皇帝一起殉難，以致落到今天這麼屈辱。所以他說：「我是淮王舊雞犬，不隨仙去落人間。」

我們以前也說過，在他死前留給他兒子的遺疏裡，他也很真誠的提到過順治皇帝對他很好，在他生病的時候順治帝很關心他，曾賞賜很多的醫藥來治他的病。因此也有人說吳偉業人品不堪，早年仕明而後降清，而且文字裡提到清帝對他怎麼好，但是順治帝真的不是一個壞的皇帝。剛才我們講到漢武帝劉徹曾說：「如果我真的能夠成仙，那麼我就拋棄我的妻子兒女跟脫掉一雙舊鞋一樣。」而關於順治皇帝則有一個傳說，他曾寵愛一個妃子叫董鄂妃，而在董鄂妃死後只有半年的時間，順治皇帝也死了。但民間卻傳說順治帝不是真的死去，而是因為董鄂妃死了，他也就到五臺山出家去了。所以後來的康熙皇帝才會好幾次到五臺山參禮佛像，其實是去探望他的父親順治帝。這個故事說明了順治帝感情是這麼深厚。

而且我還要說一點，我從前在講李雯的時候，在講王夫之的時候，在講吳偉業的時候，我們是站在他們的立場，以一個漢民族對於異族，即滿族入侵我們中國，我們都是從這個角度講的，我們都是站在漢族的立場上來講的。而滿清之得天下，並不是他們自己來攻明朝，當時北京已經淪陷在李闖手中，是吳三桂請清兵入關的。而清兵入關之後曾替崇禎皇帝辦了很大的喪禮，對於漢人有文采有才華的都予徵召任用。而且你們要知道，他們一入關就接受且承認漢民族的文化，所以他們的皇帝從小就讀中國的經書，他們完全受漢民族文化的薰染。以後我們將有機會要講一個滿族詞人：納蘭成德。而第一本詞譜即是康熙皇帝欽定而且是他開雕的。清朝剛開始的幾個皇帝並不是那麼壞，至於他們打到南方來，就像古人說的：「臥榻之側豈容他人鼾睡。」他們要統治這個國家，當然要把反抗他們的勢力消滅，站在他們的立場也是不得不這麼做。

順治皇帝本人又是怎麼樣的一個人呢？在孟心史的《清史講義》中論及順治，說他「媚佛而不以布施土木病民」。順治皇帝是個信佛的人，孟心史用了一個「媚」字，含有不好的意思，其實這就是相信的意思。順治皇帝相信佛家的哲理，所以他到五臺山出家了。可是有些人信佛是迷信，做了許多壞事，卻拜佛求福而並不自己修行，這是迷信。而順治皇帝信佛，他所追求的是佛教真正的哲理，所以說他「媚佛而不以布施土木病民」。寵妾而沒有使後宮干政。我曾說他不是寵愛董鄂妃嗎？而在董鄂妃死後半年，清史說順治皇帝也死了，而按照民間的傳說是說順治帝出家去五臺山了。所以我們從順治的生平來看，他其實對人生的哲理有很深刻的了悟，這種超脫使他撇棄了萬乘之尊。古今中外為了爭奪帝位，為了奪權，付出了多少慘痛的代價？而順治帝卻能撇棄萬乘之尊。所以孟心史說他：「理解之超，情感之篤。翛然忘其萬乘之尊，真美質也。」對於他所愛的人感情的深厚，能夠翛然的把一切都擺脫，這是最好的哲理，最好的真情，能夠把一切都看開。

「翛然忘其萬乘之尊，真美質也」，連漢族人孟心史也讚美他，他本身的材質真是美好。還有《清史大綱》第六章第二節，曾經有專章討論順治皇帝的重視法律、愛護人民，他注意延攬人才，這都有專章記載。

我之所以講這些，是為了說明不能因為吳梅村在文章裡記載了順治皇帝對他好，就說吳梅村是無恥的。吳梅村也是有感情的人，他對明朝的皇帝當然有感情，他既然不得已降了清，而清朝的皇帝對他也不錯，當然他也感激。一件事情我們應該分開幾個層面來看。好了，我們現在真的是不得已，我們就把吳偉業結束在這裡。

第四講 陳維崧

晴髻離離，太行山勢如蝌蚪。
稗花盈畝，一寸霜皮厚。
趙魏燕韓，歷歷堪回首。
悲風吼，臨洺驛口，黃葉中原走。

現在我們來看另外一個作者陳維崧。我們講過的李雯、王夫之、吳偉業，那真是如同葉恭綽在《廣篋中詞》說的：「蘊發無端，笑啼非假。」他們真的是經過了一個天地變革憂患重重的時代，是中心有所蘊藏而自然就發出來的，這是他們這一派的成就。到了陳維崧的時候，這是清朝的詞達到一個全盛的時代了。在此之前是個發端的時代，現在則是到了全盛時期。全盛時期有幾個重要的作者，我們說清詞之所以興盛是他們付出了破國亡家的代價，所以清朝初年有這麼多出色的詞人，這當然是一個原因。但是如果僅只是這樣的話，它只能夠在開端的短期有一段興盛。清詞它是從清初一直到清末，不同的階段有不同的成就。

清詞另外一個興盛的原因我也曾說過，因為加入清詞寫作的作者，都是一時才智之選，在創作上、在研究上、在學術上都是有很了不起的成就的人，還有當時創作的風氣是很盛的，僅是雲間一地就有那麼多的詞人。至於陳維崧則是江蘇宜興人，中國古代把這個地方叫陽羨，而陽羨也是詞風很盛的。清朝詞的流派很多，因為各地區的作者多，才能形成派別，否則一個人怎能成派？而這麼多的作者因之能成派別，也就是每一個地區有每一個地區的詞人，有每一個地區的風格。雲間有雲間的風格，陽羨有陽羨的風格。其實他們的詞派是很多的，在嚴迪昌所寫的《清詞史》裡記載，清詞的流派有十幾個之多，而清詞的流派裡面最重要的三派就是：陽羨派以陳維崧為領袖，浙西派以朱彝尊為領袖，常州派則以張惠言為領袖。

現在我們要講陳維崧，要從不同的眼光來看他。陳維崧是一個怎樣了不起的詞人？他又建立了怎樣的一個風格呢？陳維崧編有一本詞集《今詞苑》，還編有《婦人集》。他自己的創作則有一千數百多首，古今的詞人要論數量之多，陳維崧可說是無人能比的。當然他也有追隨者才能形成流派，像蔣景祁也是陽羨人，編有《瑤華集》，曹亮武編有《荊溪詞初集》，不但如此，他們這陽羨一派以為他們自有源流。他們說南宋的詞人蔣竹山（蔣捷）也是陽羨人，而且他們還自負說我們陽羨人不但詞寫得好，而且人品也高潔，因為蔣竹山在南宋亡了以後是不仕終身的。

而陳維崧的伯父陳貞達曾經做過順天府的知事，在李闖入京的時候罵賊而死，陳貞達的兒子入清以後也是終身不仕。陳維崧曾經考過鄉試而後並沒有再高中，家道中落。因為他家遭遇到一件不幸的事情，就是他的父親陳貞慧也就是明末四公子之一，另外三位是桐城的方以智、商邱的侯方域、如皋的冒襄。他們當時組織了復社、幾社，常常議論朝政，特別是反對明朝的宦官。陳貞慧和吳應箕一同草寫過〈留都防亂檄〉，那是在崇禎十一年。也就是在明亡前不久，京都已經非常危亂的時候，他們提出怎樣抵抗民間的叛亂，也對宦官做了非常嚴重的批評和攻擊，因此被捕入獄，後來吳應箕死了，陳貞慧僥倖被釋放，南明滅亡以後隱居不仕，在順治十三年就病死了。所以我們剛才說到陳維崧家道中落，那就是因為他父親經過了一段被拘捕的患難，而且在明朝敗亡以後他父親一直沒有出仕，所以他們就家道中落了。

陳維崧在幼少年時期，一直是生長在富貴繁華的環境中。他父親是明末四公子之一，來往的都是一時俊彥。陳維崧在十歲的時候就表現出他出色的文學天才，曾替他的祖父寫文章，受到他父輩的驚嘆和讚賞，已經嶄露頭角。入清以後曾補諸生，未中舉人，兼家道中落，一直到康熙十八年才舉博學鴻詞科，授官翰林院檢討，不數年稱病歸隱，卒於家。

他的詞氣魄大，筆力遒，可惜微欠沉鬱。剛才吳偉業說的「人世事，幾完缺？」人間什麼都要好，你怎麼能夠這麼幸運呢？所以古人說：「豐茲吝彼，理詎能雙？」你這一邊的東西得到的豐富了，那另外一邊的東西得到的就少了。人不但命運難以完美，一個人的才也各有所偏。因為陳維崧的風格是勁大、力遒，所以他就比較不能夠沉鬱，他噴發的力量太大了，所以沉澱的分量就不夠，你不能要求一股水又噴射又沉澱。這就是像我們剛才所說的對一個朝代或一件事情、或是一個人，都要從多方面來看，才能夠看得周全。以前我們講過的李雯、吳偉業他們的詞是有很多幽微曲折的地方，所以我們要慢慢地講。現在到了陳維崧我們可以講快一點，以氣勝的詞它是滔滔滾滾、洋洋灑灑，你一唸就會被它打動了。現在我們就來唸陳維崧的兩首詞：

沁園春

贈別芝麓先生，即用其題《烏絲詞》韻

四十諸生，落拓長安，公乎念之！正戟門開日，呼余驚座；燭花滅處，目我于思。古說感恩，不如知己，卮酒為公安足辭？吾醉矣！纔一聲河滿，淚滴珠徽。昨來夜雨霏霏，嘆如此狂飆世所稀。恰山崩石裂，其窮已甚；獅騰象踏，此景尤奇。我賦將歸，公言小住，歸路銀濤百丈飛。氍毹暖，趁銅街似水，賡和無題。

又

歸去來兮！竟別公歸，輕帆早張。看秋方欲雨，詩爭人瘦；天其未老，身與名藏。禪榻吹簫，妓堂說劍，也算男兒意氣揚。真愁絕，卻心憂似月，鬢禿成霜。

新詞填罷蒼涼，更暫緩臨歧入醉鄉。況僕本恨人，能無刺骨，公真長者，未免霑裳。此去荊谿，舊名罨畫，擬繞蕭齋種白楊。從今後，莫逢人許我，宋豔班香。

這兩首詞陳維崧是寫給芝麓先生，向他告別的。現在我要考考你們，誰還記得芝麓先生？芝麓先生就是龔芝麓。我們開始講李雯的〈風流子〉底下有個小題「同芝麓」三字，你們還記不記得？這位芝麓先生投降了兩次，他比李雯他們受的屈辱更大。人家李雯跟吳偉業只投降了一次，這位龔芝麓真是沒有臉面，李闖進城他投降了一次，等滿清入關他又投降了滿清。這天下的事情真是難說，龔芝麓他自己受到了兩次的屈辱，但是他用他在滿清朝廷的地位保護了很多明末的志士，所以天下的事你很難只用一個觀點來判別是非。我們剛才說過陳維崧的伯父陳貞達是罵賊而死，而他現在這一首詞卻是寫給投降了李闖的龔芝麓，這是為了什麼？因為陳維崧終其身未遂科第，一直到四、五十歲也沒有一官半職，他父親被捕入獄，家道中落，貧困不堪，而龔芝麓在朝中顯赫，又喜接濟這些潦倒困頓的人，所以陳維崧對龔芝麓是非常感激的，因此寫了這首詞送他。我現在把這首詞大概的講一講。

附題是「贈別芝麓先生，即用其題《烏絲詞》韻」，《烏絲詞》是陳維崧早年的詞集。

「四十諸生，落拓長安，公乎念之！」他的詞非常口語化，我這麼一唸，你們大概就明白了。他說我陳維崧一直到四十歲也沒有考中一個舉人，四十歲了還落魄在首都，誰顧念我陳維崧呢？那就是龔芝麓先生。

「正戟門開日，呼余驚座；燭花滅處，目我于思。」「戟門」，就是大官的衙門。有人守衛的，因為龔芝麓做的是高官。陳維崧這裡的意思是說，你那高官的門打開了，把我請了進來，大家都驚訝，你怎麼請了這個落魄潦倒的陳維崧？「燭花滅處」，他用了一個《史記》上的典故，即滅燭留客。古時有一個主人把其他的客人都送走了，只留下一個他最看重的客人淳于髡。把蠟燭熄滅了，表示宴會已經結束。「目我于思」，你特別看得起我，看得起我什麼呢，「于思」又是什麼呢？于思是連鬢的鬍子，有的男人鬍子頭髮長得很茂盛，而且從頭髮直連下來到鬍子，這就叫于思。一般來說，這樣的人血氣都是很強盛，所以陳維崧的才氣有他的特色。他說，你特別欣賞我這個大鬍子，這是「目我于思」。

「古說感恩，不如知己，卮酒為公安足辭？」古人說是感恩，不錯，你如果周濟我，接待我，我應該感恩。可是我所感激你的不只是你對我好，我感恩。「不如知己」，你瞭解我，欣賞我，引以為知己，這讓我更為感激。「卮酒為公安足辭」，所以我要為你飲一杯酒，我要敬你一杯酒，為了你我不會推辭的！

「吾醉矣！纔一聲河滿，淚滴珠徽。」現在我已經喝醉了，我才唱了一首離別的歌曲，淚珠就滴落在琴的絃柱上。「河滿」，也就是何滿子。本來是一個唐朝歌者的名字，他因為犯了法，要被處死。在臨刑前，他要再譜一個曲子就是後世相傳的〈河滿子〉，看能不能免刑，但是最後還是被處死了。據說〈河滿子〉是一個非常感動人的曲調，後來到了唐文宗的時候，文宗快病歿時，後宮有一個孟才人，她就對文宗說：「如果你死了，我也一起和你殉葬，不過我自殺以前要為你唱一曲〈河滿子〉。」〈河滿子〉的曲調非常哀怨，她才開口一唱，就腸斷而死。所以在《唐詩三百首》裡就有一首寫的是：「故國三千里，深宮二十年。一聲河滿子，雙淚落君前。」

陳維崧在這裡的意思是，我現在寫這一首詞，我才下筆寫這首詞，就淚滴珠徽。徽，就是琴柱上的標誌，這個標誌就叫琴徽。很珍貴的琴它上面的記號是用珠玉做的裝飾，這就叫珠徽。「淚滴珠徽」的意思，就是說，我的眼淚灑滿在琴上。琴，古人認為它是最能傳達你內心的心聲的。關於琴有很多的故事，古人說，你心念一動，從琴音裡就表現出來了。所以俞伯牙鼓琴、鍾子期聽琴說：「巍巍乎，志在高山，洋洋乎，志在流水……。」高山流水也就是知己、知音的意思。所以他說：「一聲河滿」，就「淚滴珠徽」。後面下半片陳維崧接著又說：「昨來夜雨霏霏，嘆如此狂飆世所稀」，這個可能是他寫這首詞的前一天晚上真的下了雨。「嘆如此狂飆世所稀」，「狂飆」，就是大風。他說，這麼大的狂風暴雨還真是少見。

「恰山崩石裂，其窮已甚；獅騰象踏，此景尤奇」，這個大風雨，它的聲勢真像山崩石裂，一切都困窮到極點，所有的東西都毀壞了；又好像獅子、大象在奔跑，這種景象真是奇特。「獅騰象踏，此景尤奇」，這幾句他表面好像形容風雨，其實「山崩石裂」，他暗示的是自己的窮途困頓。「獅騰象踏」，暗指的是他不受拘束、豪邁灑脫的才能。這幾句他是借下雨的形象來寫的。「山崩石裂，其窮已甚」，這寫的是「窮」。「獅騰象踏，此景尤奇」，這寫的是「奇」。這「窮」跟「奇」說的就是我陳維崧命運之「窮」，我的才能之「奇」。

「我賦將歸，公言小住，歸路銀濤百丈飛。」陳維崧是江南人，龔芝麓現在是在京城。他說，我偶然來到京城，看看有沒有什麼仕宦的機會，但是一直都沒有，所以我只好回去了，但是你卻憐才還要留我再住下。你們在這裡可以看到這都是排偶的句子：「我賦將歸，公言小住」，甚至前面的：「四十諸生，落拓長安，公乎念之！正戟門開日，呼余驚座；燭花滅處，目我于思。古說感恩，不如知己……」這都是駢偶的對句，「山崩石裂，其窮已甚；獅騰象踏，此景尤奇」，這都是一排一排並列的句子。接著下一句：「歸路銀濤百丈飛」，這一句的形象用得也很不錯。剛才寫風雨用的是「山崩石裂，獅騰象踏」，這裡又用「銀濤百丈飛」。陳維崧又說，我就是要回到我的故鄉去，我要走的路也不會是平安的，也不會是平靜的，前面還有多少的憂苦患難在等待我呢？

「氍毹暖」，「氍毹」，就是毛氈，也就是地氈一類的毛織物。龔芝麓當時的官職已相當高，所以在他的宅第之中有這麼一個溫暖可遮蔽風雨的地方。

「趁銅街似水，賡和無題。」「銅街」，就是首都的街道。在古時的洛陽有一條街叫銅駝街。所謂「似水」唐人也有詩說「天街似水」，也是指天子所在的京城街道。「似水」，夜晚的時候像水一樣的柔和平靜，月光如水照在街道上。「賡和無題」，我們可以寫詞來唱和，這唱和的題目是「無題」。因為我們都是要發洩表達我們內心很深厚的情意，不是被任何的題目可以約束住的。

我們現在如果每一首都像這樣說也來不及了，我們選讀的這二首詞都是送給龔芝麓的，這二首詞基本上都是寫陳維崧自己的落拓不平。

清初這些詞人各以他們的才華，不但開創出來不同的風格，而且他們每個人對於詞有不同的看法。我們下面將要講幾首他的小令；我們將看到為什麼陳維崧能夠把他的小令寫得這樣的雄偉，有這樣的氣勢，而脫除了閨閣園庭傷春怨別的傳統風格？因為陳維崧曾有這樣的講法，在他自己編的《今詞苑．序》中他說：「蓋天之生才不盡，文章之體格亦不盡。」所以他的開創是有心來開創的。他說上天生下我們每個人的才能是不相同的，所以我們每個人所表現的作品風格當然也是不同的。他再說：「要之，穴幽出險，以礪其思。」他說主要的說起來，如果你能寫得很深刻就好像你找到了一個洞穴探測到它最幽深的地方，你能夠把最難寫的情況寫出來，就好像探險出了險境，這是不容易的，也就是說寫得愈深刻也就愈能加強、磨礪你的才思。又說「海涵地負，以博其趣」，這是說，你有這麼開闊博大的氣勢，就好像大海涵育在其中，就使得你的才思、感情都能納入，不是只能夠寫美女跟愛情，不是只能寫傷春跟怨別，而是像大海一樣無所不容的，是像大地一樣無所不能負載的。所以說「海涵地負，以博其趣」，這樣就能擴大你作品的氣勢。又說「窮神入化，以觀其變」，你能夠知道一切神妙的變化，才能使你的文章不落入俗套。「竭才盡慮，以會其通」，竭盡你的才能，用深遠的思慮，然後才融會貫通。你如果能做到如此，那麼「為經、為史、曰詩、曰詞，閉門造車，諒無異轍也」，不管你作什麼，你寫出來的可以是經書，可以是史書；或者你寫的是詩，或者你寫的是詞，你不管外邊的人是怎樣的，你自己只要懂得這些基本的原理，古人不是說閉門造車嗎？你如果懂得這些原理，那你造出來的不管是大車、小車，兩個輪子或是四個輪子都是可以行走的。也就是陳維崧認為，你如果有這樣「穴幽出險、海涵地負、窮神入化、竭才盡慮」的才能和修養，那無論你寫出什麼樣的作品來都是好的。

從陳維崧所提出來的這些理論，你們可以看到，他是要有所開創的。所以他才說：「天之生才不盡，文章之體格亦不盡。」為什麼你們這些作詞的人都只能寫同樣的體裁呢？為什麼你們都要寫傷春怨別，美女跟愛情呢？我就是不寫它，我也要寫出好的作品來。陳維崧是有他的自覺的，所以他的小令跟一般人的小令是不同的，這是我們之所以要選他一首小令做例證的原因。

現在我們就要看一首陳維崧的短小的令詞。有些詞你只要一唸，體會它那個氣勢就好了。我先把它唸一遍。

點絳唇

晴髻離離，太行山勢如蝌蚪。稗花盈畝，一寸霜皮厚。

趙魏燕韓，歷歷堪回首。悲風吼，臨洺驛口，黃葉中原走。

「晴髻離離，太行山勢如蝌蚪。稗花盈畝，一寸霜皮厚」，你們發現我唸的「行」字跟「厚」字是與平常讀音不同的。中國的歷史太長久了，關於字的讀音，一般有所謂破音字，它們詞性不同，讀音就不同了。你說銀「行」（ㄏㄤˊ），你不能說銀「行」（ㄒㄧㄥˊ）。你說「行」（ㄒㄧㄥˊ）走，你不能說「行」（ㄏㄤˊ）走，是不是？有的因為詞性不同，讀音就不同。有的是因為古代的讀音跟現代的不同，是古今的音不同；有的是這個地區跟那個地區的讀音不同，這是方音的不同。這首詞中的「稗」花盈「畝」，一寸霜皮「厚」（ㄏㄡˇ）。末字的讀音跟那個「太行山勢如蝌蚪」，是押韻的。所以像這樣的詞，就不是李雯他們那些講什麼言外之深幽窈眇的潛能 (potential effect)，它不是這樣的，陳維崧的詞講求的是它的氣勢。

「晴髻離離」，他說，你看太行山在晴空之下，一個一個的山頭，像什麼呢？就像女人頭上盤的髮髻一樣。「離離」，是清清楚楚的看到。「太行山勢如蝌蚪」，蝌蚪，是蛤蟆或青蛙的幼小時期。詩人想像太行山的山勢像一個個的蝌蚪在游過來一樣，他是用動的動物來比喻靜的山頭。辛棄疾有一首很有名的詞：「疊嶂西馳，萬馬迴旋，眾山欲東。」辛稼軒是用萬馬奔騰的馬來比喻山勢；而陳維崧是把一個個的蝌蚪來比喻一座座的山頭。

「稗花盈畝」，秋天的季節正是原野上稗子花開的時候，漫山遍野都是稗花。「一寸霜皮厚」，此時天氣已經冷了，在這些草木之上都下了嚴霜，所有的綠草都讓白色的霜給遮蓋了。他是寫在秋天寒冷的季節，草木結成厚霜的景象。這都是寫在秋天廣闊原野上的荒涼。接著他再說，「趙魏燕韓，歷歷堪回首。」古代的盛衰興亡，在這裡經歷了多少歷史上的戰亂，我們可以在歷史上回想趙、魏、燕、韓這些戰國時的國家。「悲風吼」，一陣一陣悲涼的秋風吹來。「臨洺驛口」，我站在這古代交通的要站臨洺驛口上。「黃葉中原走」，黃葉就是落葉，落葉被風吹得滿地迴旋。這表示什麼呢？這是表示我們中國大地上盛衰興亡的戰亂歷來都不斷，所以他用黃葉中原走的形象，形容國家動盪。

好，我們現在看了陳維崧的一首小令，果然與那些兒女柔情不同。陳維崧改變了清詞的風格，拓展了詞的內容，他寫出了這麼雄偉的小令，寫出了這麼開闊的內容。再如我們還選錄了他的一首〈縴夫詞〉，是同情勞苦大眾的作品，這樣氣勢磅礴的作品都是他的開拓，我們都應該承認他的成就。

賀新郎 縴夫詞

戰艦排江口。正天邊、真王拜印，蛟螭蟠鈕。徵發櫂船郎十萬，列郡風馳雨驟。嘆閭左、騷然雞狗。里正前團催後保，盡纍纍鎖繫空倉後。捽頭去，敢搖手？

稻花恰稱霜天秀。有丁男、臨岐訣絕，草間病婦。此去三江牽百丈，雪浪排檣夜吼。背耐得土牛鞭否？好倚後園楓樹下，向叢祠亟倩巫澆酒。神佑我，歸田畝。

這首詞寫得當然很有感慨，也很有氣勢。可是我們現在講的是詞，陳維崧的詞是有他的好處，但詩跟詞是有不同的地方，詩是言志的，是直接寫你自己內心的感情、思想、志意而能打動讀者的心，即是好的作品、好的詩。而詞這種體式則不然，詞有一種特殊的美感特質，要以曲折、深隱為美，能夠引起讀者言外的感發和聯想的才是好的詞，你們一定要注意到這點。

我不是說陳維崧的作品不好，他的作品其實也是很好的，他的作品有「詩」之美好的特質。他的氣勢、他的感情、他的內容、他直接感發的力量，你一唸就可以感覺得到。

而且很多人也都很欣賞他的作品，因為它有詩的好處，我們一定要承認這一點。可是有一些比較重視詞之特質的人，就說這樣的詞不是好的詞，是詞裡的好詩，但不是好詞。現在我簡單的介紹一下陳維崧，陳維崧工駢體文，填詞多到一千四百餘首，與朱彝尊齊名，號稱朱陳，前人評語說「然其詞豪縱有餘，深厚不足，讀之甚少餘味」。你們看到這是前人對他的評語，他的詞我們一唸一讀覺得他真是好，可是不耐人吟味。評語又說「蓋學稼軒而未至者」，說他是想學辛棄疾但是學得不夠好。要說到豪放的詞裡邊寫得最好的，是豪放但同時也有詞的曲折委婉之美的，那非辛棄疾莫屬。辛棄疾的詞真的是好，那真是英雄豪傑，真是豪放，但又盤旋曲折。我們上次說過詞的風格，你不能要求它又噴薄而出，也要它同時又沉瀫。陳維崧的詞是噴射這一類，整個是噴發出來的，寫得不夠沉鬱。而辛棄疾真是做到了既噴發又沉鬱這兩點。他既有英雄豪傑奔騰的氣概，可是又是如此深厚曲折又盤旋沉鬱。辛棄疾真是一個了不起的詞人，不過今天我們並不是講他的詞。

前人對陳維崧的批評也是對的。像陳維崧只是表面上的豪放，他盤旋沉鬱的地方真是不夠，他像是小孩玩的水槍射箭一下子就噴射出來了，沒有太多的餘韻。但是他的作品多，也算是清詞的一大家。謝章鋌《賭棋山莊詞話》云：「稼軒是極有性情人，學稼軒者，胸中須先具一段真氣奇氣，否則雖紙上奔騰，其中俄空焉，亦蕭蕭索索如牖下風耳。」這是在批評陳維崧這一派人，「學辛棄疾而未至者」有感而發的。陳維崧的詞確實有他的好處，有他開拓的那一面，但是我們也不得不承認他的詞不耐人尋味，因此也就不合乎詞所要求的美感特質。所以有一些對詞之美感特質較注意的批評者，就認為他的詞是不夠好。不過陳維崧的詞裡面有些佳作，則是既有他本來天生豪縱的一面，而同時也有相當的盤旋沉鬱，保留了詞所要求的曲折深隱之美感的，即如下面要跟大家講的〈夏初臨〉這首詞，現在我也先將它唸一遍。

夏初臨　本意

癸丑三月十九日，
用明楊孟載韻

中酒心情，拆綿時節，瞢騰剛送春歸。一畝池塘，綠陰濃觸簾衣。柳花攪亂晴暉，更晝樑，玉翦交飛。販茶船重，挑筍人忙，山市成圍。

驀然卻想，三十年前，銅駝恨積，金谷人稀。劃殘竹粉，舊愁寫向闌西。惆悵移時，鎮無聊掐損薔薇。許誰知，細柳新蒲，都付鵑啼。

我們現在先看它的題目：「本意」，就是說我所寫的內容就是這個詞的牌調名〈夏初臨〉。在這首詞內是說夏天剛剛來到的時節，他寫作是在什麼時候呢？他說是在癸丑那一年的三月十九日，那一天已經是初夏的氣候了。中國陰曆的三月十九日已經是陽曆的四月下旬左右，在大陸上天氣已經開始熱了，夏天來了。這首詞前半首寫的都是初夏季節的景色，可是它的後半闋，一轉，就完全不一樣了。在我們的參考材料上有注解說，這一首詞是陳維崧在康熙十二年癸丑（西元一六七三年）所作的，三月十九日點明作詞的日期。可是你們要注意到，這是一個非常特殊的日子，從他寫這一首詞的癸丑年向上推溯三十年前，就是明崇禎皇帝十七年，即西元一六四四年的甲申年，就是這一年李自成攻入了北京，崇禎皇帝在三月十九日自縊死在煤山，明朝就滅亡了。所以這一首詞實在是感慨明亡的一首詞，可是他寫得非常曲折，而不是像前面那些寫他自己的牢騷感慨那麼奔放，那麼不含蓄。他說，「中酒心情，拆綿時節，瞢騰剛送春歸。一畝池塘，綠陰濃觸簾衣。柳花攪亂晴暉」，以上所寫都是初夏景物。下面的「更晝樑，玉翦交飛」，這說的是燕子已經在樑上築巢，燕子的尾巴像剪刀一樣交叉；接著「販茶船重，挑筍人忙，山市成圍」，以上所說的則是初夏時人們生活的景色。

「驀然卻想，三十年前，銅駝恨積，金谷人稀」，「銅駝」就是我剛才說的，晉朝洛陽有條銅駝街，晉亡後銅駝街上的銅駝都讓蔓草給淹沒了，這寫的是亡國。「金谷人稀」，「金谷」就是洛陽的金谷園。這也是寫朝代的改變，這一切的景色也都改變了。因時間關係我現在只是簡單的解說。

「劃残竹粉，舊愁寫向闌西」，有一種很粗大的竹子，竹子上綠皮的外面有一層白色像霜粉的東西，這是竹粉。他是說：我如果把我的相思愁恨，都刻畫在竹皮外邊的霜粉上，我是要劃了多少多少的痕跡呢！「舊愁寫向闌西」，上面所寫的是我的憂愁，是我的悲恨。在我闌干的西面上那一片竹林，竹林上的竹粉都被我寫滿了這些幽恨的詞句。

「惆悵移時，鎮無聊掐損薔薇。許誰知，細柳新蒲，都付鵑啼」，最後面的這兩句是非常有深意的，「細柳新蒲」這四個字，一方面從表面上來說是契合這個題目的意思。在初夏的時候有那種很長很細的柳條，「新蒲」，是水邊的蒲葦長出來的嫩葉子，這是表面上第一層的意思，是寫「夏初臨」初夏的景色。深一層的聯想則他是用了杜甫的一首詩——〈哀江頭〉的詩句，杜甫寫的江頭是唐朝曲江的江邊。在安史之亂的時候，長安已經被安祿山占領了，杜甫來到曲江的江邊，想到當年玄宗的開元盛世，每到春天的時候，曲江江頭上仕女如雲，而現在長安淪陷在安祿山的手中。又是春天了，草木無知，「國破山河在，城春草木深」。柳條還是像從前一樣的綿長，蒲葦也像從前一樣的碧綠。

杜甫說：「細柳新蒲為誰綠？」細柳新蒲在春天又碧綠了，這是為誰而綠？玄宗不在了，當時唐朝的首都已經淪陷了。人是有情的，你覺得悲哀，一切都改變了，而草木是無知的，所以草木仍像從前一樣的碧綠。

陳維崧用了杜甫詩句裡頭的字，也是感慨明朝的敗亡。初夏了，景物依然，細柳新蒲也都跟從前一樣，可是明朝已經滅亡三十年之久了。所以他說：「細柳新蒲，都付鵑啼。」有誰還有心情來欣賞這個細柳新蒲呢？這個有細柳如絲，新蒲碧綠，暮春初夏美麗的景色，都交給杜鵑的哀啼了！杜鵑，我們在講李雯的〈風流子〉裡說過，在李商隱的〈錦瑟〉詩也講過：「莊生曉夢迷蝴蝶，望帝春心託杜鵑。」杜鵑有很多層的意思，杜鵑的啼血、杜鵑叫的是不如歸去、杜鵑是蜀帝魂魄之所化。所以這首詞是前人認為陳維崧的詞裡邊一方面有他豪放的特色，一方面還保存有相當多的詞之特殊美感的作品。好，我們今天就在這裡把陳維崧結束了。

第五講

朱彝尊

思往事，渡江干，青蛾低映越山看。
共眠一舸聽秋雨，小簟輕衾各自寒。

今天我們要講的詞人是朱彝尊。朱彝尊，字錫鬯，號竹垞，他是浙江秀水人，也就是現在的嘉興縣。因為地理位置在浙水的西邊，因此這一詞派叫浙西詞派。他是明朝宰相朱國祚的曾孫，在歷史上記載雖然朱國祚位居高官，但是為人清廉，他去世以後，就逐漸家道中落了。到了他的曾孫也就是朱彝尊時，家中已清貧不堪。在朱彝尊幼時，他母親即給他聘一馮姓女子為妻，到了朱彝尊十七歲該完婚時，朱家卻拿不出聘金成禮，因此就入贅在馮家，由此也可見朱彝尊家中的貧寒。

今天我講這個故事，還不只是講朱彝尊的生平，以前我們講的李雯啦、王夫之啦、吳偉業啦、陳維崧啦，我們講的都是有關他們經歷的明清易代之變，他們的感慨，他們的悲哀，他們仕宦的不得志，我們講的都是這個。因為從《花間集》開始，一般士大夫就以為如果詞裡頭只寫美女跟愛情，就容易流為淫靡。我以前也曾舉了像歐陽炯的那首小詞：「二八花鈿，胸前如雪臉如蓮。」這並沒有什麼深刻的內容，這是淫靡浮淺。所以我們的傳統是認為，詞要有言外之意，要讓人尋思吟味不盡的才是好詞，才是好的作品。但現在我要講的就是朱彝尊的一首愛情詞，不過他寫的不是他跟他的妻子的愛情。他和他的妻子是父母之命，媒妁之言結的婚，所以他所寫的愛情不是跟他妻子的愛情，那麼是跟誰的愛情呢？是跟他的小姨的一段愛情。這在中國是不合乎倫理道德的事，因此他的這些愛情詞寫得非常的隱曲、非常的委婉。

我們接著再說他的生平，他少年遭逢喪亂。喪亂就是當時明清易代之際，先是有李闖的作亂，後來就是清兵入關以至明朝的滅亡，所以他是遭逢了喪亂。根據他的生卒年代算起來，他生於明思宗崇禎二年，在清聖祖康熙四十八年死的。在明朝滅亡的時候他才十五歲，而他家也是江南的士族，他的伯父、叔父、父親都受了很好的教育。而且江南結社的文風很興盛，參與這些文社的士子很多都曾舉兵抗清過，所以朱彝尊跟這些文社抗清的志士也有過來往。他既年少就已亡國沒有來得及參加明朝的科舉，入清後也從未參加清朝的考試。他是「棄舉業而不為，獨肆力於古學」，就是專心學古代中國的經史。「既長，以詩文知名當世。家道中落，依人遠遊」，他本來是在家鄉教一些學生，他同鄉有一位前輩叫曹溶，非常欣賞朱彝尊的才華，因此曹溶到各地去做官的時候就請朱彝尊到他的幕府之中，給他一個類似祕書的工作，他就跟隨曹溶到各地方去，這就是「依人遠遊」。「足跡遍南北」，南方遠到廣州，北方他足跡到過山西雁門。康熙中，應博學鴻詞試，考中以後他就做了翰林院的檢討，負責為皇帝寫起居注，還充當日講官。將皇帝每天的生活寫下記錄，這就叫起居注，是為了以後作歷史的材料。而且他還充當日講官。我曾經說過滿清這些皇帝很看重漢族的文化，他們請了一些很有學問的人來給皇帝講經史，這就叫日講官。他還參加修《明史》和《一統志》。《明史》是明朝的歷史，《一統志》是記載地方的方志。後來他請假回南方故鄉，終老於家。「彝尊為清初文壇名宿」，他是清初文壇上一個很有名的學者，「各體俱工」，他什麼文體都寫得好。他的學問真是淹貫經史，出入百家。

我曾經給各位講到清代詞興盛的原因，不只是一個時代的因素、不只是作者的眾多、不只是流派的眾多、也不只是編選詞集的眾多，更是因為參與這些創作的文人都是非常博學的學者。就像朱彝尊他的學問淹貫經史，出入百家，「非徒以才華炫世者比」。他不只是寫兩句漂漂亮亮的風花雪月的詞就算好的。他「退居多暇，著述甚富」，他後來辭官以後，有很多著作。最有名的有《日下舊聞考》、《經義考》、《明詩綜》，還有《詞綜》，這是歷代詞的總集。他自己的全集叫《曝書亭集》，一共有八十卷之多，中間詞就占了七卷。我們講清初的這幾個作者，李雯傳下來的數量很少，而到了陳維崧、朱彝尊那已經是到了清詞的全盛時期，他們兩人的作品非常多。但是陳維崧的作風比較單純，是以豪放為主；而朱彝尊他的詞不但數量多，而且風格變化也多。

陳廷焯的《白雨齋詞話》曾經評朱彝尊的詞，他說：「竹垞《江湖載酒集》灑落有致。」也就是說他《江湖載酒集》寫得很好，你看他的題目「江湖載酒」這是出於杜牧之的詩：「落魄江湖載酒行，楚腰纖細掌中輕。」這三卷詞是他從青年經中年至晚年，依人遠遊，到各地去謀生，在路途中所作的。在這個詞集裡邊，有一些是他沿途經過各地名勝古蹟，懷古的作品。我給你們介紹的第一首是他的小令〈桂殿秋〉，是寫愛情的詞，第二首〈滿江紅．吳大帝廟〉就是懷古的詞❶。他的《江湖載酒集》是他在各地方客遊時寫的詞，都是寫得很好的，因為他是個學者，他經、史、子、集，各方面的學問都很好，他懷古的詞有歷史的感慨、有典故的應用。除去懷古感慨的作品以外，他也像李雯、陳子龍、陳維崧他們一樣，都有過一段聽歌看舞，風流浪漫的生活，因此他也有聽歌看舞的作品，也都寫得瀟灑落有致。

還有《茶煙閣體物集》組織甚工。他還寫過《茶煙閣體物集》兩卷，這個集子裡面寫的都是一些詠物的詞。像我們以前講過李雯的〈楊花〉、王夫之的〈衰柳〉，這些都是詠物的作品，我還請大家參考我從前寫的文稿〈論王沂孫的詠物詞〉（見《靈谿詞說》），我想你們現在對詠物詞應該有一些印象了。朱彝尊還寫過《蕃錦集》一卷，陳廷焯說他：

❶ 玉座苔衣，拜遺像、紫髯如乍。想當日，周郎陸弟，一時聲價。乞食肯從張子布？舉杯但屬甘興霸。看尋常談笑敵曹劉，分區夏。　南北限，長江跨。樓櫓動，降旗詐。嘆六朝割據，後來誰亞？原廟尚存龍虎地，春秋未輟雞豚社。剩山圍衰草女墻空，寒潮打。

「《蕃錦集》運用成語，別具匠心。」什麼叫做《蕃錦集》呢？就是他集合了別人美好的詞句編集在一起，也就是集句的詞集。古代的文人有一類的作品就是集句的作品，都是集合了別人的句子而寫出來的作品。朱彝尊的這卷《蕃錦集》集的都是唐人的句子，那集得真是天衣無縫。我們真的是時間不夠，沒有辦法把他的各種詞例，來舉例欣賞。

陳廷焯讚美朱彝尊說他的《江湖載酒集》「灑落有致」，他的《茶煙閣體物集》是「組織甚工」，《蕃錦集》「運用成語，別具匠心」都好，「然皆無甚大過人處」，可是卻沒有超過別人很多，「惟《靜志居琴趣》一卷，盡掃陳言，獨出機杼，豔詞有此，匪獨晏歐所不能，即李後主、牛松卿亦未嘗夢見，真古今絕構也」。古人寫愛情的詞也很多，但整個一卷詞只寫一個女子，也就是他的小姨，只寫兩人之間的愛情，這種情況是非常少的。陳廷焯說他這卷《靜志居琴趣》完全不是陳言濫調，全是用他自己的內心感情創作出來的，不只是北宋的晏殊、歐陽修不能寫出像他這樣的愛情詞，就是五代的李後主還有《花間集》裡面的牛松卿，他們連做夢都想不到愛情詞可以寫得像這樣好。所以陳廷焯說這真是自從有詞集以來未曾有過的作品。

因為時間關係，我們無法對他的詞全面介紹，現在我們就開始來講朱彝尊的愛情詞。在當時抗清復明的戰亂之中，朱彝尊他們家族要避難，因為他們是居住在江南，江南多江流河渠，所以他們全家都坐船避難，在這個時候他和他的小姨就有了比較多的面對面的機會。在朱彝尊的作品裡面寫了很多有關坐船的情事，像有一首〈漁家傲〉的詞，他說：「一面船窗相並倚，看淥水。當時已露千金意。」他們坐在船上，同坐在一邊。這個女孩子（也就是他的小姨）假裝從船篷上的窗戶看外邊的淥水（因為當時船上有很多人，他們全家都在船上）。但是那個時候朱彝尊已經發現了她對他露出了一份情意，他對她也有了情意。因為朱彝尊曾教她寫字，教她作詩，因此她欣賞朱彝尊的才華。

後來在朱彝尊寫給他朋友的信中說，他因家中貧窮連娶妻都沒有聘禮，只好入贅，婚後無以為生，只好以西席為業，有時依人幕下遠遊他鄉，每次回到家中，家人輒交相責備。因為他生為男子而不能養家，以致家人都跟他過困苦的生活。而他的小姨卻不管他的落魄、不管他的貧窮，還是一直很欣賞他的才華。

另外他還有一首詞叫做〈兩同心〉，其中有幾句詞：「洛神賦，小字中央，只有儂知。」他曾教她寫〈洛神賦〉，〈洛神賦〉是王獻之寫的十三行小楷的殘帖，「靜志」這兩個字就是在〈洛神賦〉十三行殘帖的中央。所以他說：「洛神賦，小字中央，只有儂知。」他稱所愛的女子叫做「靜志」，只有我和妳知道，因為他把他的小姨取名叫靜志。這不是她家人給她取的名字，是她跟他學寫〈洛神賦〉小楷時他給她取的名字。他們那時候常在一起，有的時候是遊春的時候在一起，有的時候是逃難坐船全家都在一起，所以他還有一篇著名的作品，就是朱彝尊的一首長詩，這個詩的題目叫做〈風懷詩〉。〈風懷詩〉是一首非常長的詩，它有多長？我只告訴大家這首〈風懷詩〉押了二百個韻；幾句押一個韻？兩句押一個韻。押了兩百個韻，是一首四百句的長詩，都是寫他跟這個女孩子的故事。

當他晚年編定全集的時候，他的朋友就勸告他，以你的學問成就，以你研究經史學者的地位，如果你把這首浪漫的〈風懷詩〉從你的全集裡刪去，說不定將來你在孔廟裡會有一個牌位祭享春秋祭祀。朱彝尊卻說：「寧拼兩廡冷豬肉，不刪〈風懷二百韻〉。」他跟他的小姨有這麼一段真情的故事。他寫的這一卷小詞都寫得很好，我們剛才唸了一些，還沒有看完，我們先看他妙處何在。但是他真正最好的詞，就是我給你們選的這首〈桂殿秋〉。〈桂殿秋〉這首詞之所以好，前人也曾經有過讚美。在況周頤的《蕙風詞話》中曾記載說：「或問國朝詞人，當以誰氏為冠？再三審度，舉金風亭長（即朱氏別號）對。問佳構奚若？舉〈搗練子〉（即〈桂殿秋〉）云云。」況周頤是晚清有名的詞人，也是著名的詞學家。有人曾問他，我們清朝這麼多的詞人，誰是最好的呢？況周頤考慮了很久，以金風亭長朱彝尊為答對。人家再問他，那朱彝尊寫得最好的詞是怎樣的呢？況周頤就舉出了〈搗練子〉（〈搗練子〉就是〈桂殿秋〉），說這首詞最好，我們現在就把這首詞抄下來看一看。

思往事，渡江干，青蛾低映越山看。共眠一舸聽秋雨，小簟輕衾各自寒。

同樣是寫愛情的詞，這麼短的一首白描的詞，為什麼好呢？中國古代的詞學評論家，只言其好，而不言其所以好。他們的評說大都籠統不清，不是說這個人氣勢博大，就是說那個人風格高古，這不都很好嗎？但這都是非常抽象的話。那況周頤說朱彝尊的這首〈桂殿秋〉最好，為什麼好？他並沒有加以說明。他的愛情詞裡邊是以這一首詞為最好，其他的愛情詞也很好，是陳廷焯讚美過的。所以在講這一首〈桂殿秋〉以前，我們先看一看他其他的愛情詞，這些詞有一個層次的好處，然後再看〈桂殿秋〉，就可以比較出〈桂殿秋〉有更高一層的好處。

我們現在先看《靜志居琴趣》裡的第一首詞，我們來看它的妙處。

清平樂

齊心耦意，下九同嬉戲，兩翅蟬雲梳未起，一十二三年紀。
春愁不上眉山，日長慵倚雕欄，走近薔薇架底，生擒蝴蝶花間。

這首詞寫的是什麼？是朱彝尊招贅到馮家。他們馮家有四個姐妹，一大堆女孩子，這些少女常常同在一起遊玩。「下九」是女孩子的一個節日。這典故是出於〈孔雀東南飛〉這一首樂府詩：「初七及下九，嬉戲莫相忘。」這首〈孔雀東南飛〉是一首愛情悲劇詩，寫焦仲卿與劉蘭芝的故事。焦仲卿的母親不喜歡劉蘭芝，因此拆散他們，後來兩人都死了，一個跳水，一個上吊。這劉蘭芝被婆婆趕出去的時候，對她的小姑說，我初嫁到妳家時，妳扶床才能站起來，「小姑始扶床」。今天我被趕走了，「今日被驅遣，小姑如我長」，妳的身高跟我一樣高了。蘭芝又對她的小姑說：「初七及下九，嬉戲莫相忘。」我現在就要離開妳家了，妳們這些女孩子在初七及下九遊戲的節日，希望妳還記得我這個嫂子。

「齊心耦意」，這是朱彝尊寫得非常妙的地方。「齊心耦意」，表面上是說女孩子同心合意，大家投入的在玩這個遊戲。而「齊心耦意」也可以給我們另外一個聯想，就是說他們兩個人之間的同心合意。他寫的是小女孩子的遊戲，可是他用的字眼卻有一種愛情的暗示。所以不一定要寫賢人君子才能有言外之意，他把愛情也放到言外之意去表現了。

「下九同嬉戲」，這是說，這些馮家的眾女子，在屬於女孩子的節日裡一起快樂的共同嬉戲。

「兩翅蟬雲梳未起，一十二三年紀」，朱彝尊入贅的時候這個女孩子只有十歲，後來這個女孩子十二三歲開始留髮梳頭了，小女孩也開始成長了。古代有很多種髮型，有一種叫蟬鬢，是曹魏的時候宮中的女子梳的，把兩邊的頭髮梳得很高，像蟬的兩個翅膀。他說，這個女孩子要梳蟬鬢，但還梳不起來。也就是說這個女孩子還很小，讓人有一種少女稚氣憨美的想像，她還不懂得梳妝打扮，她才十二三歲呢！

「春愁不上眉山」，這小女孩無憂無慮，妙就妙在這裡。「春愁不上眉山」，是說她沒有愁，可是字面上有「愁」字也有「眉山」這兩個字。杜甫作詩也有一處跟他有相同的妙，杜甫淪陷在冰天雪地的長安，沒有火取暖，沒有酒驅寒，他卻說：「瓢棄樽無綠，爐存火似紅。」他說，我酒瓢丟了，酒杯裡沒有綠酒；一個空爐子在這裡，我想像它好似有火的紅焰。是既沒有紅的爐火也沒有綠的酒，可是他的詩句裡邊卻有瓢有酒，有爐有火。在朱彝尊這首詞裡她沒有春愁也沒有眉山，可是詩人的心目之中，把自己多情的想像加了進去，所以詞句中是既有「春愁」也有「眉山」。

「日長慵倚雕欄」，日長的時候這個女孩子慵懶的靠在欄杆旁邊，這是一個少女的情態。可是突然間他筆鋒一轉，卻寫了「走近薔薇架底，生擒蝴蝶花間」，她還是個小孩子呢！對感情似懂非懂。看到蝴蝶在飛，一下子就興奮地走近去捉，而且活活的就捉住一隻蝴蝶在花叢裡邊。他這首詞很妙，一句愛情都沒有，而且寫的完全是天真的、小兒女的、童真的嬉戲，他把愛情都寓在言外。大家說詞有言外之意才是好的，老是在詞裡邊找有什麼賢人君子或忠君愛國的微言大義，說那才是好詞。而朱彝尊的詞之所以特別，所以被陳廷焯稱讚，說從來寫愛情的詞沒有像他這樣好，為什麼呢？

因為在《花間集》所描述的女子都是些歌伎酒女，詞人們寫這些女子的感情愛說什麼就說什麼，愛寫什麼就寫什麼，甚至常常描寫到跟這個女子的肉慾關係，因為她們是歌伎酒女，她們不是良家女子。沒有人敢在愛情詞裡寫良家女子，妻子是良家女子，但是一般的男子寫愛情詞都不寫妻子，頂多是妻子死了寫一些悼亡的作品。既然愛情詞不寫妻子，那他敢寫人家的妻子，人家的女兒嗎？當然他不敢寫，因此從來就沒有人寫過這一類的詞。所以朱彝尊寫的這卷愛情詞，只能把愛情放在言外來寫，這是他的愛情詞之所以傑出和特殊的地方。我們各類的詞都講過了，就是還沒講這種愛情詞。今天我們時間到了，下次再接著講朱彝尊的愛情詞。

* * *

今天我要接著講朱彝尊的詞。今天我們要講的就是這一首〈桂殿秋〉，在講這一首詞以前我要先說明，為什麼況周頤會認為它是清朝的詞裡邊最好的一首作品？朱彝尊跟這個女孩子真是有過一段愛情故事，他們兩個人真的是一起坐過船的。所以你們看，〈桂殿秋〉是怎麼寫的？

桂殿秋

思往事，渡江干，青蛾低映越山看。共眠一舸聽秋雨，小簟輕衾各自寒。

「思往事，渡江干，青蛾低映越山看」，他說我記得當年，這已經是過了若干年之後了。朱彝尊是十七歲入贅到馮家的，他的妻子是十五歲，他的小姨子只有十歲。九年之後，他的小姨子十九歲就出嫁了，到了二十四歲她又回到娘家來住，在這個時候她才真的和朱彝尊有了愛情的事件，但是她在三十三歲就死去了。朱彝尊的很多作品，包括〈風懷詩二百韻〉都是在這個女孩子死去以後才寫的。在朱彝尊所寫的作品中，從他們小時候一同嬉戲寫到一同坐船逃難，你們可以看到朱彝尊對她感情之深厚之難忘。所以他說：「思往事，渡江干，青蛾低映越山看。」「青蛾」，是形容這個女孩子的眉毛很美麗。青，就是古人所謂的灰藍色或青藍色，所以女子的眉叫黛眉，他說「青蛾」就是黛眉的意思。「青蛾低映越山看」，青蛾，我們也可以說是遠山眉，眉毛就像遠山彎曲的形狀。「越山」，朱彝尊是浙江秀水人，所以說越山。我曾經引丁紹儀《聽秋聲館詞話》，把朱彝尊的這首詞跟南宋史達祖的〈燕歸梁〉一詞做了比較：

燕歸梁

獨臥秋窗桂未香，怕雨點飄涼。玉人只在楚雲旁，也著淚，過昏黃。

西風夜梧桐冷，斷無夢，到鴛鴦。秋鉦二十五聲長。請各自，耐思量。

丁紹儀說朱彝尊的這首詞寫得好，因為他寫得很矇矓，許多情意都沒有明說，而另外的那一首〈𦘦歸梁〉則把所有的情事都講得太明白了，所以不好。朱彝尊寫得是很含蓄的，這話是不錯。你們可參看我寫的〈朱彝尊愛情詞的美學特質〉，它對朱彝尊的愛情本事有比較詳細的介紹。但朱彝尊的愛情詞都沒有明白的說出來，他只是寫一些景色而把愛情寄寓在言外。就像我們前面講的：「齊心耦意，下九同嬉戲，兩翅蟬雲梳未起，一十二三年紀。」他都沒有很露骨地說出愛情的字眼，寫得很含蓄，這是他的愛情詞的一個好處。可是如果朱彝尊的詞只是寫愛情寫得很含蓄，他把愛情留在言外給讀者一個想像，雖然沒有言外的賢人君子的用心，而只想像他言外沒有傳達，沒有說出來的那一份愛情，卻也自有他的好處。但是除了這樣的好處以外，我以為這一首詞，使得那麼多的讀者都認為它好的緣故，實在應該是因為下面的兩句，「共眠一舸聽秋雨，小簟輕衾各自寒」寫得好，蘊含了許多言外的潛能。

這兩句表面的第一層意思，寫的也是一段現實的情事，他們同在一條船上。「共眠一舸」，我曾經說過好的詞裡面會有一種潛在的能力，給讀者豐富的感發和聯想。我先說「共眠」這兩個字，共眠這兩個字給人一種暗示，使人想到同床共枕，真正愛情的事實。可是在「共眠一舸」四個字後面，他接下來的三個字說的是什麼呢？是「聽秋雨」。他們睡覺了沒有？他們不能成眠。你如果睡著了哪裡還聽得到雨聲？古人常常說到聽雨，就是代表不能成眠的意思。它這中間有一個非常微妙的相反的轉折，也是作者很幽微的隱意。共眠，是表示他對愛情的希望是能同衾共枕而眠，這是他隱藏的願望，這是他內心所真正希望的。可是他又沒有能夠成眠，「共眠一舸聽秋雨」，他聽到外面船篷上的雨聲，江南夜雨淅淅瀝瀝的聲音是很詩意的。而且前人的詩也有一句說：「枕前淚共窗前雨，隔個窗兒滴到明。」藉著雨聲，這些失去愛情的人，這些悲哀的人，可以隨著雨聲一起在流淚，朱彝尊並沒有寫流淚，朱彝尊寫得更含蓄，朱彝尊寫得更珍貴、更莊嚴。同樣是寫愛情，愛情也有愛情的品質，是鄙俗的愛情，自私的愛情，還是一種高尚的愛情？朱彝尊的詞寫得不但是含蓄，而且有它一種尊嚴和高貴的情操在裡面。「共眠一舸聽秋雨」，「共眠」，應該是同衾共枕，可是他下面一句卻又說，「小簟輕衾各自寒」，「小簟」，是竹蓆，是身子底下鋪的竹蓆。「輕衾」，是輕薄的衾被，是身上蓋的薄薄的被子。「小簟輕衾」，妳睡在妳的蓆子上，我睡在我的蓆子上。妳的身子底下是這麼短小的一片竹蓆，我的身下也是這麼短小的一片竹蓆；妳的身上蓋的是一床這麼輕薄的薄被，我的身上蓋的也是這麼輕薄的一床薄被，我們都不能成眠，都在聽那淅淅瀝瀝的雨聲，我們都在寒冷之中。我能對妳訴說我的孤獨和對妳的懷念嗎？我不能！妳能對我訴說妳的孤獨和對我的懷念嗎？妳也不能！妳要單獨忍受妳的寒冷，我也要單獨忍受我的寒冷。「共眠一舸聽秋雨，小簟輕衾各自寒」，這是寫他們曾經共在一條船上，兩個人都在相思懷念不能成眠，而連訴說愛情相思的機會都沒有。這個事情本身並不是什麼了不起，而是在這一首詞中有我曾經講過的一種潛能，它有很多潛在的能力給讀者去聯想。

王國維的《人間詞話》曾經說過古今成大事業大學問要經過三種的境界。他說「昨夜西風凋碧樹，獨上高樓，望盡天涯路」，這是第一種境界，他還說「衣帶漸寬終不悔，為伊消得人憔悴」，這是第二種境界。表面上是說一個女孩子因相思懷念而憔悴而消瘦，所以她衣服的帶子就愈來愈寬鬆了。可是他的本意卻是在說，一個人對於他所追求所熱愛的東西，他願意付上任何代價，就是他的身體因為這樣而憔悴而消瘦也是在所不惜的。「獨上高樓，望盡天涯路」，他所望的是他所懷念的人，他望不見。可是我們如果有一份理想、有一份執著，如果是一個追求大學問大事業的人，你有一份高瞻遠矚別於凡人的心思，意境也是相似的。但為什麼又要說「昨夜西風凋碧樹」你才「獨上高樓，望盡天涯路」呢？你的門窗前面如果是一棵大樹，枝葉茂密，你就看不到遠方，因為你的視線都被那樹枝、樹葉給遮住了。直到有一天當那樹枝上的樹葉完全凋落了，「昨夜西風凋碧樹」，寒冷的西風把樹葉都吹落了，那個時候你再獨上高樓，沒有樹葉的遮蔽你才能看到了那天盡頭的遠方。這表面上寫的是女子對男子愛情相思的懷念，可是它表現的卻是一種境界。就是說詞裡邊所寫的感情，有的只是一個感情的事件，就只是一件事情，而有的好詞，它是能夠超越了外表這個現實的事件，而表現了一種感情的境界。

我們人生在世，我們眼前受到了多少的蒙蔽？目迷於五光十色，耳亂乎五音六律，名利祿位，多少事情都迷惑了我們？人要能夠真正有高遠的願望，看到人生最美好而且最高遠的自己的境界，你們一定要把眼前最短淺的功利撇開，「昨夜西風凋碧樹」，你「獨上高樓」就「望盡天涯路」。晏殊的詞表面上是寫相思懷念的登樓倚望，而卻表現出了一種人生的境界。所以王國維論詞就說，好的詞一定要寫出一種境界來。

而朱彝尊的這首詞又表現出什麼來呢？在一首詞中並非每一句都有那麼多豐富的潛能，像晏殊的整首詞王國維所截取的也只是開頭這幾句。一篇作品中間只要有一兩句，真的寫出了感情或哲理的境界就可以把這一首詞整個的提升了，就可以給我們很豐富的感覺。而在文本中有什麼作用可以給你這種感覺呢？這種感覺的由來有一個符號學中的特別名詞叫「顯微結構」(micro-structure)，就是說每一個字、每一個語彙，它給你的感覺是什麼？在每一篇作品的文本裡邊都包含了很多的語彙，而每一個語彙都可以給你很豐富的聯想。這個在西方也有一個名稱叫「互為文本」(intertextuality)，這是茱莉亞・克

里斯特娃 (Julia Kristeva) 所提出的一個名詞，中文翻譯成「互為文本」。她說這像是一種歐洲藝術品馬賽克 (mosaic)，是一種用小塊碎石拼湊的藝術，是一小塊一小塊拼湊起來的藝術品。她說每一篇文本都是很多個語彙的拼湊，而這些語彙都有來源都有出處，有很豐富的聯想給我們，也就是從這個文本可以想到那個文本，這就叫互為文本。很多小詞可以給我們這麼豐富的聯想，就是它裡邊有這種作用。

好，現在我們就要再接著說「共眠一舸聽秋雨，小簟輕衾各自寒。」給了我們什麼樣的聯想呢？他們顯然是曾在一條船上生活過的，「共眠一舸」這個舸，也就是小船。而船的形象一般的習慣給我們的聯想就是一段生命的歷程，一片生活的天地。所以我們俗語形容生活的苦難，就說「逆水行舟」，或是形容同心合力就說「同舟共濟」。蘇東坡要表示他開闊的胸懷，就說：「小舟從此逝，江海寄餘生。」辛棄疾要表現他在南方受到的排擠和迫害，他就說：「秋江上，看驚弦雁避、駭浪船回。」他說，我就像在秋江上行走的一條小船，也像在秋空中飛過的一隻鴻雁。我在南方的南宋有這麼多人排擠我、迫害我，在這可怕的弓弦之下這雁怎麼躲避呢？在驚濤駭浪之中船走不過去，你要怎麼樣的回過頭來呢？所以船是一個很奇妙的形象，它可以給我們這麼多豐富的聯想。不但俗語有「逆水行舟」、「同舟共濟」，連臺灣拍的一部電影都曾經叫「汪洋中的一條船」。

詩人、詞人也說「小舟從此逝，江海寄餘生」、「秋江上，看驚弦雁避、駭浪船回」。那麼這首詞的「共眠一舸」使人聯想到什麼呢？是「聽秋雨」三個字。秋雨之中你又是什麼樣的感覺？給你什麼樣的聯想呢？我上次講過陽羨派陳維崧的同鄉，南宋的蔣捷寫過一首很有名的〈虞美人〉詞：「少年聽雨歌樓上，紅燭昏羅帳。壯年聽雨客舟中，江闊雲低，斷雁叫西風。而今聽雨僧廬下，鬢已星星也，悲歡離合總無情，一任階前點滴到天明。」

我現在就把這首詞解釋一下。蔣竹山的詞是說我少年的時候生活浪漫，在歌樓上我和一個美麗的女子共同睡在暈紅燈影的羅帳之中。當我壯年時為了生活奔走四方，在這麼空闊的江面上，沒有依傍，天上的雲那麼低沉，這是不安定的，危險的。我孤獨的一個人為了生活四處奔走，就像那失群的孤雁在秋空中無助的哽叫。現在我老了，一切都過去了，少年浪漫的生活過去了，壯年為了謀生江海飄零的日子也過去了。現在我聽雨在這老僧的茅廬之下，我的兩鬢也斑白了，我這一生悲歡離合就這麼消逝了，就任憑這階前淅瀝的雨聲直滴到天亮吧！聽雨給我們多少的感受和聯想？不但蔣捷的詞裡邊寫了聽雨，蘇東坡的詞裡邊也說：「莫聽穿林打葉聲。」這表示蘇東坡的瀟灑，我不怕這些雨聲，雨聲它不能驚倒我。辛棄疾的詞說：「吾廬小，在龍蛇影外，風雨聲中。」我這個小小的草廬，在松枝蟠蜓的枝葉中，松樹枝幹像騰起的龍蛇，這是辛棄疾隱喻他外在環境的惡劣。「風雨聲中」，風雨，也是喻指外面環境的險惡和迫害。辛棄疾還有一首詞：「可惜流年，憂愁風雨，樹猶如此。」我所經過的一生有多少不幸，有多少苦難，都像是風吹雨打在我的身上。所以聽雨的聲音代表了人生很多不同的境界。

「共眠一舸聽秋雨」，如果我們把朱彝尊的這一首詞範圍擴大，就是說把這一首〈桂殿秋〉的形象擴展為更大的聯想。那就是我們在我們的國家、或是我們的世界，我們每個人有每個人所經歷的風雨，我能夠為你做些什麼嗎？你能夠為我做些什麼嗎？古人說得好：「善惡生死，父子不能有所勖助。」人又能替另外一個人分擔什麼呢？

「小簟輕衾各自寒」，你們有你們的窄小的竹蓆，有你們輕薄的蓋被；我有我的短小的竹蓆，有我輕薄的蓋被。你們要忍受自己的苦難和寒冷，我也要忍受我自己的苦難和寒冷。「共眠一舸聽秋雨，小簟輕衾各自寒」，我們都是共眠一舸，但是又各聽各的雨，是小簟輕衾，各自要忍受各自的寒冷。所以朱彝尊這兩句詞寫得很妙，他是寫一個愛情的事件，可是他這兩句詞給我們這麼多豐富的人生體驗和聯想。我們也可以把這兩句詞延伸到我們每一個人，我們在一起的，在一個屋頂下的，在一個天空下的，可以說都是「共眠一舸」，但各有各的「小簟輕衾」，各自忍受承擔自己的苦難和寒冷。很多好詞的好處大家都說不清，它不像詩可以那麼清楚的表明，但是它可以給我們很微妙的感受。而各自忍耐各自的寒冷。李商隱的詩說：「只有空床敵素秋。」外面是肅殺的秋天，我怎麼面對外面這冷冽的秋天，我有什麼呢？我只有我所睡的這一席之地，而這一席之地是一無所有，一無遮蔽，我只有一張空床面對外邊這寒冷肅殺的秋天。還有李商隱所讚美的詩人韓偓，他說：「梨霜透錦衾。」他說像梨花那麼白的嚴霜，讓我感到那麼悲哀，浸透了我的錦衾。「小簟輕衾各自寒」，這兩句詞之所以好，就因其可以給人這麼多豐富的聯想，這就是它的好處。

好，現在我們真的是沒有時間了，只好把朱彝尊結束在這裡。我們講清詞盡是講悲哀、盡講痛苦，也講了朱彝尊這一段悲劇的愛情。所以我今天給大家增加了一個風格不同的作者，他就是張惠言。我為什麼要講這個作者呢？我開始講清詞的時候說過，清代的詞有陽羨派以陳維崧為代表，浙西一派以朱彝尊為代表，而常州一派呢？我現在就是要講常州詞派的代表張惠言。

第六講 張惠言

東風無一事，妝出萬重花。
閑來閱遍花影，惟有月鉤斜。
我有江南鐵笛，要倚一枝香雪，吹徹玉城霞。
清影渺難即，飛絮滿天涯。

張惠言是生在乾隆二十六年，死在嘉慶七年。我曾說過清詞之所以興盛的原因，其中之一就是有很多學養深厚的學者參與了詞的創作。我曾在課堂上問過同學你們最喜歡哪一首詞，有好幾個同學異口同聲的說他們喜歡李雯的〈風流子〉。我也曾說過在文學的創作上，有美、有善、有真，哪個最重要？「真」最重要。真才可以有善，如果不真的話，美是虛假的美，善也是虛偽的善。李雯的詞之所以能打動人，是因為他那種羞恥，他那種慚愧，他那種悔恨是發自內心的，不能掩飾的，衝口就說出來了。吳偉業也有他的羞愧，也有他的悔恨，我們都看到了，吳偉業的〈賀新郎〉「萬事催華髮」，但他跟李雯有一點點不同。哪一點不同呢？李雯的悔恨、羞愧是自然的流露。吳偉業的詞你們讀後不曉得有沒有注意到，他有一種說明和表白的意味。他要表白自己，我是不甘心的，我是不願意的，我不是希望如此的，我本來是很好的。我原有「耿耿胸中熱血」，我們也相信吳偉業的確有不得已之情，可是吳偉業這個人到臨死都放不下，放不下他死後人家怎麼論定他。他到臨死前都還要表白，還要說明自己的不甘心，他的詞當然寫得很好，但是有人就說這不是自然真情的流露。

陳維崧的詞當然寫得也很不錯，陳維崧的詞寫得很豪放，是豪士之詞。他有一股氣勢透出來，他沒有很深厚的意蘊在裡面，他的詞寫得很直接，比較沒有詞的美學特質。

朱彝尊這浙西一派是比較注意詞的形式上的美，只不過因為時間的限制，我們只講了他的一首愛情詞，沒能對朱氏偏重形式美的長調慢詞加以介紹。那麼張惠言的常州詞派呢？張惠言是注重詞的內涵，他認為詞是要有賢人君子幽約怨悱不能自言之情。張惠言不但對詞的幽約怨悱之本質的美有一種體認，而且他的詞真正的是一種學人之詞，他也是一位有名的經學家。

關於清代的詞我們看過讀過的有：豪士之詞、才人之詞，現在我要請大家看看學人之詞。我們看了李雯、吳偉業諸人的詞，他們寫的是悲哀和悔恨。而現在我們要看的張惠言和他們卻大不相同，他真正是得到儒家之修養的人。修養並不是說一些好聽的話來騙人，也不是像參加孔子學會的論文儘是說一些知識和理論等口頭上的話，或者是把它們變成教材形式化了，張惠言所表現出來的真正是他自己內心的一份修養所得。而且我絕不是欺騙大家，如果真的能夠有這一份修養，你就是在流離患難之中，你也不會被擊倒，你也仍然有你超乎世俗得失禍福一切利害計較的一種自我的安身立命之所，所以我給大家介紹這麼一個與眾不同的作者。而且他這五首〈水調歌頭〉是寫給他的學生的。

水調歌頭 春日賦示楊生子掞

東風無一事，妝出萬重花。閑來閱遍花影，惟有月鉤斜。我有江南鐵笛，要倚一枝香雪，吹徹玉城霞。清影渺難即，飛絮滿天涯。

飄然去，吾與汝，泛雲槎。東皇一笑相語：芳意在誰家？難道春花開落，更是春風來去，便了卻韶華。花外春來路，芳草不曾遮。

「東風無一事，妝出萬重花」，這開頭就是起得非常好的兩句詞。蘇東坡的〈前赤壁賦〉曾說：「蓋將自其變者而觀之，則天地曾不能以一瞬；自其不變者而觀之，則物與我皆無盡也。」人生之中有很多悲哀有很多苦難，但是也有很多美好的事情。春天的風，也就是東風。東風為什麼給我們的世界妝點出這麼多美麗的花朵？你們這新加坡地處熱帶，有四季不凋謝的花，而我住的溫哥華是溫帶氣候，四季分明。每到了春天那真是春城無處不飛花，經過了冬天的凋零，然後看到草木的發芽長葉，那真是欣欣向榮繁花似錦，和冬天成了一個非常明顯的對比。

「東風無一事，妝出萬重花」，這寫得非常好，這寫的不只是一種景色，而是一種境界。有人以為這兩句是張惠言寫滿清的繁華都是假裝出來的，這種解說不正確。一個作者他反映了什麼？與他所處的時代很有關係。開始我們講的那幾個作者都是明清易代之際的人物，馬上我們要講的晚清幾個作者是滿清已經走向衰敗的時代。而張惠言這個作者他是生在乾隆年間，在中國歷史上號稱乾嘉盛世，是經過了康熙六十一年的太平盛世，而乾隆也有六十年的太平盛世，這一段日子的確是清朝的盛世。還有說到漢族反抗滿族在清朝開始的時候是如此的，可是我們下面接著要講到的鄭文焯❶，他對清朝卻是滿腔忠愛，對清朝的朝廷、對清朝的君主光緒皇帝有很深的感情。經歷了三百年左右一段這麼長久的時間，滿漢之仇恨已逐漸泯滅，漢人已對這個朝代認同了。而滿清從入關開始就對中國文化也認同了，後來滿清之所以走向墮落敗亡，那是它自己的政治腐敗，我們說「物必先腐也，而後蟲生之」，每一個朝代的敗亡都是由於它自己的一切積弊出現而後滅亡的。

所以現在張惠言說的繁華不是說滿清裝出來的繁華，而是滿清果然有這麼一段繁華盛世。但是張惠言說的「繁華」根本不是朝代，根本不是政治。你要知道中國的儒家跟

❶ 編按：請見本書第九講。

道家都有一種見道的境界，如果你們要是真的懂得天地宇宙根本生生不已的原則，就如同蘇東坡所說的：「蓋將自其變者而觀之，則天地曾不能以一瞬；自其不變者而觀之，則物與我皆無盡也。」世界萬象不只是變與不變有不同的看法，就是快樂或悲哀也是橫看成嶺側成峰。就其可悲哀者而觀之，天下可悲哀的事情太多了，就其可快樂者而觀之，則天下也有不少可喜悅之事。而天地宇宙如果有所謂天心的話，中國的儒家說：「為天地立心、為生民立命。」如果你真要找一個天地之心，那天地之心就是好生之德，是萬物的大德，宇宙長養萬物，萬物的萌生，這天覆地載皆是天地之大德。

所以張惠言這樣說：「東風無一事，妝出萬重花。」東風為了什麼緣故？它為了什麼名利的目的嗎？沒有，因為天地是好生的，所以它自然生長了這樣美好的萬物。所以說東風無一事，就妝出了萬重花。這個「妝」是妝點，看看這宇宙大自然的青山、碧水、草木、蟲魚，有多少美麗的生命欣欣向榮，生生不已，真是「東風無一事，妝出萬重花」。只是我們人類目光短淺、是我們人類愚昧、自私、我們人類殘忍，所以我們忘記了，沒有注意到宇宙有這麼多美好的事情，而且這些萬物代表了一種欣欣向榮生生不已的生命。所以他說東風無一事，就為我們宇宙妝點了這麼一個美好的大地，是誰會欣賞宇宙這麼美好的生命？所以他又說，「閑來閱遍花影，惟有月鉤斜」，人類不懂得，人類不尊重，人類不愛惜，人類把這宇宙弄得這麼污濁，人類真是短淺、愚昧、自私、殘忍，對於天地真正的美好並不認識。人類為了很多無謂的事情奔忙，你真的能夠空下心來接受宇宙美好的東西嗎？真懂得空下心來而欣賞嗎？看遍這些美麗的花及美麗花影的是誰呢？不是我們人類，而是天上的一彎斜月。這就是「閑來閱遍花影，惟有月鉤斜」。我曾說詞是很難明白解說的，它是一種體會及感覺，你一定要認為它在說什麼，這實在是很難說。我們上一課講朱彝尊時也曾說他所表現的是一種感情，一種境界，一種人生的體悟，而張惠言前幾句說的是大自然：「東風無一事，妝出萬重花。閑來閱遍花影，惟有月鉤斜。」那麼，我張惠言生在這個世界也和別人一樣的忙忙碌碌嗎？我又是怎麼樣呢？他說：「我有江南鐵笛，要倚一枝香雪，吹徹玉城霞」。我現在要告訴大家，你們要欣賞詞，不要只是從字面上認識它的意義，更要注意的是它給你的感受是什麼？「江南鐵笛」這四個字非常的妙，「鐵」是金屬的，是多麼的剛強；而「江南」是水鄉，「江南好，風景舊曾諳，日出江花紅勝火，春來江水碧於藍」。江南是那麼的溫柔、那麼的美好、那麼的多情，而我張惠言有的是江南鐵笛。當然你們不能只從字面上來看，問張惠言會吹笛子嗎？不能這樣問，這只是表現他的一種品格的境界，既有江南似水的柔情，而又有鐵笛的堅強。有的時候一個人的性格，他的剛強跟他的溫柔多情不會相衝突不會相矛盾。

有的時候只有最多情的人才能最堅強，因為他多情，他有所愛，所以他才最堅強。所以剛強與多情並不是衝突的事情。這一句他寫得非常好，「我有江南鐵笛」這一句把一個人的性格表現得非常好，我有江南似水的柔情，也有鐵笛的堅忍，我要用這支鐵笛吹出美麗悅耳的聲音。你的平生，你的一生一世譜奏出來的是什麼樣的聲音？他說「我有江南鐵笛」，我要吹出來美麗的聲音。在哪裡吹呢？在什麼地方吹出這美麗悅耳的聲音？他下面就接著說了「要倚一枝香雪，吹徹玉城霞」，我要靠在那一枝美麗的花的旁邊。「香」，芬芳、「雪」，潔白，這都是花的美好的品質。我有的是江南的鐵笛，我要倚在那樣美麗、那樣潔白的一枝花的旁邊來吹我的笛子，而且我吹出來的曲子，是要吹徹玉城霞。什麼是玉城？玉城是天上神仙所住的地方，也叫做玉京。李太白有一首詩說：「遙見仙人彩雲裡，手把芙蓉朝玉京。」玉京就是玉城，是仙人所住的地方。他說我要用我的江南鐵笛，靠在一枝芬芳美麗的花樹旁邊，我要吹我的鐵笛，一直吹到什麼地方去？是吹徹玉城霞。我要使我的曲子一直吹得直通，「徹」，是貫通的意思。我要使我的笛曲能夠吹徹，能夠直通到天上神仙住的玉京仙府的彩霞之上。這寫得真是好！你一輩子要譜出什麼樣的曲子？他說：「我有江南鐵笛，要倚一枝香雪，吹徹玉城霞。」只不過人生立志是由得我，但是要做出來卻由不得我。立志是由得我，我說我要做這樣，我要做那樣。但是成功由得我嗎？不一定。那你又怎麼樣呢？所以他又說「清影渺難即，飛絮滿天涯」，我是要吹奏江南鐵笛，我是要直吹到九霄仙人住的玉京雲霞之上，可是我沒有達到那個地方。「清影渺難即」，那個美麗雲霞的影子那麼遙遠。「難」，不容易。「即」，靠近。我是有理想，我是有追求，我是有嚮往，但是它距離我那麼遙遠，它不容易靠近，不容易真的達到，這是「清影渺難即」。你是有立志，你是有抱負，只是人生立志雖由得你，但做出來卻不由得你，而當由不得你的時候你又怎麼樣？你的年華逝去了。這「飛絮滿天涯」，已經是春天遲暮時節，那柳樹的花已經變成了柳絮，就飄滿了天空。「清影渺難即，飛絮滿天涯」，這真是人生的一種體驗與無奈。他接著又說「飄然去，吾與汝，泛雲槎」，在人世之間我們的追求不一定能夠真的達到，我們達不到我們的理想。這是他給他的學生寫的，他說，既然我們達不到理想，那我就跟你坐一個可以飄在白雲之上的浮槎。「槎」，本來是可以浮在水面上的木排浮槎。「浮槎」有一個典故，中國有幾千年的歷史文化，有很多很多的聯想。孔子曾說過一句話：「道不行，乘桴浮於海。」孔子說，我的理想如果不能夠實行，那我就乘一個木排飄浮到海上去。張惠言對他的學生說：「飄然去，吾與汝，泛雲槎。」我們對於這個世界失望，我們就飄然遠引，浮槎而去。可是中國所謂的道，不是絕情，不是冷漠，不是說只要我一個人得道成仙，而你們都在那裡受苦，這不是真正得道人的願望，他們不是只求自了。很多偉大的宗教家都是這樣的，所以佛教說：「地獄不空，誓不成佛。」、「眾生界盡，方證佛果。」基督教說：「耶穌是為人類的罪惡死在十字架的。」孔子為什麼周遊列國？他是希望列國可以從紛亂苦難之中建立一個理想的社會。孔子還說過一段這樣的話：「鳥獸不可與同群，吾非斯人之徒與，而誰與？」鳥獸雖然是生物有情，但牠們不是我們人類的同類，我如果不跟人類在一起，那我要和誰在一起呢？所以不管是中國的儒家、印度的釋迦、西方的基督所講的，得道的人都不是冷漠的，不是絕情的，不是只求自了的，他們都有關懷人世的一片情意。所以他雖然說「飄然去，吾與汝，泛雲槎」，可是他馬上就有了一個轉折，他說：「東皇一笑相語：芳意在誰家？」東皇就是春天的神。本來是說這個世界不好，春天都過去了，我們要走了，已經是飛絮滿天涯了，可是這春神對我們一笑，就告訴我們說：「芳意在誰家？」其實春天是不會走的，要看春天是留在什麼人的家裡！後面他又說：「難道春花開落，更是春風來去，便了卻韶華。」難道春天是這麼無情的嗎？春花從開到落，春風從來到去，就斷送了、就了卻了整個美好韶華的生命嗎？後面兩句說得更好：「花外春來路，芳草不曾遮」，「花外」，就是春天來的道路，芳草並沒有把春天的來路遮斷。「芳意在誰家？」你如果願意把芳意留在你的家、留在你的心中，你就可以把芳意留在你的身邊。沒有一個東西能把它遮斷，就看你要不要？就看你得不得道？這「花外」就是「春來路」，芳草是不會把它遮斷的。而真正讀書有得的人，就是要有這樣的境界。常常有同學問我說，讀詩要讀誰的作品？我總是勸同學讀詩要讀陶淵明或者是蘇東坡的作品。因為這兩位詩人是真的能夠自我完成的人，而其他很多人有的是尚未達到這個境界的。

蘇東坡曾寫過這樣的兩句詩：「浮空眼纈散雲霞，無數心花發桃李。」這說得真是好。蘇東坡老去了，眼睛已經昏花了，他不像我們生活在現代可以去配老花眼鏡，他老眼昏花以後實在沒有辦法，他說，我的眼睛昏花了，我看到飄浮在空中的都是雲霞，我外邊的世界是看不清楚了，是模糊了，可是我內心的花開了，我內心有難以數盡的花朵，開得比真實世界的桃李還美麗呢！所以中國儒家或道家的思想極致，是可以達到這樣的境界。而張惠言是一個經學家，他是有相當的一種修養境界的。我覺得我們講清代的詞有這樣的一個作者，有這樣的成就，而且這五首詞也是很被人讚美的，這是相當有意義的。譚獻就曾讚美他說：「胸襟學問，醞釀噴薄而出，賦手文心，開倚聲家未有之境。」倚聲就是填詞，填詞的人總是寫一些傷春怨別，從來沒有人寫出這樣的人生境界。

陳廷焯也曾讚美他說：「皋文〈水調歌頭〉五章，既沉鬱，又疏快，最是高境。陳、朱雖工詞，究曾到此地步否？不得以其非專門名家少之。熱腸鬱思，若斷仍連，全自風騷變出。」皋文就是張惠言的號。「〈水調歌頭〉五章，既沉鬱，又疏快」，它寫的內容這麼深厚，而音節又這麼疏朗，這麼活潑。「最是高境」，最是詞裡邊最高的意境。「陳、朱雖工詞」，陳就是陳維崧，朱就是朱彝尊，因為一般人講到清朝的詞都認為陳維崧跟朱彝尊是大家，陳維崧是因為他的作品很多，開拓出來的境界大；朱彝尊也因為著作很多，而且他對於詞的美感也有相當的認識。可是真的以詞的內容境界來講，陳廷焯說：「陳、朱雖工詞，究曾到此地步否？」說他們沒有達到張惠言的境界。「不得以其非專門名家少之」，為什麼大家常常不選張惠言，而選朱彝尊跟陳維崧呢？就因為張惠言是個經學家，他不是以填詞出名的。他是研究詞學的理論，他不是以填詞的數量多、或是寫傷春怨別的詞出名，所以我們不能夠因為他不是以填詞為本行而小看他。「熱腸鬱思」，有這麼熱烈的感情，有這麼深沉的思想，「若斷仍連，全自風騷變出」。

他的詞論重點見於《詞選》的序。我現在只給你們講一些他論詞的重點，他說：「極命風謠里巷男女哀樂，以道賢人君子幽約怨悱不能自言之情。」我也曾說過詞之所以能在清朝復興，因為他們對於詞的美感特別有一種感悟，特別有一種體會，這也是張惠言所認同所體會的。「風謠里巷男女哀樂」是說詞的開始，詞的開始就是大街小巷之間所唱的歌謠，寫的是什麼呢？是男子與女子的愛情。愛情美滿就快樂、離別就悲哀。「風謠里巷男女哀樂」，上面還有「極命」兩字，什麼是「極命」？就是當它寫男女的悲歡哀樂之情發揮到極點的時候，你把詞的美感就真的發揮出來了，它本來的特質可能是由於寫男女相思怨別所形成的一種美感，你如果真的把這種美感發揮到極致，就可以用它來表現出這些有感情、有思想、有品德的賢人君子的一種情意。那麼他這一句寫成「以道賢人君子之情」不就好了嗎？可是他卻又用了一大段的形容就說是「以道賢人君子幽約怨悱不能自言之情」，還要「低徊要眇以喻其致」，說詞所傳達的是一種幽深的、隱約的、哀怨的、內心有所不滿足的，而且是自己都說不明白說不清楚的情思，就只能透過詞表現出來，而且寫得這樣的婉轉低迴，這樣的深微要眇。他不說以言其意，或以達其意，而是說「以喻其致」，是表現喻說了一種情致。

詞，真的是一種極為微妙的文學體式，不是像詩可以很具體很明白的說明的，而是要你仔細的去體會才可以領略玩味的。好，現在我們就把張惠言結束了。這是我增加的一個作者，以時代來說張惠言是接著康熙雍正以後，是乾嘉之間的人物。

第七講

蔣春霖

嬋娟，不語對愁眠，往事恨難捐。
看莽莽南徐，蒼蒼北固，如此山川！
鉤連，更無鐵鎖，任排空、檣櫓自迴旋。
寂寞魚龍睡穩，傷心付與秋煙。

我接下來要講的一個作者就是蔣春霖。現在我們先簡單的介紹作者，然後再看他的〈木蘭花慢〉。

蔣春霖，號鹿潭，是江蘇江陰人。他父親的名字叫做蔣尊典，曾在荊門州做過官。春霖是嘉慶二十三年生的，隨著他父親住在荊門的任所。曾經登黃鶴樓賦詩，老宿斂手，一時有「乳虎」之目，我們看過了很多作者都是在少年時代就表現了他們的才華。蔣春霖當他父親死去以後他家就中落了，他侍奉他的母親來到天子腳下的京城。「既不得志於有司，乃棄舉業，就兩淮鹾官」，所以蔣春霖也是一個仕宦不得志的人，他不但是做官不得志，科考也不得志，所以他就放棄了舉業，不再參加科考，也不再謀求官職。他沒有一個出身，沒有一個資歷，因此就做了一個最卑微的小官，在兩淮鹽場做鹾官。鹾官就是在鹽場裡邊管收鹽稅的官吏，他是才高而位卑，所以他平生鬱鬱不得志。「咸豐壬子（西元一八五二年）權富安場大使」，這個「場」是曬鹽的鹽場，他管理這個富安鹽場。你們要注意到這上面還有一個字，權，權只是暫時代理，連這樣的小官他還不是正式的，只是暫時代理。丁巳（西元一八五七年）遭母憂，始去官。他母親去世了，古時父母之喪是要守喪的，他就離開了他的職位。「挈家至揚州之東臺」，住在那裡。「庚辛之際，兵事方急，徐溝喬松年、嘉善金安清，先後爭相邀請」。

現在我們就要看他的時代背景，當時中國真是內憂外患。咸同之際太平天國已占據大半江山，而西元一八五七年是第二次的鴉片戰爭，西元一八五八年英法聯軍攻陷了大沽口，訂立了天津條約，西元一八六〇年英法聯軍攻北京火燒圓明園。這是一段危亂之秋，兵事方急。為什麼徐溝的喬松年、嘉善的金安清都要羅致他呢？因為當兵荒馬亂之際成立了一個籌餉局，而他們認為蔣春霖是個人才，所以就邀蔣春霖參加。「春霖抵掌陳當世利弊甚辯」，蔣春霖沒有科第，沒有功名，是個地位很卑賤的人，而邀他的人都是些大臣，這些人請他來了，而蔣春霖毫不畏縮，「抵掌陳當世利弊甚辯」。抵掌，就是用手勢跟人正面談話，這是出於《史記・滑稽列傳》。陳，是陳述。他就跟人當面陳述當時國家的缺點疏失，該如何謀求改革，侃侃而談，意氣風發。「不以屬吏自橈」，不以為自己是個卑微的小官而畏縮不敢施展。「上官亦禮遇之，不為牾也」，而他的上司雖然地位比他高很多，卻都很欣賞他的才華和他的見解，都很禮遇他，不以為他這樣是不禮貌。

「同治戊辰（西元一八六八年）冬，將訪上元宗源瀚於衢州；道吳江，艤舟垂虹橋，一夕而卒，年五十一。姬人黃婉君殉焉」。艤舟，就是停船、泊船。這一段話說得很簡單，事實上蔣春霖性格很孤傲不群，不肯屈服於人，也因為這樣的緣故他科舉仕宦都不得志。但是當時有一個觀察使叫做杜文瀾，很賞愛他的才華，蔣春霖落魄潦倒，幸得這些人的周濟。蔣春霖因為鬱鬱不得志，一度也沉湎在醇酒婦人之中，因為他對自己的失意不能面對，因此就用醇酒婦人來麻醉自己。他在聲色場所中認識了他後來的妾黃婉君，黃婉君是個相當虛榮的婦人，又嗜食鴉片，所費不貲。而蔣春霖為了滿足黃婉君的需要，不得不求人周濟。而他的個性又很好強，有一次去求見杜文瀾，杜文瀾因為公事很忙沒有馬上接見他，蔣春霖認為這是很大的挫折打擊及恥辱，他想再去找宗源瀚，但是回頭一想萬一宗源瀚也不見他，他又怎生自處呢？因此在羞愧、徬徨、沮喪之下他服毒自殺了。蔣春霖死後，黃婉君很不被人諒解，當然蔣春霖的死她也很難過，因此她也就自殺了。

蔣春霖有這麼一段故事，因此他所寫的詞，也表現了他的身世、他的性格，是與其他詞家不同的。像陳維崧也是仕宦不得志，也是孤傲不群，可是他和蔣春霖不同。陳維崧是個開放的類型，什麼不得意都發洩出來，而蔣春霖是個沉鬱的類型，他們相同的都是落魄不得志，可是陳維崧在落魄之中有一份豪氣，而蔣春霖卻沒有這份豪氣。蔣春霖的詞寫得很沉鬱，他大半的詞都寫得很幽怨。大家讚美蔣春霖的詞，一個是因為他的感情跟感覺寫得非常深密細微，他的詞好在感覺跟感情寫得很綿密深幽，還有一個好就是因為蔣春霖他輾轉奔波於各地，而他所生的時代正是中國內憂外患相逼而來的時代，內有太平天國的戰事，外有英法聯軍，就因為他親自經歷了這樣不平常的亂世，因此他的詞也反映了當時時世的衰微戰亂。我們現在就講他的〈木蘭花慢〉，現在我還是先唸一遍。

木蘭花慢　江行晚過北固山

泊秦淮雨霽，又鐙火，送歸船。正樹擁雲昏，星垂野闊，暝色浮天。蘆邊，夜潮驟起，暈波心、月影盪江圓。夢醒誰歌楚些？泠泠霜激哀絃。

嬋娟，不語對愁眠，往事恨難捐。看莽莽南徐，蒼蒼北固，如此山川！鉤連，更無鐵鎖，任排空、檣櫓自迴旋。寂寞魚龍睡穩，傷心付與秋煙。

這是一首感慨時事的作品，這在蔣春霖的詞裡面是寫得比較有激越慷慨之音的作品。大家讚美蔣春霖說他的詞反映了時代的戰亂，所以可稱他為「詞史」。大家都知道杜甫被人稱作「詩史」，說他反映了天寶之亂；而蔣春霖是清代的詞人裡邊反映了時代變亂的，所以稱他為「詞史」。

關於詞史之說是譚獻提出來的。譚獻是常州詞派張惠言詞學的重要傳人之一，另一個時代較早的是周濟。譚獻說：「詩有史，詞亦有史。」而張惠言只是說詞裡邊應該有寄託，什麼樣的涵義才叫寄託？周濟說，如果只是寫個人小我的悲哀憂愁那不叫寄託，要有更大的關懷反映了整個時代的那才能叫有寄託。所以譚獻就提出來說：「詩有史，詞亦有史。」這也是因為從清朝早年的詞就跟時代結合了非常密切的關係，這是清代的詞學家從詞的美感和特質，在詞裡邊所反映的時代關懷的一種反省和體會。而在創作上實踐出來的就是蔣春霖，現在我們簡單扼要的介紹這一首詞。

「江行晚過北固山」，這是詞牌後的一行小標題。他說他自己的船在傍晚的時候經過北固山，北固山在揚州鎮江附近。

「泊秦淮雨霽，又鐙火，送歸船」，我停泊這艘船在秦淮的岸邊，剛剛雨過天晴。兩岸的燈火和船上的燈火正送我這正要還鄉的歸人的船。我眼中看到的是什麼呢？「正樹擁雲昏」，他這形容用字很具體，樹的周圍好像被雲彩擁抱著，是那麼昏暗的一片。「星垂野闊」，曠野很廣闊，就感覺星星的位置更是低垂。這用的是杜甫的詩：「星垂平野闊。」「暝色浮天」，天慢慢的黑下來了，那昏暗的黃昏暝色從水面上直彌漫到天邊。

「蘆邊，夜潮驟起，暈波心、月影盪江圓」，我的船停泊在長滿蘆葦的江邊，夜晚潮水澎湃的聲音突然一陣高起來了，在江上水波的中心有一圈一圈的光暈。「暈」，是月光旁邊的影子，也叫月暈。這圓圓月亮的影子照在江心，而隨波搖盪。

「夢醒誰歌楚些？」我在船上一夢醒來是誰在唱著哀傷的《楚辭》呢？「楚些」，「些」字在這裡不唸ㄒㄧㄝ，唸ㄙㄨㄛˋ，是《楚辭》裡常用的一個語尾助詞，所以「楚些」在這裡就代表《楚辭》。《楚辭》表現的是屈原的政治理想不得實現的滿腹傷痛，哀悼楚國走向敗亡因悲慨而寫的作品。

「泠泠霜激哀絃」，我好像聽到江面上傳來哀傷悲涼的琴聲。古人說湘靈鼓瑟，在秋夜裡聽到這麼淒涼，在寒冷的秋霜中的激越的琴聲。

「嬋娟，不語對愁眠」，「嬋娟」，指的是月亮。月亮靜靜無言的照著我一個人，能和我相語的只有無邊的孤寂憂愁和難以成眠的漫漫長夜。

「往事恨難捐」，「往事」是指的鴉片戰爭，道光二十二年（西元一八四二年）六月十四日英軍攻陷鎮江的事情。北固山就在鎮江的旁邊，所以他所指的往事，特別指的就是道光二十二年英軍攻陷鎮江的事情。英軍攻陷鎮江以後，英艦八十餘艘長驅直入，在六月二十九日到達南京下關的江面，七月二十四日就訂立了不平等的中英南京條約。我自己個人認為這個「往事」有多方面的涵義，有國家悲慨屈辱的往事，也有他自己平生不得志的往事。所以他說「嬋娟，不語對愁眠」，面對著天上的一輪明月有多少往事難忘？有多少舊恨難除？「捐」，就是除、消的意思。有多少家國個人的往事都是忘不掉的。

「看莽莽南徐，蒼蒼北固，如此山川！」，「莽莽」指的就是南徐這一帶的山勢，「蒼蒼北固」指的就是北固山。南徐這一大片無邊的草野他形容為莽莽南徐，他說你看這麼廣闊無盡的南徐平野，看這麼蒼茫的北固高山。「如此山川！」，如此山川這裡邊有很多感慨。我們的國家有這麼美好的山川，但為什麼我們有這麼多的戰亂？為什麼遭遇到這麼多列強的侵略？「莽莽南徐，蒼蒼北固，如此山川！」，而在現在的列強侵略之下：「鉤連，更無鐵鎖，任排空、檣櫓自迴旋」，古人曾說如果要攻打長江，只要在長江的江面上橫鎖住長鐵鍊，江北的人就攻打不過來了。「鉤連，更無鐵鎖」，語出唐劉禹錫的〈西塞山懷古〉：「王濬樓船下益州，金陵王氣黯然收。千尋鐵鎖沉江底，一片降旛出石頭。」這首詩本來寫的是西晉大將王濬攻打六朝東吳的往事。「千尋」，古代一尋為八尺，此言其長。東吳用了長鍊橫住了江面，但是王濬用麻油作火炬熔斷了鐵鎖，這千尋的鐵鎖全沉到江底，而東吳就投降敗亡了。在這裡蔣春霖的意思是說，本來我們以為在長江天塹上橫上鐵鎖敵人就攻打不過來了，但是現在我們有什麼國防呢？他是用「鐵鎖鉤連」

這個典故代表我們的國防。我們本以為有鐵鎖的鉤連敵人就打不過來了，不用說晉朝攻打東吳的時候鐵鎖尚且被燒斷了；現在的滿清連不可恃的鐵鎖也沒有，更不用談還有什麼國防設施了。所以他說：「鉤連，更無鐵鎖。」那只好讓敵人：「任排空、檣櫓自迴旋」，「檣」，是船帆。「櫓」，是船槳。任憑敵人的軍艦，而這敵人的軍艦還不是我們古代的檣櫓，人家是機器馬力十足的堅船利礮。任憑敵人的軍艦長驅直入在我們的長江上迴旋馳騁，激浪排空。所以他說：「鉤連，更無鐵鎖，任排空、檣櫓自迴旋。」敵艦排空的聲勢，在我們的江面上迴旋的奔走馳騁。而我們呢？只有：「寂寞魚龍睡穩，傷心付與秋煙」，「魚龍」一句，可使我們聯想到杜甫〈秋興〉八首中的「魚龍寂寞秋江冷，故國平居有所思」的兩句詩。杜甫這兩句詩是慨嘆唐朝安史亂後國家之多難，而朝廷卻一無作為與對策，因而引起了對故國的無限懷思與悲慨。蔣春霖這兩句詞也有同樣的悲慨，但詞人的悲慨傷心，對時勢又有何實際幫助呢？只不過把一切傷心都付與秋江上的一片茫茫煙靄而已。這首詞既反映了時代的背景，也表現了作者個人的悲慨，寫得極為沉鬱，是蔣春霖的一首代表作。

第八講 王鵬運

歌哭無端燕月冷，壯懷銷到今年。
斷歌淒咽若為傳。
家山春夢裡，生計酒杯前。

接下來我要給大家介紹的是晚清時代的幾個重要詞人，我第一個要講的是王鵬運。

王鵬運，字幼遐，自號半塘老人，也叫半僧，晚號鶩翁。他曾經娶妻，但妻子早死，曾經有過一個兒子，但這個兒子也很早就死了。所以他叫做半塘這是表示懷念他的父母，因為半塘是他家祖墳所在。而他也自號半僧，是因為他娶了妻可是妻子早死，生了兒子，兒子也早死。他家裡的人給他算命，說他有一半和尚的命，因此叫半僧。至於為什麼又叫鶩翁呢？鶩是一種鳥，鶩這種鳥的特色是鳴而無聲，飛而不能遠。牠叫的時候沒有很大的聲音，鳴而無聲。也就是說王鵬運覺得自己平生沒有什麼成就，所以給自己取個別號叫鶩翁。他所作的詞當然有很多不同的名字，他給它們都按照甲、乙、丙、丁編了一個次序，有乙、丙、丁、戊、己、庚、辛這麼多詞稿，但是沒有甲稿。他是從乙字開始，因為他說自己科第沒有考上甲科。甲科也就是中進士，他自己深以為憾，因此詞集裡沒有甲稿。但他做官曾做到監察御史，且以直聲震天下。他很敢說話，因為御史的職責就是要敢言。當慈禧攜光緒帝常駐在頤和園不上朝的時候，只有他敢糾彈勸劾，他非常關懷國事，與文廷式、朱祖謀相往還。王鵬運是生於西元一八四八年，卒於西元一九〇四年。文廷式生於西元一八五六年，也卒於西元一九〇四年。他們死在同一年，他們都親身經歷了很多國家的恥辱和災難。在王鵬運的詞集裡，和文廷式聯句和韻的作品有十三首之多。他和文廷式既處在同樣的時代，而且兩人也同樣有關心國家的志意。

除了填詞以外，王鵬運還值得我們注意的就是他平生致力於詞集之校勘。詞從唐宋流傳以來，大家剛開始認為它只是傳唱的歌詞並不太重視它，因此版本紛雜。舉個例說，就像《南唐二主詞》就不知道有多少版本？而王鵬運把詞當做經、史這麼重要的東西來給它做校勘、整理，最後再刻版、印行、推廣，他在這一方面做了很多的工作。所以我一開始就說清詞之所以興盛的原因：時代的背景、作者的眾多、流派的眾多、作品刊印的盛行，還有後來更用研究經、史治學的方法來研究詞，這些都是清詞之所以興盛的原因。

王鵬運是清季四大詞人之一，所以我們一定要講他，另外還有一位四大家之一就是鄭文焯。王鵬運所致力的是詞集的校勘與刻印，鄭文焯所致力的是詞的音律。詞到了清朝的時候舊譜已失，大半都不能唱了。姜白石當年所創的曲調和所編的工尺曲譜流傳下來，鄭文焯在這一方面做了很多蒐集整理和研究的工作。還有一位就是況周頤，他致力於評詞的衡量準則與作詞方法門徑的探討。況周頤著有《蕙風詞話》，這是大家公認的一本很重要的詞話，他是承繼了清代詞學研究發展和集其大成的一位學者。另外還有一位比他們年代更晚一些的就是朱祖謀，他生於咸豐七年（西元一八五七年），卒於民國二十年（西元一九三一年）。朱祖謀是清末民初很重要的一位詞人，他也整理了很多詞集，刻有《彊村叢書》。上述的這四位詞人對於詞不管是創作或是蒐集、整理，都做了不少的工作，所以被稱為晚清的四大家。也有人對晚清四大詞人有不同的說法。如編《近三百年名家詞選》的龍榆生，他把文廷式列入代替朱祖謀。總而言之，這五位是清末非常重要的作者，不過文廷式主要是在創作，他比較不涉及校勘、印刻、研究等，所以有的人不把文廷式列入清末四大名家，而只算我們前面所講的：王鵬運、鄭文焯、況周頤、朱祖謀為四大家。

剛才我已經略為說明過王鵬運所經歷的時代，這幾位詞人都是經歷了戊戌變法的失敗（西元一八九八年）。西元一九〇〇年八國聯軍進入北京，慈禧和光緒皇帝都逃到西安去了。我們現在要講的王鵬運和鄭文焯的幾首詞其內容所寫的，就都是在他們經歷了八國聯軍攻陷北京，慈禧光緒倉皇西逃時，他們內心的淒惶和痛苦。這時候國家的首都已經淪陷，而且慈禧已逃過兩次難，一次是英法聯軍火燒圓明園的時候她曾逃走，再一次就是八國聯軍進入北京時她又逃走。一個國家怎麼經得起這樣的變亂呢？所以當時他們內心非常痛苦。而且這個時候打進來的都是西方的英國人、法國人，和明末攻入北京時的滿族人更有差別。以漢族來說滿清雖是異族但還是黑髮黑瞳的亞洲人，而此時瓜分中國的已是膚色不同及文化大異的歐洲民族，這些詞人身經變亂的痛苦你們應該可以想見。

好，現在我們就來看王鵬運的〈臨江仙〉，我還是先把它唸一次。

臨江仙

枕上得「家山」二語，漫譜此調。夢生於想，歌也有思，不自知其然而然也

歌哭無端燕月冷，壯懷銷到今年。斷歌凄咽若為傳。家山春夢裡，生計酒杯前。

茆屋石田荒也得，夢歸猶是家山。南雲回首落誰邊？擬呵湘水壁，一問左徒天。

曾有同學問我怎樣作詩？怎樣填詞？作詩填詞並不是你們打開一本詩律或詞律，一個字一個字的去拼湊。就算你能逐字的拼湊成一首詩或一首詞，也絕對不會是一首好詩或好詞。其實填詞作詩全要靠平常的工夫，因此古人說，枕上、馬上、廁上的時間都可利用。這一首詞是王鵬運有一天夜晚夢醒後，在枕上翻來覆去睡不著，他心裡面有很多感慨，他夢到了「家山」這兩句話。作詩或填詞並不一定是一下子都把整首完成，有時候會有靈感先有兩句詩或兩句詞，你覺得很不錯，然後你才把它逐步完成。因此在這首詞的牌調後面他加了二行小字，首二句就是：「枕上得『家山』二語，漫譜此調。」接下來再說「夢生於想，歌也有思，不自知其然而然也」，他是在夢裡得到這兩句詞的。你

們一定很奇怪做夢也會夢到兩句詞？其實我自己就曾經在夢裡夢到過詩句，也夢見過兩句很完整的聯語，這都收到我的《迦陵詩詞稿》的創作集中了。所以夢裡頭得到詞句是完全可能的。他說：「夢生於想，歌也有思。」詞就是一種歌詞，代表他內心的一種情思，他說他自己也不知道為什麼會有這樣的句子。好，現在我們就來看王鵬運這首詞說的是些什麼？

他在北京親眼看見戊戌變法的失敗，親眼看到八國聯軍占領北京，親眼見著國家一步一步的走向敗亡。當八國聯軍攻入北京的時候，王鵬運是淪陷在北京城裡邊的，他是怎麼樣排遣度日的？那就是填詞。這真是「歌哭無端」，很多的感情沒有辦法發洩。我們一般人說歌，是歡喜，就是唱歌，哭才是悲哀、哭泣。但你們也一定聽過古人說：「長歌當哭。」當你哭不出來的時候，你就放聲唱一首長歌，把你的感情發洩出來。我們人生有多少感情真是歌哭無端，像李雯的〈風流子〉，不知道他從哪裡跑出來那麼多的感情要說。

「燕月冷」一句，「燕」，指的就是北京的所在。天上的月亮顯得這樣的淒涼，這樣的寒冷。唐人的詩句說：「秦時明月漢時關。」月亮是永遠不變的，月亮在北京郊外的長城之上，閱遍了多少的歷史興亡？張惠言的詞說：「閑來閱遍花影，惟有月鉤斜。」

月亮看到花開，月亮也看到這千古的興亡。如果天上的月亮有知，而從秦漢照到現在滿清的敗亡、被列強瓜分的下場，這天上的月亮將會有什麼樣的悲哀和慨嘆？所以他說：「歌哭無端燕月冷」。而他接下來寫的「壯懷銷到今年」一句，在前面我簡單的介紹了王鵬運的生平，他年輕的時候直聲震動天下，他在朝廷上敢言國家的缺失，他也有關心國家前途的壯懷，可是沒有人重用他。慈禧太后掌權，戊戌政變也失敗了，所有的豪情壯志一直銷磨到現在，這熱情也將殆盡了。

「斷歌淒咽若為傳」，我在這已淪陷的京城藉著小詞令曲來傳達我的感情，像這種「斷歌」，這種唱不出來的歌聲，這種嗚咽的歌聲。「嗚咽」，是不敢放聲痛哭。有同學問我為什麼清朝人的詞寫得這樣幽咽？因為清朝有文字獄，一般人不敢暢所欲言。如果大膽的寫出真話，說不定就有飛來橫禍的可能，甚至有抄家斬首的罪名，所以清朝人的詞寫得這樣隱約，真是嗚咽難言。從清朝初年哀傷明朝的滅亡，一直到晚清面臨到列強的瓜分強占，真是「斷歌淒咽若為傳」，我們怎麼樣傳達我們這一份歌哭無端的痛苦？

王鵬運是廣西人，也就是所謂的臨桂詞派。他呼喚我的家山在哪裡？國在哪裡？我的家鄉是在遙遠的廣西，而旅食在京師，不知道什麼時候才能夠回到我的家鄉？我的生活現在只剩下什麼呢？我已沒有豪情，已沒有壯志，我沒有前程和理想，只剩下頹唐的飲酒痲木自己。這真是「家山春夢裡，生計酒杯前」。

「茆屋石田荒也得，夢歸猶是家山」，他剛才那「家山」兩句是上半首的結尾。「家山春夢裡，生計酒杯前」是他夢裡的兩句詞。國家弄到這樣的下場真是家山何在？所以他接著又說，現在我故鄉臨桂老家破茅屋前貧瘠的田地都已成了荒榛蔓草，就算是我只能在夢中回去，那畢竟還是我的家鄉。但京師現在已經淪陷在八國聯軍的手中，我已經回不去了，我回不了我的故鄉。眺望我那遙遠的家鄉，那真是：「南雲回首落誰邊？」我廣西的家鄉遠在西南，遙遠的像在天上白雲的另一端。我回頭看看我的故鄉，我回到哪裡去？我的家鄉那麼遙遠我是回不去了，這又是為什麼呢？用問句表示悲慨，就像開頭我們講的李雯的第一首詞，他說：「誰教春去也？人間恨、何處問斜陽？」為什麼世間有這麼多苦難和不幸？我王鵬運又要問誰呢？他說「擬呵湘水壁，一問左徒天」，湘水就是湖南的湘水，是屈原故鄉所在的地方。屈原所寫的一篇文章〈天問〉，他提出了很多的問題，把天地宇宙一切的現象事理都質問遍了。漢朝的王逸寫了一篇序說：「屈原放逐彷徨山澤，見楚有先王之廟，及公卿祠堂，圖畫天地山川神靈，及古賢聖人物行事，因畫其壁，呵而問之，以抒憤懣，舒瀉愁思。」他認為〈天問〉是屈原被放，徬徨在楚地時呵壁問天之辭。屈原被放，一腔憤懣無處宣泄，昂首問天共一百七十二個疑問。自天、地、山川，以至聖賢神怪，用這一篇〈天問〉舒解自己內心的憤慨及憂愁。而屈原做過楚懷王的左徒，因此王鵬運說：「擬呵湘水壁，一問左徒天。」

中國的古典文學你們要對它的傳統有一份瞭解，還不止是傳統，而且也要有理性知識上的瞭解，和感情上的共鳴。曾有同學對我說，我們起初讀詞時覺得那是離我們很遙遠的，後來我們再讀下去，就覺得我們也有所關心了。我們看到中國當時經歷內憂外患的苦難；你們要知道中國人生長在中國的文化之中，他除了有這個認識以外，他更有的是一份感情。

「擬呵湘水壁」，湘水是屈原的故鄉，屈原給我們留下了那麼多的作品，那些作品所傳達出來的是一份最完整、最美好的追求，對於人格品行美好的追求，「製芰荷以為衣兮，集芙蓉以為裳。……佩繽紛其繁飾兮，芳菲菲其彌章……。」，這些表面寫的是芳草美人，其實就正是屈原對人格美好的追求。他對楚國有一份執著的忠愛，在戰國春秋時代中國是有很多的國家，連孔子都周遊列國，魯國你不用我，我可以到別國。孟子也周遊列國。而屈原為什麼不像孔子？為什麼不像孟子？去找別的國君用你，你為什麼那麼執著一直待在楚國？因為屈原是楚之同宗，他是楚國王室的宗族。你們要瞭解這種感情，這種和自己國家民族認同不能分割的感情。並不因為自己的國家衰弱腐敗了，就把國家丟掉了、不要了，唯其因為你壞，我才要把你變好，這是中國過去傳統士大夫的感情。

所以王鵬運說「擬呵湘水壁」，我要像屈原一樣，「一問左徒天」，「左徒」，指的就是屈原，屈原就曾呵壁問天，為什麼？為什麼我們的國家是這樣？為什麼我們的遭遇會這樣？真是「擬呵湘水壁，一問左徒天」。也正像李雯詞所寫的「誰教春去也？人間恨、何處問斜陽」。人的感情也很奇怪，最早李雯寫這樣的慨嘆，是因為他的明朝滅亡了，清朝侵略入關，而現在晚清這幾位大詞人如文廷式、王鵬運、蔣春霖都是漢族人，而他們卻在為滿清的危亡而憂傷感嘆。所以你追求感情不要向外面去追尋，只有你自己完成你自己才是重要的。連國家民族當年那麼多死難志士的感情，本來都是抗清的，為什麼到後來又這麼效忠於清？

三百年把人世間一切都改變了，人世間的興衰真令人慨嘆。我們從滿清的開國講起，一下就快講到滿清的滅亡了。我曾在臺大講過《史記》，《史記》中所寫的英雄豪傑、聖賢名人的列傳，真是讓人慨嘆。人生！真的是如此，而在這樣的人生之中，你怎麼站住你自己的腳步？怎麼樣完成你自己？這就是張惠言說的：「花外春來路，芳草不曾遮。」雖然是「誰教春去也」，如果是你自己心裡有了春天，那個春天就不會走了。蘇東坡說的：「浮空眼纈散雲霞，無數心花發桃李。」這是中國讀書人真正學道有得的話。

第九講　鄭文焯

行不得！黦地衰楊愁折。
霜裂馬聲寒特特，雁飛關月黑。
目斷浮雲西北，不忍思君顏色。
昨日主人今日客，青山非故國。

接下來我們講下一位作者鄭文焯，我們先看一下他的生平。鄭文焯，字小坡，一字叔問，號大鶴山人，又號冷紅詞客，奉天鐵嶺人，隸漢軍旗。咸豐六年丙辰生（西元一八五六年），父瑛棨，官陝西巡撫。一門鼎盛，兄弟十人，裘馬麗都，惟文焯被服儒雅。

我把這幾句稍為解釋一下，裘馬，即肥馬輕裘。麗，美好、美麗。都，豪盛的意思。這裡說鄭文焯生長在很豪貴的門庭，他兄弟幾個人都是很講究、很奢華的，只有鄭文焯的天性不喜歡奢華，所以他所穿的衣服都是很儒雅樸素，而不是華貴美麗的衣服。有些人生在豪門當然就比較奢華，可是這跟天性也有關係。像納蘭成德的父親明珠在朝廷做到太傅，但是納蘭天性卻不追求豪貴，這是他天生如此的（納蘭詞我已寫有專文，見《詞學古今談》，所以此處不再講了）。

鄭文焯曾經考中光緒乙亥（西元一八七五年）舉人，「官內閣中書。旅食蘇州，為巡撫幕客」，他做官做到內閣中書，因為當時的滿清朝政非常敗壞，讓他很失望和不滿，因此他離開了首都到蘇州，做蘇州地方長官的幕客四十餘年。「善詼諧，工尺牘，兼長書、畫」，這是說鄭文焯擅於談笑、幽默，也長於寫來往的書信、公文等，他字寫得好，畫也畫得好。「雅慕姜夔之為人」，姜夔也是字寫得好，詞填得好，可是不肯做官，而一輩子在幕府之中替人做門客。鄭文焯欽羨姜白石的為人，而姜白石在南宋的詞人裡面是一個非常懂得音樂的人，姜白石自己不只是填詞，還給這些詞譜上曲譜，所以到現在姜白石的詞還可以唱。姜白石是懂得音樂的，而鄭文焯也是懂得音樂的，「深明管絃聲調之異同」，知道這些管絃聲調微妙的差別。「上以考古燕樂之舊譜」，還考察到古代隋唐之間新興起的燕樂的舊譜。對於白石自製曲，「其字旁所記音拍，皆能以意通之」。姜白石所作的曲子旁拍所記的音樂調子的記號，這個記號既不是五線譜，也不像工尺譜，但是鄭文焯做過研究，他能通曉白石的調譜。民國七年戊午（西元一九一八年）卒，年六十三，葬鄧尉。鄧尉山在蘇州，山上有很多梅花，風景幽美，他喜歡這裡的景色，所以死後就埋葬在鄧尉。

鄭文焯他們這一些人都是對朝廷的政治失望了，有很多感慨寄之於詞，因為時間的關係，我們只講他的三首小詞。鄭文焯曾經寫過一首詞，這個詞的牌調叫〈月下笛〉，〈月下笛〉是在戊戌政變失敗後所寫的。我沒有時間把它都寫下來，所以我只寫簡單的幾句。他說：「延佇、銷魂處。早漏洩幽盟，隔簾鸚鵡。」「延佇」，本來是等待的意思。延，是推延。佇就是佇立，站在那裡等。他所等待的是什麼？他們本來盼望戊戌政變能夠成功。你知道戊戌政變的時候，他們君臣本來商量好了，但是政變要成功一定要有軍事的後臺來支撐，因此他們叫譚嗣同去見袁世凱，也就是叫譚嗣同請袁世凱舉兵保護光緒帝，因為這是一個奪權的事情，奪權一定要有軍隊支持才行。當時袁世凱的軍隊是很有力量的，而且袁的外表好像也很開明，所以他們以為可以跟袁世凱合作，因此就叫「六君子」之一的譚嗣同跟袁世凱要求要他保護光緒皇帝收回大權。袁世凱表面上同情他們，答應幫忙，可是是假裝的，所以說「佯許之」，「而密告於榮祿」，而袁世凱就偷偷的向榮祿告密，而榮祿又向慈禧太后報告，因此這個戊戌政變就失敗了。所以這「延佇」可以說他本來在等待一個好的消息，他們希望這個變法能夠成功，所以他說「延佇」。「銷魂處」，可真是讓我銷魂。銷魂，是非常的悲哀，讓人魂飛魄散的，本來我們是在等待一個好的消息。「早漏洩幽盟，隔簾鸚鵡」，早已有人把我們這個暗中的盟約洩漏了。是誰給洩漏的？他說是隔簾外面那個鸚鵡洩漏的，這個鸚鵡指的就是袁世凱。

從這裡你們可以知道，清朝的詞真的都有言外之意的，而清朝的詞它為什麼不直接說，而非要這樣寫呢？因為他不敢直說，如果他真的直說了，袁世凱還在當權呢！榮祿也在當權，慈禧更在當權。所以這些詞人有很多不得已的失望、悲哀、痛苦，不得不這樣來寫。那麼現在我們瞭解這個情形了，這一首寫的是戊戌政變。戊戌政變是在西元一八九八年，而在兩年以後的西元一九〇〇年又發生了義和團的庚子之亂。

我們上次也提到過的另一位詞人朱祖謀，他在庚子之亂時也填了一首詞。那時八國聯軍還沒攻打進來，朱祖謀極力力諫慈禧太后義和團不可用，他也阻止義和團不可殺洋人攻領事館。慈禧愚昧以為義和團真是刀槍不入神仙附體，中國人當時也真是深受洋人欺侮，滿腔的痛苦憤恨所以就相信了義和團。可是朱祖謀是個比較清醒的人，他知道義和團是不可輕信的，而所謂使館更是國際之間外交折衝之地，有法律要遵守，更是不可隨便殺人。他曾經勸告慈禧太后，但是慈禧太后不聽，所以他寫了八首〈菩薩蠻〉，其中有這樣的句子：「玉璫緘翠札，曲折何緣達，商略解連環，人前出手難」，「璫」，就是耳環。因為李商隱曾有一句詩「玉璫緘札何由達」，說一對男女有一段愛情，這個女子就把她的一對耳環封在信裡邊寄給她所愛的男子。這你們就知道為什麼清朝的詞這麼寫，他明明是罵袁世凱，說他洩漏了機密，可是鄭文焯卻不能這樣直說，他只能說「早漏洩幽盟，隔簾鸚鵡」。現在朱祖謀要給朝廷呈一個奏章說你不能相信義和團，不能隨便殺使館的洋人，可是當時沒有人接受他的建議。所以他詞裡頭說，我就像一個女子摘下了我的耳環封在一個有翡翠裝飾的信函裡邊，這也表示很珍重的意思，可是「曲折何緣達」，可是路這麼曲折，我沒辦法讓他知道。也就是說他有這個主張，可是他沒有辦法挽回這個局勢，慈禧不聽他們這些人的勸告。「商略解連環」，他說我們大家商量要把這個困難解開。「連環」代表一種難以解決的困難。這也是出於中國古代的一個典故，《戰國策》記載：古人拿一整塊的玉雕成一個連環，中間沒有接縫所以無法解開，這表示難解的困難。他說，我也想跟大家商議一個辦法「商略解連環」，可是「人前出手難」，我拿不出去，沒有人要看，我寫好了這樣的一封信，我要解決這個困難的問題，可是我在人前拿不出手，沒有人接受我的勸告。因為朱祖謀曾經力言義和團不可用，使館應該保護，而慈禧不肯聽信他的話。所以就寫了這樣涵義深隱的詞句。剛才我們講了鄭文焯的〈月下笛〉，朱祖謀的〈菩薩蠻〉，但是我沒有時間講他們整首的詞，現在我們只能講鄭文焯的三首短詞〈謁金門〉。〈謁金門〉是一個詞的牌調，現在我先把它唸一遍：

謁金門

行不得！黦地衰楊愁折。霜裂馬聲寒特特，雁飛關月黑。

目斷浮雲西北，不忍思君顏色。昨日主人今日客，青山非故國。

又

留不得！腸斷故宮秋色。瑤殿瓊樓波影直，夕陽人獨立。

見說長安如奕，不忍問君蹤跡。水驛山郵都未識，夢回何處覓？

又

歸不得！一夜林烏頭白。落月關山何處笛？馬嘶還向北。

魚雁沉沉江國，不忍聞君消息。恨不奮飛生六翼，亂雲愁似冪。

頭一句「行不得」最早是出在《花間集》裡的一句詞。《花間集》裡有一首〈謁金門〉的詞，一開頭就是說「留不得」。《花間集》裡寫的都是男女的感情，那個感情是說，我不想跟你離別，我想留下來，可是我又不能夠留下來，所以說「留不得」。現在鄭文焯是想模仿花間男女的感情，所以他的形式、格調是很接近的。可是他寫的又是什麼呢？

「行不得！黦地衰楊愁折」，「黦」，是黃黑色，指的是秋風秋雨之中柳條上長出來的黑斑。黦地，是描寫已經變成這樣黑黃顏色衰敗的楊柳樹。你們知道八國聯軍的庚子之役，慈禧太后和光緒皇帝都逃難到西安去了，他們倉皇的離開京師，一個國家敗壞到它的君主被逼得不得不離開首都時，這是怎麼樣的一個局面？這是秋天的季節，正是八國聯軍進北京的時候，那裡儘是些黑黑黃黃衰敗的楊柳樹。怎麼送他們出城呢？他們不是普通的人，他們是一國的君主，而現在倉皇的出走了。

「霜裂馬聲寒特特」，「特特」，是馬蹄聲。這句有兩種解釋的可能，一個可能是說，八國聯軍的這些騎兵馬匹在京師來回馳騁，在這樣荒涼的季節，在京師之內，那敵人的馬蹄聲盪拂在冷風之中。但也可以說，光緒皇帝和慈禧太后，乘著馬駕的車逃走了，在光緒和慈禧出逃的路上，真是「霜裂馬聲寒特特」。

「雁飛關月黑」，在秋天的時候，有從北向南飛的鴻雁，而雁飛則代表在旅途上來往的行人。也就是說在旅途上的行人走在那荒涼的關塞之中，在那昏黑的月色之下，從北京到西安一路上經過了多少的山河關塞？在昏黑的月色之中那是皇帝在逃難。可是在那個時候，鄭文焯並不在京師，他不是到了南方嗎？他在八國聯軍之前已經到南方去了。他說我在南方「目斷浮雲西北」，「北」，這裡要押韻唸ㄅㄛˋ，是入聲。他說，我望著西北方的首都，他從江南望著北方的首都。

「不忍思君顏色」，我真是不忍心再去想我的國君，現在倉皇逃走不知變成什麼樣了？他對光緒皇帝是很有感情的，而且是非常同情他的。因為光緒皇帝很想革新，但是一直處在慈禧的威權壓制之下。所以他說「不忍思君顏色」。光緒也是一位不錯的皇帝，很有理想的一個人，可是不能施展他的抱負。

「昨日主人今日客」，昨天光緒皇帝還是大清帝國的君主，還在他的京師首都做皇帝呢！而今天卻在關塞昏黑的月色之中逃難，真是「昨日主人今日客」。

「青山非故國」，北京城外就是西山。你看那青青的山色，還是我們故國的山川，可是現在故國的京師已經淪陷到列強的手中，雖然有美麗的江山，可是已不是我們的故國。

接著下一首他再說：「留不得！腸斷故宮秋色。瑤殿瓊樓波影直，夕陽人獨立。」光緒皇帝可以不這麼狼狽的倉皇逃難嗎？如果他不逃走，敵軍已經占領了京師，這真是「留不得」！

「腸斷故宮秋色」，當年國家的宮殿，在淒涼的秋色之中真是讓人腸斷。鄭文焯這個時候雖然在南方，可是王鵬運、朱祖謀當時是淪陷在京師。他一方面懷念故國，懷念自己的國君，他也懷念留在京師的這些朋友。你們這些沒逃走的人，真是身處在這麼險惡淪陷的危城，所以說「腸斷故宮秋色」。

「瑤殿瓊樓波影直」，故宮那麼美麗的宮殿倒映在水中。北海裡有一個水池叫太液池。白居易〈長恨歌〉說「太液芙蓉未央柳」，就是形容以前唐朝那個太液池的景色。北京故宮城內也有太液池的池水，故宮城外又有御河。你看那些瑤殿瓊樓倒映在太液池水中，倒映在御河的河水中那個波影，顯得多麼高大雄偉。「直」，高矗的樣子。

「夕陽人獨立」，你們淪陷在北京的這些好朋友，當你們面對這種景色的時候是什麼樣的心情？尤其是在夕陽西下的黃昏獨立在御河邊上，那有多麼的蒼涼？多麼的悲哀？

「見說長安如奕」，「奕」，就是下棋。杜甫〈秋興〉八首中曾說：「聞道長安似奕棋，百年世事不勝悲。」唐朝的長安也有兩次的淪陷，一次是天寶的安史之亂，另一次是唐代宗時的吐蕃之亂，所以長安曾淪陷兩次。杜甫親身經歷了第一次的長安淪陷，第二次長安再淪陷，杜甫已經身在四川。所以〈秋興〉裡說：「聞道長安似奕棋。」長安是首都，一個首都應該安定穩固，怎麼首都像下棋一樣，今天你贏了，明天我贏了。就像現在的北京城一樣，今天英法聯軍進來了，明天八國聯軍進來了，這像一國的首都嗎？所以他說「見說」，別人告訴我說，這個首都經過這麼多的變亂，一下子英法聯軍火燒圓明園，一下子八國聯軍來了，就像在走一盤棋一樣。我真是「不忍問君蹤跡」，我真是不忍心，光緒皇帝不知道逃到哪裡去了？他離開了京師逃往何方？真是「不忍問君蹤跡」。

「水驛山郵都未識」，光緒皇帝逃走了，他是走到什麼地方？是走到哪個水邊的驛站？是經過了哪個山旁的郵亭？水驛跟山郵，是古時的碼頭及傳送信件的所在。光緒皇帝從京師逃走，他是逃到哪裡去呢？是水邊的碼頭還是那些傳遞信件的郵亭呢？我真的不知道他到底是逃到哪裡去了？

「夢回何處覓」，就是我想在夢裡頭去找他，都找不到了，因為皇帝已經不在故宮，他是在哪一條水上？在哪一座山旁？這真是「水驛山郵都未識，夢回何處覓？」

第三首：「歸不得！一夜林烏頭白。」，「歸不得」有人認為是鄭文焯想要回到京師，他又回不來。但是我想鄭文焯並不是想回到京師，因為北京已經淪陷了。這個「歸不得」說的還是皇帝，其實他這三首詞都是懷念光緒皇帝的。哪一天你才能再回到你自己的首都來，真是沒有辦法回來了。

「一夜林烏頭白」，顧貞觀的〈金縷曲〉說：「盼烏頭馬角終相救。」烏鴉的頭變白了才放你回去。不知道皇帝哪一天才能回去？我盼望一夜之間在樹林中棲落的烏鴉都變成了白色，也就是把不可能的事情變成了可能，把現在的逃亡度過，光緒帝能夠很快的就回到京師來。

「落月關山何處笛？馬嘶還向北」，逃難的時候是晝夜兼程，連晚上都還在逃。一路上逃難，當月在山河關塞間沉落時，從什麼地方傳來這訴說行路艱難哀怨的笛曲呢？為什麼說「落月關山何處笛」呢？「關山月」本來是漢朝樂府的橫吹曲，是軍樂的曲名，

「關山月」指的也是軍隊夜裡的行軍。像岳飛還說「八千里路雲和月」，就是形容打仗的人披星戴月的向前趕路。杜甫的詩句曾說「三年笛裡關山月」，這些兵士披星戴月的在關山之中作戰、趕路，這些軍人之中就有人會吹懷念故鄉離別的曲子。唐王昌齡詩亦有云：「撩亂邊愁聽不盡，高高秋月照長城。」敘寫吹這種懷念故鄉，描述行路艱苦的曲子。所以鄭文焯說：「落月關山何處笛？」什麼地方有這種哀怨的笛聲，是訴說那行路艱難的？

「馬嘶還向北」，光緒帝離開京師一直向北面逃，聽到馬叫的聲音那是走到更遠的西北方去了！

「魚雁沉沉江國，不忍聞君消息」，魚和雁都代表信息的傳遞，因為古人說鯉魚可以傳書。這有兩種說法，在秦朝的時候，陳勝、吳廣起義，他們要製造勝利的預言，因此就寫了「陳勝王」的一張帛書藏在魚肚子裡。魚可以藏書信在肚子裡，魚可以傳書這是一種說法。還有一種說法是，在古代還沒有發明紙以前，用帛寫信，帛就是白色的絲綢，把帛放在木匣子裡，而這木匣做得就像一條魚的樣子。所以古人把魚當成是一個傳信的象徵。雁，則和蘇武的故事有關，蘇武淪陷在匈奴，傳說他要和漢朝通消息，就把一封信綁在雁的腳上，讓雁帶回去他的信息，所以魚雁是傳書的。他說，我現在就是想傳一封信給朝廷表示我的關心，也不知道往哪裡可以送我這封信。「沉沉」，是沒有消息。「江國」，代表天上及水中，不管天上或水中，都沒有一點訊息。而且我也不忍心聽到光緒帝的消息，我怎麼忍心聽到一個皇帝在路上經受這樣的艱難困苦和狼狽倉皇。

「恨不奮飛生六翼」，我真是恨不得自己能有六翼，六翼並不是說六個翅膀。鳥只有兩個翅膀，六翼是說鳥的羽毛翅膀很盛大豐滿。他說我恨不得我身上能長出這麼強大豐盛的翅膀，飛回去看看我所關懷的君主，但是我卻不能夠。

「亂雲愁似冪」，天上的陰雲密布，像我的憂愁一樣遮天蓋地的壓了下來。「冪」，遮蓋的意思。我被整個憂愁遮蓋了，就好像那天底下所有的烏雲都籠罩了下來，包圍住我。

這三首〈謁金門〉詞是寫得非常沉痛的。葉恭綽對它的評語就說是：「沉痛。」鄭文焯的這三首〈謁金門〉是庚子之亂時寫的，反映了他的那個時代的紛亂與內心的無主。

第十講 朱祖謀

野水斜橋又一時。愁心空訴故鷗知。
淒迷南郭垂鞭過，清苦西峰側帽窺。
新雪涕，舊絃詩，愔愔門館蝶來稀。
紅萸白菊渾無恙，只是風前有所思。

接下來我要講朱祖謀，因為時間的關係我只能選他的一首小詞。現在先看他的小傳：朱孝臧，一名祖謀，又號彊邨，浙江歸安人。咸豐七年（西元一八五七年）丁巳七月二十一日生。舉光緒壬午鄉試，隔年成二甲一名進士，授編修。甲辰（西元一九〇四年）出為廣東學政，與總督齟齬，引疾去。迴翔江海之間，攬名勝，結儒彥自遣。民國辛未年（西元一九三一年）卒於上海，年七十五，歸葬吳興道場山麓。孝臧始以能詩名，及官京師，交王鵬運，棄詩而專為詞，勤探孤造，抗古邁絕，海內歸宗匠焉。晚處海濱，身世所遭，與屈子澤畔行吟為類。故其詞獨幽憂怨悱，沉抑綿邈，莫可端倪。嘗校刻唐、宋、金、元人詞百六十餘家為《彊邨叢書》，又輯《湖州詞徵》二十四卷，《國朝湖州詞徵六卷》，《滄海遺音集》十三卷，學者奉為寶典。其自為詞，經晚歲刪定為《彊村語業》二卷，身後其門人龍沐勛為補刻一卷，編入《彊村遺書》中。

現在我把這首〈鷓鴣天〉先讀一遍。

鷓鴣天

九日，豐宜門
外過裴邨別業

野水斜橋又一時，愁心空訴故鷗知。淒迷南郭垂鞭過，清苦西峰側帽窺。

新雪涕，舊絃詩，愔愔門館蝶來稀。紅萸白菊渾無恙，只是風前有所思。

詞牌後面還有小字，「九日」，就是九月九日。「豐宜門外」，豐宜門是京師的一個城門。「過裴邨別業」，裴邨是劉光第的號，劉光第是戊戌政變被殺的六君子之一，在八月十三日被殺。這一首詞就是在六君子被斬首的二十五天之後填寫的。裴邨別業，就是劉光第的住所。

「野水斜橋又一時」，劉光第的住宅就在北京的南門之外，那裡有一灣野水，有一座小橋，當年朱祖謀常常到這裡來訪問劉光第，但是現在劉光第死了，所以他說「野水斜橋又一時」，野水是當年的野水，斜橋是當日的斜橋，風景依舊，人事全非。他不只是朋友死了，他們當日變法的希望跟理想也全落空了。

「愁心空訴故鷗知」，我們的悲哀，我們的憂愁能去跟誰說呢？也許我只能跟那水上的鷗鳥談一談心，也許我還能找到當年我過訪劉光第時，聽我們談話的那隻鷗鳥，把我現在滿懷的悲愁訴說給牠聽。

「淒迷南郭垂鞭過」，劉光第的住宅在北京城的南邊。「南郭」，指南城門。我在經過南城門的時候，我的內心這樣的淒迷，這樣的悲哀，我騎著馬都沒有心情，沒有氣力提起手來揚起我的馬鞭，所以我就垂著馬鞭，黯然的經過這讓人心傷的南城邊的道路。「清苦西峰側帽窺」，在北京城裡可以看到遠遠的西山，我看西山好像也露出遍山的蒼涼悲苦。因為人的感情是悲哀的，因此他看見的山色也是悲哀的。我還要抬頭去看山嗎？我鞭子揚不起來，我頭也抬不起來，我是側側的斜戴著帽子，傷心的經過故人的舊宅。

「新雪涕，舊絃詩，愔愔門館蝶來稀」，我流下了止不住的涕淚。「雪涕」，指眼淚之多。我想的是什麼？我想的是我們舊日的彈琴，我們舊日的論詩，我們當年在一起聚會時快樂的往事。「愔愔門館蝶來稀」，我經過你的家門，你的庭院，也已經寂寞闃靜悄無人聲。「愔愔」，寂寞沒有人聲。劉光第已被斬首，家人也被驅逐。不要說沒有人聲，連蝴蝶也不飛來了。

「紅萸白菊渾無恙」，「萸」，是茱萸。古人在重九的時候身上要佩戴茱萸，他們認為這樣可以避開災難。紅色的茱萸，白色的菊花，像從前一樣的開放，一點也沒有改變。但是當年我們共同的理想，共同的努力，我們聚會的那些朋友呢？

「只是風前有所思」，我再經過這野水斜橋，風景依舊，故人已杳，我只有深沉的懷念。

鄭文焯和朱祖謀的詞，非常真切的反映了庚子之亂和戊戌變法。鄭文焯反映的是庚子之亂的流離，朱祖謀反映的是戊戌變法的失敗。

第十一講　況周頤

一鼎溫存愛落暉，傷春心眼與愁宜，畫闌憑損縷金衣。
漸冷香如人意改，重尋夢亦昔遊非，那能時節更芳菲？

最後我要介紹的詞人是況周頤和他的一首小詞，先把他的小傳簡單的介紹一下：況周頤，原名周儀，字夔笙，號蕙風，廣西臨桂人，原籍湖南寶慶。咸豐九年（西元一八五九年）九月一日生。以優貢生中式光緒五年鄉試，官內閣中書。嗜倚聲，與同里王鵬運共晨夕，於所作多所規誡，自是寢饋其間者五年。南歸後，兩江總督張之洞及端方先後延之入幕。晚居上海，以鬻文為活。民國十五年丙寅七月十八日卒，年六十八，葬湖州道場山。有詞九種，合刊為《第一生修梅花館詞》，後又刪定為《蕙風詞》一卷，其門人趙尊嶽為刊於《蕙風詞話》後。況周頤以詞為專業，致力五十年，特精品評。所為詞話，朱祖謀推為絕作云。

剛才我們講的鄭文焯、朱祖謀，他們都有一個確實的背景，那是庚子之亂或是戊戌政變，現在況周頤所寫的，這些事情都已成了過去，只留下一種心情。有的詞人他所反映的是一種感情的事件，有這麼一個事件發生了，我有這樣的感情，這是一個感情的事件。當事情剛發生的時候都是一種感情的事件，等到這個感情事件過去了一陣子，留下來的就是一個感情的境界了，也就是那種心情的境界。我要介紹的這首〈減字浣溪紗〉就是這樣的，現在我先把它唸一遍。

減字浣溪紗 二首選一

一鬟溫存愛落暉，傷春心眼與愁宜，畫闌憑損縷金衣。
漸冷香如人意改，重尋夢亦昔遊非，那能時節更芳菲？

你們看過各種不同的詞，現在這一首所寫的不是感情的事件，而是一種感情的境界了。

「一鬟溫存愛落暉」，我們剛才看過的幾個作者本來是作詩的，後來學了詞就喜歡詞，完全投入到詞的創作。詞表現了一種很難言說的意境，所以王國維用「境界」來說詞。「落暉」，是太陽快要落山時殘留的那一點光輝。殘留的那一點光輝既然是日光，那它還是溫暖的。這一輪落日快要沉下去了，還能夠長久嗎？那是不能夠的。「一鬟」，是非常短的時間。李後主的詞：「羅衾不耐五更寒，夢裡不知身是客，一晌貪歡。」就是這麼短暫一點點溫存的意思。這落日雖然那麼短暫，但是還有那麼一點點殘餘的溫暖叫人喜歡。

「傷春心眼與愁宜」，這心是傷春的心，看到春天去了落花飛絮兩茫茫，春天的時候看到萬紫千紅轉眼就飄落了。連杜甫都說：「一片花飛減卻春，風飄萬點正愁人。」我的心是傷春的心，我的眼睛也是看到這些景象而傷感。我心裡所想的，和我眼睛所看到的都讓我傷春。最適合現在的感情是什麼？那就是哀愁。「一鼎溫存愛落暉，傷春心眼與愁宜」，就因為他那麼悲哀，那麼寒冷，就剩下這一角殘陽，我怎能不愛戀這僅存的一角斜陽呢！

「畫闌憑損縷金衣」，我為了看這一點點的落日餘暉，我就靠在闌干的前面。「畫闌」，美麗的闌干。「憑」，是靠的意思。我靠得這麼久，把衣服上縷金的金線都磨損了。這當然是詞人主觀感情誇大的形容，為了留戀落日，我倚闌這麼久把衣服上的金線都磨損了。接下來是什麼呢？太陽已經完全沉下去了……

「漸冷香如人意改，重尋夢亦昔遊非」，那香爐裡面的清香，慢慢的都燃燒成了灰燼，慢慢的都冷了下來，香味也漸漸的淡了，就如同我們人的所有情意完全改變了，我們不再有當年共同的理想，不再有當年共同的追求，這所有的情意都隨著時光改變了。我想找一找舊日的風景，找一找舊日的環境。從前我跟我的好朋友在哪一個園林相會？在哪一個池館聚首？現在我想再回到那個地方去，去找我舊日的夢，但舊日的夢永遠是不會回來了。往事就算像一場夢也要把它找回來，去尋找從前我們共同走過，共同遊過的地方，但已經完全不是從前的一切了。

「那能時節更芳菲」，這一切過去就是過去了，花落就是落了，我們怎能指望這個季節再倒轉回來，再有萬紫千紅繁華的春天？這哪能夠啊？

「漸冷香如人意改，重尋夢亦昔遊非，那能時節更芳菲？」這真是晚清最後一個送春的詞人。清朝從開國到結尾，我們在這麼短的時間內，看了一段清朝整個詞發展的過程。從漢族的反清復明，到漢族為滿清的衰亡而悲哀、傷感。這真是人世之間歷史的盛衰滄桑，可以參透個中興亡的消息。

附錄

說張惠言的〈水調歌頭〉五首

——談傳統士人的修養與詞的美學特質

飄然去，吾與汝，泛雲槎。
東皇一笑相語：芳意在誰家？
難道春花開落，更是春風來去，便了卻韶華。
花外春來路，芳草不曾遮。

我們現在要講清代常州詞派的創始人物，他就是張惠言。其實，我們希望不止是講他的詞，我講的是張惠言的詞與詞論。可是我有兩個目的，一個是透過張惠言的詞來看一看在儒家、道家的思想傳統之下，中國的讀書人他們在修養品格方面有什麼樣的特質？還有一個就是透過張惠言的詞論來看一看詞這種文學，在形式上、美學上，有什麼樣的特質？所以我們具體是講張惠言的詞與詞論，可是我們的目的是要透過他的詞來看他的修養、他的品格、他所代表的中國文化的特質。同時，透過他的詞論，來看他所認識的詞這種文學形式，有什麼樣的美學特質？這是我們真正主要的重點所在。

關於張惠言，我們在講到《茗柯文集》時已經有過簡單的介紹。在張惠言的文稿中，他曾寫到關於他祖母，也就是他先祖妣的行述。他還寫過他先妣，也就是他母親平生行事的記述。從這兩篇記述我們知道張惠言家裡兩代都是寡母孤兒，他父親那一代是在寡母教養之下長大的，而他自己這一代又是在寡母的教養之下長大的。而且他的家裡非常貧窮，所以他小的時候他的母親把他送到城裡的一個親戚家中讀書，他有時偶然回家來，連晚飯都沒得吃，餓得第二天早上都沒有力氣起床。他母親說：「你是不常回來，其實在家裡我跟你姐姐、你弟弟，我們是經常挨餓沒有飯吃的，日常就只有我跟你姐姐做針線女紅來維持生活。」所以他是從很貧苦的環境之中長成的。很多人曾對他的母親說，你們家裡這麼窮，為什麼不叫你的孩子去學一些比較實際的謀生之計呢？他的母親說：「我們家裡世代都是讀書的，我不能從我這裡斷絕了我們家的讀書種子。」因此他們一直都是向學讀書，而且都是發憤精進。張惠言在城裡邊讀書回來，也教他弟弟讀書。每天晚上母親跟姐姐在燈前做針線，因為他們很窮只點一盞油燈，母親跟姐姐做針線，哥哥就帶著弟弟讀書。

長成之後張惠言不僅文、詞造詣很高，事實上張惠言最出名的是他的經學，他是一位經學家。我們以前也講過，清朝的詞之所以興盛有很多的原因。一個是因為作者很多，一個就是因為清朝的這些詞人都不止是像柳永這樣的人，只是風流浪漫寫幾首小詞，他們很多都是學者，像張惠言就是經學家。他經學裡的特長就是《虞氏易》，是三國時代虞翻所講的《易經》，他注重的是由象而求易。此外他還研究《儀禮》，中國古代是很重視禮的，認為人與人之間能夠保持良好而合禮的關係，那麼社會上就會是安定的，而具體的關係要從形象、動作，表現出來那就是一套《儀禮》。所以張惠言同時還是一個經學家，他在《虞氏易》跟《儀禮》的研究方面有他的心得。

張惠言也編過一本書叫《詞選》，《詞選》的前面他寫了一篇序文，他說：「詞者，蓋出於唐之詩人，採樂府之音以制新律，因繫其詞，故曰詞。」這我們說過，詞是配合音樂來歌唱的一種歌詞，所以就叫做詞。他又說：「傳曰：意內言外謂之詞。」張惠言在這個地方的解釋是很牽強的，他的解釋是一個比附之言。「意內言外」叫做詞，這是《說文解字》上的話，可是《說文解字》講到的詞，是文詞、語詞的詞，它是表示一個意思的，所以說是「意內言外」。而現在說的這個「詞」，是歌詞之詞，跟《說文解字》所說的詞不是一回事情。張惠言所解釋的是牽強比附，是不對的。我們要知道他的長處，也要知道他的缺點。而且要明白為什麼他會有這樣的缺點？因為張惠言編選這本《詞選》的時候是在安徽的歙縣，在歙縣有一個很有名的經學家叫做金榜，當時張惠言和他的弟弟張琦，他們兄弟二人都在金榜的家裡一方面向金榜問學，因為金榜比他們都年長，他們接受金榜的指導，另外一方面他們也教導金榜家裡的子弟讀書。當時金榜家裡的這些年輕子弟他們要學詞，他們覺得詞是一種很美、很好的文學形式，所以這本《詞選》就是張惠言當時給金家的子弟講詞時所編的一本講義。你們想金榜是一位有名的經學家，張惠言也是研究經學的，這麼兩位研講經學尊重中國傳統道德文化的人，一下子要講歌詞，而歌詞所寫的都是些美女跟愛情，那該怎麼樣講呢？所以張惠言在金榜家裡教這些學生的時候，他就說這些表面上寫美女跟愛情的詞裡邊都是像《詩經》、《楚辭》一樣，用美人香草以喻君子，它們都有比興寄託的意思。表面上詞寫的都是美女跟愛情，可是裡邊美人香草都是比喻賢人君子，都是有比興寄託的。

會有這種情況的發生，一方面是因為他的身分，他是經學家講詞，所以他一定要說詞裡邊有比興寄託。另外一方面則是由於詞的本身，這些美女跟愛情也有比興寄託的可能。因為中國歷史傳統太悠久了，在倫理關係中，男女、夫婦的關係與另外一個倫理中君臣的關係有相似之處。像曹子建的詩：「君若清路塵，妾若濁水泥，君懷良不開，賤妾當何依。」就是以「賤妾」自喻。這是一種很微妙的情況，就是說夫婦男女的感情關係，與君臣的關係有相似之處。從屈原、曹植以女子來自比就有這樣的一個傳統。而詞呢？如果是像屈原所寫的美人，或者是像曹植寫的美人，那麼他們是作者有心用意安排的。就是他把美人或賤妾來比他自己或者比賢人君子，他是有心用意的一種安排。可是這裡邊也有一些奇妙的分別，有些別的詞人作者他不一定是有心用意去安排，他只是給美麗的歌女去寫一個歌詞。可是在他的潛意識之中，因為自己的孤獨、寂寞或者是被貶謫、或不被任用的這種感情，跟那個寂寞、孤獨得不到愛情的女子有相似的地方，因此他的潛意識，就在所寫的詞中不知不覺的流露出來了。所以就有了這兩種的情形，詞裡的美女跟愛情它可以是有深一層的寄託，它也可以只是給讀者深一層的聯想。所以張惠言提出的「意內言外」的說法雖然比附牽強，可是跟詞本身的性質確實可以暗合，就是詞裡邊果然可以給人這種聯想。

我們上面已經講了「意內言外謂之詞」，張惠言又說：「緣情造端，興於微言，以相感動。極命風謠里巷男女哀樂，以道賢人君子幽約怨悱不能自言之情。」這個意思就是說，風謠里巷男女哀樂，本來是一種歌謠，是普通的大街小巷之間一般的少男少女們寫他們相思怨別的哀樂感情的歌詞。可是「極命」，當這樣的歌詞發展到極點的時候，就有了一種意思，就可以「以道賢人君子幽約怨悱不能自言之情」。你看他說的，他不說以道賢人君子之情。他說以道的是「賢人君子」的，還是「幽約怨悱」，而且是「不能自言」的感情。他可以寫成「賢人君子之情」就好了，但他卻要寫成是賢人君子最幽深、最隱約、最含蓄，而且最哀怨的一種失落不滿足的情意。而且這種情意是他的顯意識不能夠自己說明白的，「不能自言之情」，所以詞是很微妙的。

在中國詞的發展的傳統歷史上，有這兩種的可能，一種是有心的用意，要把美女比作賢人君子這是有心的；一種是無心的暗合，就是詞人所寫的女子的感情與賢人君子的感情有暗合的地方，它可以給讀者這種聯想。所以後來在張惠言這派詞學理論所影響的一個詞學家，也就是譚獻，他說：「作者不必有此意。」作者不一定有這樣的用意，「而讀者何必無此想」，而讀者可以有這樣的聯想。

詞是一種很微妙的文學體式，比詩更加微妙。因為詩是顯意識的，是言志的，可是詞是不知不覺之間流露出來的，早期的詞都是如此。這就是我們講到的張惠言的詞論，他的詞論雖然有牽強比附的地方，但是他確實體會到了詞的一種美學特質，所謂詞的美學特質就是說它能給讀者很多、很豐富的聯想。是作者不必有此意，而讀者何必無此想，這是詞的一種特殊性能。

好，張惠言這個人我們已經介紹了，張惠言編這冊《詞選》的時間地點我們也知道了。他是在金榜家裡邊，一方面做學生，一方面也教學生時所編的。他從少年時期在貧窮困苦之中長成，中間經過了一些什麼樣的經歷呢？他是寡母撫養長大的，一門孤寡煢煢弱息。他的寡母又是在哪一年死去的呢？他母親是在乾隆五十九年死去的，他母親也恰好五十九歲。乾隆有六十年，張惠言在金榜家教書及編《詞選》是在嘉慶二年的時候，那是他母親去世後的第三年。張惠言傳下來的詞並不多，他傳下來的詞大概只有四十八首，還不到五十首詞，但是大家認為他是一個重要的作者，一則是因為他在詞的理論方面他認識到了詞的美學特質有深一層的意思，可以給讀者很豐富的聯想，這是他的詞論中很值得重視的一點。雖然他留下來的詞不多，而且他寫的《詞選》的序文也很短，可是他對於後來的影響很大，一直到晚清和民國初年，很多寫詞的人像朱祖謀、王鵬運等還受了張惠言的影響。

張惠言二十五歲考中舉人，可是一直到三十多歲才考上進士。他中間曾多次進京參加春闈但都沒有考中，一直到了嘉慶四年他才考中進士，做官做到翰林院的編修。所以他在嘉慶二年編《詞選》的時候尚未考中進士，而現在我們要講的這〈水調歌頭〉五首，小題是「春日賦示楊生子掞」，這個楊生子掞是個年輕人，是張惠言的學生。根據張惠言的文章裡描述，楊子掞是個為學很努力，很用功的人，但是楊子掞常常對人表示：「我是很願意向學的。」講到這裡話先岔開，古人所謂的求學，不是像現在我們所說的只是一種知識或技能，而這種知識技能是可以作為一種商品可以謀生的。中國古人所說的為學卻不是這樣的，古人所說的為學最基本的就是要學為人。《荀子》裡有一篇〈勸學〉，荀子說：「古之學者為己，今之學者為人。」古代的學者是為了充實自己，現在的求學是為了給人看的，這是很不相同的。當時楊子掞跟張惠言求學，他很有向學之心。所謂的「向學」其實以中國孔子的道理來說，就是一種求道。是先從你自己的做人做起，這是儒家說的。修身是基本，先修身、齊家，再治國平天下。而修身你要正心誠意，是要從你自己的品格、心性的修養，一步一步地做起的。一定要認識這一點，那是你自己的正心誠意，那是你自己對自己的品格心性的修養，那才是最基本的。

現在有很多人研究儒家學說，把它當做知識。你可以講孔子的學說，你可以講孔子的道理，但是你的行為、你的言談舉止、你的品格修養、你的心性，是合乎儒家的嗎？現代人常把這一切都當做一種知識，是可以拿來販賣的。可是中國古人不是這樣的，中國古人真是做到「古之學者為己」，他們向學是求道，是一種品格心性的修養。張惠言的教學就是如此的，所以他的學生楊子掞就跟同學及老師說：「我真是要向學求道，可是我的心裡邊雖然是要向學求道，但是卻常常不由自主的會做出一些不大好的事情。」西方《聖經》裡頭也曾說：「立志為善由得我，只是行出來卻由不得我。」這是楊子掞向張惠言所表示他求學求道之中的困境，這常常也是很多人有心向學求道時都會遇到的瓶頸。

孔老夫子一直到了七十歲才做到，所謂「七十而從心所欲，不逾矩」。他說，我七十歲時可以做到從心所欲，我感情上所想要的，也就是我理性上所追求的。我從心所欲，並不是你可以隨便去做那些很多沒有規矩法度的事。所以孔子說的「從心所欲」它下面還有三個字這才是重要的──「不逾矩」。我雖然從心所欲，但是還要合乎禮法。這真是一種最高的修養，把這兩者完全統一起來了。而楊子掞目前的境界還不能把它統一起來，因此他有了困惑，他向老師做這樣的表示。而張惠言也在向這一方面努力，所以他就寫了這五首詞跟他的學生一同勉勵。

這個詞的牌調叫做〈水調歌頭〉，〈水調歌頭〉我想大家最熟悉的一首詞就是蘇東坡的〈水調歌頭〉：「明月幾時有？把酒問青天，不知天上宮闕，今夕是何年？」我們知道詞是各有不同牌調的名稱，如〈鷓鴣天〉啦、〈水龍吟〉啦、〈水調歌頭〉啦，這都是詞的牌調。其實每一個不同的牌調，就是每一個不同音樂的曲子，而每一個不同的音樂曲調，都有每一個不同曲調所表現出來的特色，這一定是如此的。有的曲子的音樂它所表現出來的是比較沉重的，有的音樂的聲調它所表現出來的是比較流利的，有的是比較輕快的，有的是比較迂緩的。每一個調子當然有它不同的特色，而〈水調歌頭〉這個調子一般說起來是比較輕快流利的，就是你唸起來很順口一下子就唸下來了。不像南宋的那些詞人所使用的一些曲調，像王沂孫啦、吳文英啦，你唸他們的詞很不容易唸，而〈水調歌頭〉是很容易唸的。

為什麼呢？一切的事情都有一個為什麼的原因。〈水調歌頭〉之所以如此輕快流利的緣故，是因為它的詞是有很多五個字一句的，五個字一句與詩的格律是相似的，就是唸起來是比較順口的。「明月幾時有，把酒問青天」，一唸很順口就唸出來了，比較上是流利輕快的。流利輕快的調子你如果作起來不小心就容易變成油滑，就像郭沫若的「大快人心事，揪出四人幫」，這也是〈水調歌頭〉。所以〈水調歌頭〉這個調子的特色是輕快流利的、是順口的，可是你一不小心就會成為油滑。所以寫〈水調歌頭〉這個詞，你一定要外表的形式輕快流利，而內容的情意要深曲、婉轉。要這兩者相配合，要剛柔相濟。就好像研究書法的人說，寫字要怎樣才寫得好呢？如果你的形體是方，那麼你的精神就要圓；如果你的形體是圓，那麼你的精神就要方。形方神圓或者形圓神方，要兩者互相配合。

所以張惠言的這五首〈水調歌頭〉一方面讀起來在聲調上有輕快流利的好處，一方面在它的內容上有曲折深婉的好處，是兩者的互相結合。而且我們也說過，詞一般都是寫美女跟愛情，用詞來講儒家修養的大道理是很少的，很少人用這種寫美女跟愛情的形式來寫儒家思想的大道理。而在詩裡邊是有人寫過的，而這種詩能不能寫得好呢？

宋朝的儒學大家朱熹，他也是講儒家孔子的思想，所以他也曾把自己讀書的修養寫到詩裡邊去。不知道大家有沒有讀過他的這首詩：「半畝方塘一鑑開，天光雲影共徘徊。問渠那得清如許，為有源頭活水來。」他是用一個形象來比喻我們的修養。他說好像是半畝大的四方池塘，這個池塘的水這麼清明、這麼乾淨、這麼澄澈，好像是一面鏡子打開在那裡。「鑑」就是鏡子的意思。「半畝方塘一鑑開」，池塘是很安靜的，如果沒有風，沒有波浪，這個水面就跟鏡子一樣。至於上面的天空，那碧藍天空的天光，那飄過去白雲的雲影，「天光雲影共徘徊」，這倒影在鏡子裡邊，天光雲影在這個像鏡子的方塘水面之中流動。「問渠那得清如許」，我不禁要問一問這池塘，你為什麼這麼乾淨呢？底下為什麼一點污泥都沒有呢？怎麼能夠像這麼樣的乾淨？「為有源頭活水來」，因為這不是一灘死水，死水有很多爛泥巴、塵土都蒙在那裡，而它能這麼乾淨，是因為它有一個源頭的活水。這是講人的修養，不是你今天聽到老師說的一句話，就明白了，可是你過兩天又把老師的話給忘記了，你又沒有了。

我以前去聽過基督教講道，牧師說，你來聽一次道，你覺得歡喜充滿，好像一個乾渴的人喝到很甜的水一樣，可是你如果只是聽的時候得道，就如同你去取一杯水喝，而這杯水喝完時你又口渴了，你要使你的內心之中有一口泉水，你才永遠不會再乾渴。所以儒家的修養也是如此的，是你的內心之中有一種生命的力量來求學向道，那才是持久的。不是說我今天立志，明天就忘了，三天打魚兩天曬網。所以「問渠那得清如許，為有源頭活水來」，這個道理當然講得也很好，這是道學家的詩，但講得也很好。

可是你們要知道，詩是比較顯意識的活動，它把這個比喻說得非常清楚，我們一看就懂了。他說的是，你要有一個源頭的活水，為學求道都是應該如此的。可是張惠言所寫的是詞，這個詞的曲調本身就跟詩不一樣。詩七個字一句很整齊，可是詞呢？是長短句，它的形式就是不整齊的，而且詞不是一個字一個字很清楚明白的說出來的，所以張惠言的這幾首詞是什麼時候作的還大有關係。根據張惠言《茗柯手稿》的編年，他是客居在京師時作的，那是乾隆五十八年，而那時楊子掞也在京師向張惠言問學，就在這個時候張惠言寫下這五首詞。

我要說明他寫這五首詞的時候，是早於他編《詞選》，是在他編《詞選》以前寫了這五首詞，其實這一點是很重要的。如果是在他編《詞選》以後寫的，他已經把他的思想主張提出來了，他就會先有一個成見在心。像說詞是「極命風謠里巷男女哀樂，以道賢人君子幽約怨悱不能自言之情……」，這就有一個成見在心，而有了一個成見在心，你就被拘束了，我說這一句是這個意思，那一句是那個意思，這就很明顯的有一個比興跟寄託，有很明顯的用心。可是他現在寫的這五首〈水調歌頭〉是比他編《詞選》的年代要早，所以在那個時候他可能覺得詞裡邊是可以表示有一種深意的可能，可是他還沒有把他的主張固定下來。他對詞的看法在成長可是還沒有固定，所以他是很活潑的，他這裡面究竟要說什麼，不是像朱熹的那首詩，我們一句一句都是可以講得很明白的，而張惠言的這五首詞不是的，我們不一定都可以講得很明白。我們不禁要問詩歌文學作品究竟是要可以講得很明白才好？還是不能夠講明白才好？這實在是各有好處。有的詩詞是講明白了是好，可是有的詩詞的好處就是不能夠講明白才是好。也不是說只是張惠言的詞不能講明白，中國魏晉之阮籍他寫過八十幾首的〈詠懷〉詩，在這八十幾首的〈詠懷〉詩中他要說些什麼？前人批評阮籍的〈詠懷〉詩，就說他「反覆零亂，興寄無端」。他的感情是反覆零亂，他的感情也許這一首詩說了，下一首他又說，前一句說了，隔了幾句他又說。而且他說的不是像朱熹的這一首詩，有一個很明白的次序，他是反覆零亂的，阮籍是用什麼來感興的呢？「興」就是興發，是一種感動，讓人有一種興發感動。「寄」就是寄託，有一種比喻。這是說他的感動興發，跟他的寄託比喻是「無端」。「端」就是頭緒，你不能從他的詩中找出一個頭緒，你不能夠說明，可是這也正是阮籍詩的好處。張惠言的這五首詞，大家讀起來也許覺得不能夠完全明白，可是這不是他的缺點，這是他詞的好處，現在我們來看他的詞。我們在這之前所講的，就是我們讀這五首詞的一個準備。我們現在就來看他的這五首〈水調歌頭〉。

張惠言的〈水調歌頭〉共有五首這麼多，我們一般把這一類的作品，如果是詞我們叫它做組詞，如果是詩我們就稱它做組詩。其實組詞就是一組的詞，組詩就是一組的詩，這種起源是相當早的。像《詩經》裡邊〈桃夭〉它的第一句就是桃之夭夭，所以這一組詩我們就管它叫〈桃夭〉。《詩經》是以第一句的兩個字當做題目，它每一章像「桃之夭夭，灼灼其華。之子于歸，宜其室家。」是四句，它還有第二章「桃之夭夭，有蕡其實。之子于歸，宜其家室。」也是四句。它還有第三章「桃之夭夭，其葉蓁蓁。之子于歸，宜其家人。」也是四句。因此《毛傳》就說：「桃夭三章，章四句。」

在隋唐以前還沒有詞，詞是隋唐以後才有的。若就詩而言，最早的《詩經》開始就有組詩，比如說〈桃夭〉這首詩，它一共有三首，有三章，每一章是四句，都是一組的詩。《詩經》的組詩是由於音樂的關係，它是一個樂曲的調子，而且常常是重複的。到了後人寫詩，也有人一組、一組的寫，比如說像曹植他的〈贈白馬王彪〉，這個彪是曹彪，他送給白馬王曹彪的詩一共有五首，這五首詩是一組詩。還有我們上次提過的阮籍他曾寫過一個詩題叫〈詠懷〉，有八十一首的五言詩，這也是組詩。還有陶淵明也寫了很多首組詩，當然最有名的就是〈飲酒〉詩一共有二十首。陶淵明之後的一個很有名的作者，當然大家都知道那就是杜甫，杜甫寫的最有名的組詩就如〈秋興〉，他一共寫了八首詩，這些都是組詩，這是從《詩經》以來就有的傳統。可是組詩也有很不同的情況，也就是在這多首詩之間的次第有不同的必然性，像《詩經》的〈桃夭〉「桃之夭夭，灼灼其華」，這說的是桃花的美麗；第二首「桃之夭夭，有蕡其實」，這是讚美桃子的果實，他是從花到葉到果實一步一步寫下來的；第三首「桃之夭夭，其葉蓁蓁」，這是讚美葉子的美麗。

也有的像阮籍的〈詠懷〉詩，這八十一首詩除了第一首詩有一個開端的意思以外，以後的好幾十首詩就沒有一個必然的次第。所以後人說阮籍的〈詠懷〉詩是反覆零亂，它沒有一定必然的次第。但是如杜甫的〈秋興〉八首，這八首詩是有一定的次第的，他從四川夔州的秋天寫起一直寫到長安，他一步一步的向下寫，而且有時間性，從日落到黃昏、到月亮出來，到第二天早晨太陽出來，然後再敘述到長安的宮殿啦、曲江啦，他一樣一樣的寫下來，所以杜甫的〈秋興〉八首是有一定的次第的。所以說有的詩是有一定次第的，有的就沒有必然的次第。有的只有第一首有次第，其他的就沒有。那麼陶淵明〈飲酒〉詩的二十首呢？他的第一首跟末一首是有一定的次第，而中間的就不一定有一定的次序。所以組詩的次第有很多種不同的情況，不過不管是哪一種情況，既然是把它寫成了一組了，總之是作者有很多的感情，很多的意思要表達，他覺得寫一首不夠，所以他寫了一首，再寫一首，因此就寫成了組詩。

有了組詩以後，我們就要問有沒有成組一組一組的詞呢？這一組一組成組的詞有一種不同的現象，組詞也許有的時候大家會誤會，認為同一個牌調很多首是不是就是一組的組詞呢？那是不一定的，你們要知道詞跟詩是不一樣的。我們從一開始就講了，詞是歌詞。它是給一個流行的樂曲填一些文字，就是歌詞。最早的歌詞是沒有題目的，因為它是在歌筵酒席之間歌唱的曲子，它有的只是曲調的名字，所以不是題目。比如說《花間集》裡頭所選的第一個作者是溫庭筠，溫庭筠所寫的最有名的一個牌調大家都知道是〈菩薩蠻〉，他寫了很多首〈菩薩蠻〉，但是我們並不把它當做是一組的詞，因為詞裡邊的〈菩薩蠻〉它只是一個調子，就是說他填了很多這個牌調的歌詞，因為這個牌調很好聽，因此他作了一首再作一首，但是它沒有一個統一的題目。那麼有沒有組詞呢？當然也有組詞。

跟溫庭筠同時的一個作者——韋莊，韋莊寫了一組詞也叫做〈菩薩蠻〉。韋莊寫的〈菩薩蠻〉有幾首呢？有五首。有沒有題目？也沒有題目。可是韋莊的這組詞，從它的內容來看，它裡邊有一個故事。他寫他跟一個女子離別了，然後他到了江南，後來他沒有辦法去和這女子重見了。這裡邊有一個故事，而這個故事它有一定的次序。

往後宋朝的一個文學家他寫古文、也寫詩、也寫詞，就是歐陽修。歐陽修寫了一組〈采桑子〉，這〈采桑子〉也是樂曲的牌調，他寫了十首〈采桑子〉，這〈采桑子〉所寫的都是當時潁州的西湖，寫的是潁州西湖的景色，這裡邊沒有一個固定的次序，有的時候寫花開，有的時候寫花落，有的時候寫水邊，有的時候寫山巔。沒有一個必然的次序，它有各種不同的情況。像這種不同的情況我們在選詞的時候或者是在講詞的時候有一個要注意的地方，比如說韋莊的五首〈菩薩蠻〉它有一個故事性，我們應該全部都選，不應該把它刪掉任何一首。杜甫的〈秋興〉八首，我們也應該全部都選，不應該把它刪掉一首。講的時候要一直講下來，你才真的能夠懂得它這裡邊有一個感發的生命。我們常常說詩歌裡邊有一種感發的生命，特別是像杜甫的〈秋興〉八首，它感發的生命是非常的強大。你一章一章，一首一首的講下來，你就可以體會到杜甫的那個感發從四川的夔州到首都的長安，中間一步一步的漸進，那個感發的生命的成長和變化都可以看得很清楚，所以像這種有一定次序的作品我們不可以隨便刪選。可是像一些沒有一定次序的作品我們就可以刪選，所以像溫庭筠〈菩薩蠻〉十幾首的作品，你不一定十幾首都講它，你可以刪選幾首。可是韋莊你就要五首都選下來，而歐陽修的〈采桑子〉潁州西湖你選它幾首都沒有關係。

而現在我們就要說張惠言的這五首〈水調歌頭〉是怎麼樣的一種情形呢？我個人覺得是這樣的，剛才我們不是說了張惠言的這五首〈水調歌頭〉和阮籍的〈詠懷〉詩很相似，中間都是反覆零亂，沒有一個固定性，沒有一個次第，這種情況常常是第一首是最重要的。我剛才也說過阮籍的八十一首詩沒有一定的次序，但是最重要的第一首和其他的差別在哪裡？就是因為第一首作品他的感發剛剛興起的時候，他那個感動的力量很強大。我以前在臺大給學生講阮籍詩的時候，我曾給阮籍的詩做了一個比喻：我說這就如同我們蒸了一大鍋的饅頭，饅頭你一次蒸出來這味道、大小都差不多，可是你剛剛把籠屜打開冒著熱氣的時候，你拿出來的第一個跟你以後再拿別的那個感覺是不同的，因為它是帶著蒸騰的熱氣拿出來的。所以我就是說像阮籍、像張惠言啦，他們中間反覆零亂，沒有一定的次序，我們不一定五首全講，我們可以只講一、三、五，中間的沒講沒有關係，可是第一首是重要的，因為那是他一個感發的興起。現在我就從他的第一首講起。

它的題目是「春日賦示楊生子掞」，現在我們先來看第一首。

現在我先把第一首唸一遍：

水調歌頭　春日賦示楊生子掞

東風無一事，妝出萬重花。閑來閱遍花影，惟有月鉤斜。我有江南鐵笛，要倚一枝香雪，吹徹玉城霞。清影渺難即，飛絮滿天涯。

飄然去，吾與汝，泛雲槎。東皇一笑相語：芳意在誰家？難道春花開落，更是春風來去，便了卻韶華。花外春來路，芳草不曾遮。

張惠言的詞我們是從龍榆生的《近代詞選三種》選出來的，所以在「便了卻韶華」一句下面的括號裡邊曾寫著「榆案」，這個「榆」就是民國初年的詞學家龍榆生。他說：「榆案：依律應上二下三，此句作上一下四，殊為不合。」他說按照〈水調歌頭〉的格律，「便了卻韶華」這一句應該是上二下三，按照聲音來讀應該是：便了—卻韶華。他說此句作上一下四：便—了卻韶華。上面是一個字的停頓，下面是四個字。他說殊為不合。但是這也不是張惠言的缺點，因為中國一向有這樣的一個傳統，聲律上的停頓與文法上的停頓，有的時候可以不完全相合。我可以舉個例證給大家看，宋朝的歐陽修他曾寫過一首詩，題目是〈過汝陰〉，裡邊有這樣的幾句，他說：「黃栗留鳴桑葚美，紫櫻桃熟麥風涼。」他是寫汝陰地方的風景。「黃栗留」三個字應該連起來，這是鳥的名字，也就是黃鶯鳥的別名。桑葚大家都知道是一種果子，紫櫻桃我們也都知道。按照文法應該是說：黃栗留—鳴—桑葚—美，紫櫻桃—熟—麥風—涼。可是詩的聲律停頓和文法的停頓在這裡是不相同的。你唸這首詩，如果照中國古代的傳統應該唸：黃栗—留鳴—桑葚美，紫櫻—桃熟—麥風涼。所以當聲律的停頓跟文法的停頓不一致的時候，你講的時候是按照文法來講，可是你吟誦的時候是要按照聲律來讀的。所以這不是張惠言一個人的例外，在古人的詩詞裡邊常有這種情形，我在此順便說明。好，我們現在開始來講這一首詞。

「東風無一事，妝出萬重花」，這真是寫得好，這真是表現了張惠言作為學者的一種修養。我們以前講過中國文化的傳統與西方文化的傳統，東方的詩歌傳統與西方詩歌的傳統有很大的不同。西方不管是哲學的思想也好，詩歌的理論也好，他們常常是二元的，有主體，有客體，有地上的人類，有天上的神。可是中國不是的，中國有盤古開天闢地的神話，說是盤古的身體化生了宇宙萬物。所以中國的哲學是一元的，天地與我並生，萬物與我為一。而且西方講詩歌文學的創作，他們曾提出 mimesis，它是一種模仿說。是你寫外在的對象，就如西畫的畫畫寫生是很客觀的，我把它寫下來。可是中國不是的，中國從《詩經》開始注重的就是「興」，興就是一種興發感動，是一種物我合一，大自然萬物是與我合一的。中國人對大自然有一種興發，有一種感動，人與物之間有一種生命的共感。而如果我們按照中國的哲學思想來說，天地是與我為一，萬物是與我並生的。那麼天地的性格是什麼？天的性格是什麼？宇宙的上天的性格是什麼？中國古人說：「上天有好生之德。」是一種生生不已的生命，這種力量，這種本質，真是一種生命的本質。所以張惠言說得很好，「東風無一事，妝出萬重花」。現在外面正是春天，我們打開窗戶一看，真是東風無一事，妝出萬重花。天地給我們這麼美麗的大自然，草的綠，花的紅，青山碧水，萬紫千紅。東風有什麼目的？上天有什麼目的？祂是為了什麼現實的利益才妝點這麼美的世界給我們看嗎？不是的！上天就是有一種自然的生命的力量，祂自然就是如此的，所以說「東風無一事」。春天的東風，它沒有任何的目的，它並不是要有什麼樣作用和目的，它什麼目的也沒有，就妝出了萬重花。這個妝是妝點的意思，也是裝飾的意思。他說東風無一事，它什麼都不為，就給我們妝點了，裝飾了這麼美麗的一個世界。宇宙給了我們這麼好的一個大自然，我們懂得去欣賞它嗎？他又說了：「閒來閱遍花影，惟有月鉤斜。」他說，誰真正欣賞了天地給我們的這麼美好的景物？你有閒心去欣賞嗎？我們每天都是為名，都是為利，都是這樣的忙碌。你欣賞了這個美麗的世界了嗎？他說，閑來知道閱遍花影，閱就是看，能夠觀賞。看遍了所有花的影子，是惟有月鉤斜。他為什麼不說閱遍花，而說閱遍花影呢？因為他所寫的是月亮，月亮照在花上，所以就有影子。這裡邊還有一個月亮的作用。宋朝有一個詞人叫做張先，寫過一首很有名的詞說「雲破月來花弄影」，等雲彩散開了，月亮出來了，一陣微風吹過，月亮照在花樹上，那花樹的影子有一點搖動舞弄的姿態，所以說「雲破月來花弄影」。這說得非常好，所以月亮不只是照在花樹上，而且月亮還跟花樹一起表現了這麼美好的姿態。

「閑來閱遍花影，惟有月鉤斜」，它給我們的興發感動，它引起我們的聯想，是從那些最不顯眼的語言文字上表達出來的，這也是詞最妙的作用。你們看閱遍的「遍」字，和惟有的「惟」字，月鉤斜的「斜」字。閑來閱遍花影，是惟有月鉤斜，你一定要體會這些個好像是不重要的微言、小的字彙，它給讀者是這麼豐富的感動和聯想。我們先說「遍」，我們也偶然看看花樹，然後再看其他的東西，可是他說是閱遍。我們剛才引了張先的詞「雲破月來花弄影」，我們現在再引李商隱的一首〈燕臺〉詩，他的第一首有這樣的幾句，他說：「風光冉冉東西陌，幾日嬌魂尋不得。蜜房羽客類芳心，冶葉倡條遍相識。……」這是很長的一首詩，我們只看他前面這幾句，這也是寫春天的到來。他說「風光冉冉東西陌」，「風光」，這描述的那種春光真是美麗，而且他也沒有說「春光」，他說「風光」。因為這個「風」字有一種動態，而不是像死板的一幅畫，放在那邊就不動了。你看外邊的景色那都是動態的，天光雲影，微風搖動。「冉冉」，正是那種天光雲影微風搖動的姿態。「風光冉冉東西陌」，東邊的小路，西邊的小路，南北的街，東西的街，這是「風光冉冉東西陌」。又說「幾日嬌魂尋不得」，當然今天我們沒有時間講李商隱。李商隱是跟張惠言不大一樣，李商隱的詩所表現的是沒有達到儒家最高層次修養的「道」，不是說李商隱的詩不好，李商隱是停在「情」的層次，沒有達到「道」的層次。一個人多情、有情當然是好，但是他沒有「見道」，沒有「悟道」。他停留在情的層次，沒有達到道的層次。張惠言是有一點從「情」到了「道」的層次了。所以李商隱還在尋找，他說「風光冉冉東西陌，幾日嬌魂尋不得」。這「嬌魂」是什麼？嬌魂是誰的魂？這你不用這麼死板的去講它。就是說美麗的春天，美麗的風光，應該有一種精靈、有一種精神、有一種境界，我要找到它，怎樣去找呢？他又說了「蜜房羽客類芳心，冶葉倡條遍相識」，我要把那個代表春天的美麗的嬌魂找到。那我就像什麼？我就像一隻蜜蜂。蜜蜂不就是在花蕊的中心採蜜嗎？花蕊的中心就是花房，花房裡邊有蜜啊！而這個「羽客」就是蜜蜂。所以蜜蜂就到花房去採蜜。他說我要找到春天這個美麗的嬌魂，我就像蜜房羽客那種追尋的心，因為蜜蜂是追尋芳香的花朵的，所以管它叫芳心。蜜蜂找花的芳香的心，「蜜房羽客類芳心」。而蜜蜂怎麼去找呢？它是「冶葉倡條遍相識」，每一片美麗的葉子，每一枝柔美的枝條，都讓蜜蜂找到了。「遍相識」，每一片葉子我都找到了。「蜜房羽客類芳心，冶葉倡條遍相識」，我們要追尋宇宙之間一種美好的東西，我們以什麼樣的感情，以什麼樣的精神去找尋？我們真是要投注我們全副的精力去尋找。所以，現在張惠言就說了：「閑來閱遍花影，惟有月鈎斜。」所有美麗的花，我都要欣賞，我也要觀賞每一株美麗的花樹，它們舞弄出來的最美麗的姿態。「惟有」是只有，那就是說除了

「月」以外沒有別人懂得欣賞，你要知道你失落了宇宙之間多少美好的東西！蘇東坡寫過一首〈永遇樂〉的詞，他說「曲港跳魚，圓荷瀉露，寂寞無人見」，這黑天半夜，寂闃無人，晚上有那麼多美好的景物，可是我們都在睡眠的大夢之中，我們沒有看到這麼美的東西。所以他說，曲港裡的魚在跳，荷葉上露珠在滾動，是「寂寞無人見」，沒有一個人看見它。所以張惠言說「閑來閱遍花影」，特別是晚上的時候，是惟有月亮看見。「惟有月鉤斜」，而且還是斜月。我們說花好月圓，十五的月亮不是更好嗎？可是詞人卻認為這個斜月是更有情致的，更有姿態的。我們也說「一彎斜月伴三星」，月亮彎處點綴幾顆小星。還有韋莊的一首〈菩薩蠻〉，他說一個年輕的男子「騎馬倚斜橋」，這就是這個「斜」字之妙，有一種浪漫的姿態。閑來閱遍花影，惟有月鉤「斜」。所以講詞不能很死板的去講，你都要很細心的去體會，這就是為什麼王國維的《人間詞話》說「詞以境界為最上」。所以詞中所寫的不是能具體說明的事物，而是它表現了一種境界，所以我們要把它的境界講出來，而不只是它的意思。好，宇宙這麼美麗，「東風無一事，妝出萬重花。閑來閱遍花影，惟有月鉤斜」，那我張惠言又怎麼樣？在這樣美麗的宇宙之間，你張惠言又如何呢？他又說了：「我有江南鐵笛，要倚一枝香雪，吹徹玉城霞」，這寫得真是非常好。我說過講詞你一定要注意那些最細微地方的感動。我以前說過西方的符號學，就比如說茶杯，或者我寫出茶杯這兩個字的形象，這是一個符號，而它所指的對象是個茶杯。如果符號是個很具體的，是約定俗成的，是一種 established，已經成立的，是一種 conventional 的關係。這個就是這個，那個就是那個，茶杯就是茶杯，原子筆就是原子筆，錄音機就是錄音機。而符號學用到詩歌裡邊有一種叫做 micro-structure，就是指那種最細微、最精緻的結構。每一篇詩、每一個句子都是一個 structure，而這個 structure 裡邊還有一種最細緻的 micro-structure，這個細緻的結構不是只說這個是名詞，那個是動詞，不是這樣，這是太死板了。比如說我們要用一個字，這個字不只它的意思是什麼，我們還要注意它所表現的屬於感覺的質素是什麼。比如說我們說這是一個木頭的桌子，或是一幢木頭的房子，這是普通的描述。而更清楚的說出這是什麼樣的木頭？是檜木？楊木？還是桃花心木？它是什麼顏色？是什麼紋理？如果是一座石頭的房子，那它是大理石？花崗石？是灰色的？還是粉紅色的？是什麼樣的花紋？就是這種最細微、最精緻的本質，你要對它有一種體會和瞭解。

而小詞裡邊真正要講出它的好處，都是在這種微言細緻的地方表現出來的。我現在要說的是什麼？外邊這麼好的景色，「東風無一事，妝出萬重花。閑來閱遍花影，惟有月鈎斜」。我，我怎麼面對這個宇宙的？他說：「我有江南鐵笛，要倚一枝香雪，吹徹玉城霞。」張惠言寫得真的是好。你們要注意他的微言。「我有江南鐵笛」這個結合(combination)真是一種 micro-structure。「鐵笛」，這個鐵(metal)是金屬的，這是那麼剛硬的、那麼堅強的。可是「江南」呢？古人的詞說得好：「江南好，風景舊曾諳，日出江花紅勝火，春來江水碧如藍，能不憶江南？」江南是那麼溫柔的，那麼多情的，那麼浪漫的。這「江南鐵笛」寫得真是非常好的結合。

有的時候人是會呈現有多種面目的，如果你要看張惠言寫的關於《虞氏易》和《儀禮》的著作，那真是一副道學家的面孔，可是他寫了很多小詞也很浪漫多情的。范仲淹是一員名將，他寫的詞「碧雲天，黃葉地。秋色連波，波上寒煙翠」，他一方面有剛強嚴肅的一面，另一方面卻有這麼溫柔善感多情的一面，這是兩種性格面貌的結合。所以他說我有「江南鐵笛」，我既有江南那樣的多情，我也有鐵笛那樣的堅貞。當然我們不能按照字面講，說我要考證考證張惠言真的是有一枝笛子嗎？他的笛子真的是鐵做的嗎？這就太沾滯了，不懂得欣賞詞的方法了。張惠言當然不必真有一枝笛子，他只是說我既有江南那一份多情纏綿悱惻的感情，我也有鐵笛那樣堅貞不屈的品格和心性。「我有江南鐵笛」，這寫得非常好。你要吹你的笛子，你要在哪裡吹？

他說「要倚一枝香雪」，這「香雪」是什麼？這是花啊！他不是明說的花，「香」是花的氣味，「雪」是花的顏色。所以他所寫的不是只是概念的花，他所寫的是屬於花的一種美好的品質。「我有江南鐵笛，要倚一枝香雪」，香，那麼芬芳，雪，那麼潔白。這是他本身性格的一種表現。「我有江南鐵笛」，我要倚靠在那最美麗、最芬芳、最純淨的、最潔白的花樹邊，要倚這一枝香雪來吹我的笛子。吹得怎麼樣呢？「我有江南鐵笛，要倚一枝香雪，吹徹玉城霞」，張惠言說得很妙，我要使我的笛子的聲音，一直吹「徹」，是直通或直達的意思。我要使我的鐵笛的聲音一直吹到，吹到哪裡？是吹到玉城霞。「玉城」，是神仙所居住的地方。玉城也有人叫它做「玉京」，李太白有一首詩說「遙見仙人彩雲裡，手把芙蓉朝玉京」，李白這也是想像，他說：「我好像看見有一個仙人在天上的彩雲之間，手裡邊拿著一朵芙蓉花，到天上的玉京去朝拜。」所以「玉京」、「玉城」都是指天上神仙所住的地方。所以張惠言說：「我有江南鐵笛，要倚一枝香雪，吹徹玉城霞。」我有江南的柔情，我有鐵笛的品格的堅貞，我所靠近的是花的芬芳、花的潔白，我要把我的聲音吹到天上的玉城、玉京的雲霞彩雲深處。這真是對於美好的一種追求，這都寫得很好。我們剛才說了，這個楊生子掞的困惑跟他的老師所要解決的：就正如《聖經》所說的是立志行善由得我，做出來卻由不得我。這由不得我還有兩個原因：一個原因是在己的，因為你的立志不夠堅定，你的覺悟不夠徹底，所以你半途而廢，你自己沒有做到。還有第二個原因，是在人。從修養來說，只要是你立志要做到，那是一定可以做到的，但是人的立志不只是靠我自己的品格、自己的理想、自己的志願。他的事業能不能夠完成，還有外在的因素。所以張惠言說「我有江南鐵笛，要倚一枝香雪」，這是我要，我有江南鐵笛，我要倚一枝香雪；這是我要，我要到天上的玉京的彩雲之間；我到了嗎？

「清影渺難即」，那個雲霞之間的，那個彩雲之間的美麗影子，你們現在可以發現張惠言的這五首詞有很多重複的地方，他先說「閑來閱遍花影」，那是花的影子；現在說「清影渺難即」，又出來一個影字。「閱遍花影」，有「花」字；「難道春花開落」，又有一個「花」字。「東風無一事」，有個「一」字；「我有江南鐵笛，要倚一枝香雪」，又是一個「一」字。在下半闋「飄然去，吾與汝，泛雲槎。東皇一笑相語」，又是一個「一」字。這使我想起來三十年前我在臺灣大學教書的時候，臺大規定的課程「詩選與習作」，老師不僅要講詩，也要教學生作詩。我跟學生說，一般來說，詩裡邊最好不要用重複的字，這是對一般的學生來講的。但是真正偉大的詩人詞人，就像蘇東坡說的，我的文章如同萬斛湧泉，不擇地而出，不管什麼地方隨便都可以冒出來的。我的文章就是行乎所當行，止乎所不得不止，它自然而然就這麼噴薄而出。所以大的詩人，大的詞人，真正偉大文學家的創作，是可以擺落世俗的約束的，所以它的重複並不會變成它的缺點。剛才我也說了，阮籍的詩反覆零亂，興寄無端，他的重複是沒有關係的。而且我們也知道詞中有一種微言的作用，你很難確定指實，它是一種境界。你不要看到這個影子，你就一定要說這就是他剛才所說的花影，他最開始是說花影，但現在不是。他現在已經想像到「玉城霞」了，所以這句所寫的已經是「玉城」之上的霞影了；是他所要追求的玉城之上的霞影。

「清影渺難即」，那個美麗的，那麼遙遠的像李太白說的：「遙見仙人彩雲裡，手把芙蓉朝玉京。」那個美麗的我所追求的影子，是那麼遙遠，我不能夠「即」，即就是靠近的意思。我沒有求到它，「清影渺難即」。我是有我的理想，我是有我的追求，可是我的追求和理想太高遠了，我不能夠接近它，所以說「清影渺難即」，可是就正在你追求還沒有得到的時候，你要注意，他下面所寫的：「飛絮滿天涯」，春天是不等待你的！春天走了，你追求的那個清影還沒有真的到那裡，而人間早已是落花飛絮了。「落花飛絮茫茫」這是晚清另外一個詞人的一句詞。「飛絮」代表春光的零亂，代表年華的消逝。而「滿天涯」是說有一個地方的春天留下來了嗎？沒有。所有的春天完全過去了，沒有一處春天特別為你留下來的。所以他說：「我有江南鐵笛，要倚一枝香雪，吹徹玉城霞。」可是

「清影渺難即」，現在是「飛絮滿天涯」了。這五首詞裡邊寫的，整個是他跟他的學生楊子掞兩個人互相勉勵的情意。當我們向理想的高處去追求的時候，我們的挫折、我們的困難、我們的阻礙，我們在困難、挫折、阻礙之中我們怎麼去面對它？所以他後面又說了：「飄然去，吾與汝，泛雲槎。」清影渺難即，從上邊說我所追求的是玉城的霞影，可是這都是人的想像之詞，天上哪裡有玉城？哪裡有玉京？哪裡有玉京的霞影？所以這只代表他的一種理想，所以他所說的那個清影就是他所追求的理想。那麼對於張惠言而言，我們中國儒家傳統教人的，你先是正心、誠意、修身，你要從根本做起。你求學是求你自己品性的、資質的一種完美。你要知道中國儒家是推己及人的，不是自私的、不是小我的，他正心、誠意、修身、齊家，以後還要治國平天下。孔子也說：「士當以天下為己任。」我們常說士、農、工、商，士憑什麼資格可以排到農、工、商的階級上面去？就因為工、農所負責的只是自己一部分的責任，可是士人應該負擔的是天下的治亂，所有老百姓生活的一切責任士人是應該負擔的。所以中國儒家傳統培養出來的士大夫，應有這種以天下為己任的理想。范仲淹也說：「士當先天下之憂而憂，後天下之樂而樂。」可是像張惠言他在二十五歲考中舉人以後，再去考進士，居然連考五次都沒考上。可是中國以前的士人，你只有通過科舉考試，也就是兩榜出身，你才能實現你自己的政治理想。孔子之所以周遊列國，也就是想把他的政治理想找到一個國君，把他的理想付之實踐。可是孔子不也找了幾十年而找不到嗎？所以孔子就說了，如果我的理想不能付諸實行，那麼我就「道不行，乘桴浮於海」，我就乘一個竹子或木頭做的竹筏或木排到海上去。如果這個國家不好，這個朝廷不能用我，這個理想不能實現，那麼就「道不行，乘桴浮於海」。所以相對於這個仕，就有一個隱。你總要找到一條路來走，那在仕隱之間你又怎麼抉擇呢？所以他現在就跟他的學生楊子掞說，既然我們的理想沒有能達到，「清影渺難即」，可是「飛絮」已經「滿天涯」了，年華已經不等待我們，我們現在把這些煩惱都放開，把我們那些政治的理想，那些為國家朝廷的憂慮得失都放下。「飄然去」，我們就這樣飄然的不想再仕進，「吾與汝」，我就跟你「泛雲槎」。槎，就是木槎。我們就找一個木槎浮到海上。一直到哪裡？一直到白雲的天上。在這句詞裡邊有兩個傳統典故的結合，一個是孔子在《論語》上說的：「道不行，乘桴浮於海。」還有一個是晉朝張華的《博物志》上說的，以前海邊有人他看見每年的八月海上就有一個浮槎飄過來，這個人就很好奇，這個浮槎是從哪裡來？又往哪裡去呢？它每年八月就來了，來了又走了。有一年，海邊這個人就準備了很多糧食，等他看見浮槎來的時候他就上了這個浮槎，浮槎就帶他到了一個地方，他看見那裡有個男子在種田，有個女子在織布，等第二年的時候浮槎又把他送回來了。他自己納悶我到底是到了什麼地方了呢？有一個會算卦的人叫韓君平，他就去找韓君平問了一問。韓君平就說了，在某年某月我看了天上的星象，有客星犯牛斗之間。就是在牽牛星跟北斗星之間有個客星出現了，原來那就是你乘槎通到天上的銀河了，所以你看到那個種田的男人就是牛郎，而那個織布的女人就是織女。這是在張華《博物志》所記載的故事。所以你講中國的詩詞，你一定要對中國的古典文學很熟悉才可以。所以張惠言是把兩個故事結合起來了，一個是孔子的「道不行」，所以是「飄然去，吾與汝，泛雲槎」，而「雲槎」還有《博物志》的聯想。如果有這麼一個木槎，我們就一直到天上去了，所以是「雲槎」，到了斗牛之間，到了銀河之上。

你們要知道儒家的讀書人，他雖說是隱，那是因為他求仕而不能夠得到，所以他就去隱，隱是不得已的一個辦法，仕才是他真正追求的理想。所以他並不是真的放下，所以他語鋒馬上一轉，又說：「東皇一笑相語：芳意在誰家？」就是我們要走的時候，我們說春天已經過去了，我們也留不住，已經是落花飛絮都滿天涯了。可是東皇，東皇就是春天的神，東皇就嫣然一笑，祂就跟我們講了話了。「相語」，就是跟我們相談話。這都是張惠言的想像，其實都是他自己內心的自問自答。「東皇一笑相語：芳意在誰家？」你不是找春天嗎？你不是害怕春天走嗎？你知道你是可以把春天留下來的，你知道那春天美好的「芳意」，那最美好的情意，是在什麼人那裡？是在哪一個人的家裡？「東皇一笑相語：芳意在誰家？」那美好的春天的芬芳，那美好的情意、那一份境界、那一份理想，可以留在什麼人那裡？這個東皇就繼續的說：「難道春花開落，更是春風來去，便了卻韶華。」難道你以為春天就是外表的世界上的這些花開、花落？你以為春天就真的是那樣的短暫嗎？難道春天的花從開到落，春天的風從來到去，就把所有美麗的韶華都「了卻」了？都完全消磨乾淨了？你以為真的是如此嗎？你以為春天真的只是兩個禮拜的花開，春天就沒有了嗎？你真是這麼以為嗎？那個東皇，也就是春天的神就告訴他說：「花外春來路，芳草不曾遮。」遮，在這裡唸ㄓㄚ，是押韻的字。這花樹是在它零落之後，在花的外邊，花的旁邊，除了這個現實的花樹以外，那就是春天來的道路。沒有芳草能把春天的到來遮住的，只要你要留住春天，你就留住了春天，你要追求春天，春天就與你同在。所以俞平伯他的祖父俞樾把他的書房的名字叫「春在堂」，就因為他寫過一句詩說「花落春猶在」。儘管外面的花都落了，但是春天在你的心裡留下來了，春天是不會走掉的，所以說「花落春猶在」。蘇東坡有兩句詩說：「浮空眼纈散雲霞，無數心花發桃李。」蘇東坡年歲大了，眼睛也花了。「眼纈」，就是眼花的意思。他說我眼睛花了，我看見半空中都是雲霞，都是矇矇矓矓的，好像是在煙霧之中，「浮空眼纈散雲霞」。可是蘇東坡第二句說得好，「無數心花發桃李」，外邊的花我看不清楚，可是我內心之中的花開了，我內心之中有無數桃李的花都開了。雖然「浮空眼纈散雲霞」，但是他有「無數心花發桃李」。所以張惠言詞裡說，春天的東皇告訴我們，「難道春花開落，更是春風來去，便了卻韶華。花外春來路，芳草不曾遮」。只要你想把春天留住，春天就存在你的心裡邊，那也就是「花落春猶在」。對不起大家耽誤這麼多的時間，今天我們就講完第一首。下次我們再接著講第二首。

張惠言所寫的是當時的知識分子他內心之中的矛盾、他內心之中的掙扎，他自己生活上的苦難與他學問上的修養這兩者之中，怎麼樣在矛盾之間找出一條出路來。所以他第一首詞寫的是宇宙之間大的生命，你如何與這個大的生命融為一體。我們說天地與我並生，萬物與我為一，那「花外春來路，芳草不曾遮」，那春天會永遠存在你的心裡，我們上次還舉了蘇東坡的詩「浮空眼纈散雲霞，無數心花發桃李」。我還舉了俞平伯的祖父俞樾，他的堂名叫「春在堂」，因為他曾寫了「花落春猶在」一句詩，花儘管是落了，但春天還永遠留在我的心裡。這張惠言第一首所寫的是他學道的一種修養，孔子在《論語》上也說：「朝聞道，夕死可矣！」那個道有什麼重要？為什麼如果你真的在早上體悟到道，就是晚上死了都沒有遺憾了？這個「道」又是個什麼東西？你有沒有真正得到對生命、對宇宙的體悟？這是他第一首所寫的，可是幾個人真正達到了見道和悟道的境界？因此第二首他接著寫下來，難道你人生真的就果然沒有痛苦？果然沒有矛盾嗎？當然是有的！所以他第二首就說：

百年復幾許？慷慨一何多！子當為我擊筑，我為子高歌。招手海邊鷗鳥，看我胸中雲夢，蔕芥近如何？楚越等閒耳，肝膽有風波。生平事，天付與，且婆娑。幾人塵外相視，一笑醉顏酡。看到浮雲過了，又恐堂堂歲月，一擲去如梭。勸子且秉燭，為駐好春過。

這個「過」字在這裡唸平聲，唸「ㄍㄨㄛ」。在中國古代是很講究破音字的；外國因為是拼音的字，當它詞性不同的時候，它就加 ed 或 ing 來表示。如 learn English，learn 在這裡是個動詞，但如果說 English learning 就變成名詞了，是學習英文這件事情。如果你說 He is a learned person. 就變成他是一個有學問的人，這又變成一個形容詞了。所以它從動詞變成形容詞或者動名詞的時候它是用加 ing 或者 ed 來表示，因為它們是拼音的文字。而中國不是拼音的，所以當中國字的詞性有了變化的時候，就從讀音上來變化。

所以如「罪過」的「過」或是「記一大過」的「過」（ㄍㄨㄛˋ）都是名詞，讀第四聲。動詞是「經過（ㄍㄨㄛ）」應該唸第一聲平聲的音。可是現在我們不大注意這一點，就像我看一部電視連續劇說康熙皇帝死了，雍正皇帝給他辦喪事，穿的是喪服，行的是喪禮，應讀第一聲。結果全劇的人都讀成第四聲喪「ㄙㄤˋ」事、喪「ㄙㄤˋ」禮。其實婚「喪」嫁娶的喪應該唸第一聲，唸第四聲就變成了「喪失」的意思，是動詞。這首詞的最後一個字唸「ㄍㄨㄛ」，不是唸「ㄍㄨㄛˋ」，「為駐好春過（ㄍㄨㄛ）」。

「百年復幾許？慷慨一何多！」我們以前也講過，中國的文化歷史太悠久了，現在的年輕人之所以不能喜歡，不能欣賞中國的文學作品，因為他們什麼都不知道，他們對於根源也都不懂了。這個本來是〈古詩十九首〉中有一首說「生年不滿白，常懷千歲憂」，人生一世不過百年，人生百歲實在是很難得的。人生不滿百，可是人生卻有那麼多煩惱那麼多憂慮，真是「生年不滿百，常懷千歲憂」。一般說起來我們個人的憂患、憂慮已經夠多了，而中國儒家還有一個傳統，范仲淹的〈岳陽樓記〉說：「士當先天下之憂而憂，後天下之樂而樂。」你那個憂不只是憂你自己，還要心憂天下。我們說：「士當以天下為己任。」有一年我在大陸講學，有一個年輕人就說：「為什麼中國的詩歌作品讀起來，其中常常有一種憂患、有一種悲哀？」這真是一個非常奇妙的特點。因為中國從古以來儒家的傳統，你要從兩方面來體認它，它有它可樂的一方面，孔子說：「仁者不憂。」所以顏淵在陋巷人不堪其憂，回也不改其樂。我之所以講這些，我開頭就說了，我是要透過張惠言的這五首詞，一方面我們要認識中國舊日的知識分子的文化特質，及他們人格的形成，還要透過他的詞來看它的美學特質。中國真正見道的儒家修養可以分成兩方面看：一方面他有「先天下之憂而憂」的憂慮；一方面對於自己則是「仰不愧於天，俯不怍於人」，「仁者不憂」，就是我對自己來說，我不為我自己個人的得失利害太做計較。顏淵身在陋巷，一簞食，一瓢飲，人不堪其憂，回也不改其樂。這又是為了什麼緣故？中國古人還說，一般人應該有伊尹之志意，也有孔顏之樂處。中國古代的聖人據《孟子》所講的，說聖人有很多種，伊尹是聖之任者也。他是以盡到了自己的責任為完美，我要救的是人民，誰要用我我就被誰所用。伊尹當年曾經五就湯，但也曾五就桀。湯是革命行仁義的，他曾五次到湯那裡希望湯能用他；桀是暴虐無道的，他也曾五次到桀那裡希望替桀改革朝政。所以他不在乎你是湯還是桀，我只在乎你是不是用我，我的目的是拯救人民於水火，我是為天下而憂勞，這就是伊尹的志意，伊尹的志意就是以天下為己任。可是伯夷叔齊呢？伯夷叔齊《孟子》說他們是聖之清者也。我要保持的是我的清白，只要你政治不是清明的我就不出來做官，就算是武王伐紂，雖然紂是那麼暴虐，但是武王以臣伐君就是不義，為了保持我的清白，武王雖然英明但是我也不替他做事。所以這就要看你的理想志意是在哪裡，有人是要保持自己品行的清白；有的人是不在乎你們怎麼說我，我是為了百姓人民國家的。所以古人說，你有伊尹的志意，就是以天下為己任，可是同時也有孔顏的樂處。你的理想是被任用，就像杜甫說：「窮年憂黎元，嘆息腸內熱。」但如果皇帝不肯任用你，你又怎麼樣呢？所以通達的時候你固然可以兼善天下，你窮的時候還是可以獨善其身，這是中國儒家一體兩面的修養。

所以中國舊時讀書人所說的憂患，有自己不被任用，理想不能達到的悲哀和感慨；有天下、人民、國家，這種衰亡敗亂的悲哀和感慨。為什麼？中國的文人、中國的詩人、中國的詞人他們要發出這樣的感嘆？為什麼中國的作品裡邊充滿了這樣的感情？就因為中國的儒家有一個以天下為己任的理想。而當他以天下為己任的時候，當他有憂患的時候，他就在這種憂患的感情之中，使他的人格提升了，因為他是為天下而憂慮感慨的。所以你不要以為中國文人寫憂患是叫人去悲觀消極，其實不是，他們的心態正是：「天將降大任於斯人也，必先苦其心志，勞其筋骨，餓其體膚，空乏其身，行拂亂其所為，所以動心忍性，增益其所不能。」中國人的憂患是完成其人格提升的一個階段；可是這個憂患是有的。所以我剛才引了〈古詩十九首〉「生年不滿百」，你還「常懷千歲憂」。儒家也說，我們要為往聖繼絕學，為萬世開太平。我們要為往聖繼續他已經將要斷絕的學問，我們還要希望我們為千年萬世以後開啟一個太平的世界，這真是「生年不滿百，常懷千歲憂」。所以他說：「百年復幾許？」人生一世不過百年，人生是很短的，可是為什麼我們這些讀書人，這些以天下為己任的人還常懷千歲憂！真是「百年復幾許？慷慨一何多」！慷慨不只是悲哀，慷慨有一種感發激動的意思。慷慨不是只是為自己的不幸事情悲哀流淚，慷慨是對世界上很多不平的現象，內心所發出的激憤跟感慨。「百年復幾許？慷慨一何多」！我們對於這個時代、這個世界看到那麼多罪惡、那麼多不平，在我們的內心充滿了慷慨的時候又怎麼樣？張惠言就對他的學生說：「子當為我擊筑，我為子高歌」，我們兩個人，老師和學生，我們有共同的理想、共同的感慨。可是你要為我「擊」，就是演奏，「筑」，是一種樂器。他說你應該為我奏一段筑的音樂，那我就為你高聲的來唱歌。你如果要問楊子掞會演奏筑這種樂器嗎？這就是一種很執著的問法了。他用的又是一個典故，這個典故出於《史記・荊軻列傳》，荊軻這個勇士當年不被任用，心中有無限的悲憤感慨。後來他遇到燕太子丹，燕太子丹才叫他去刺秦王。當年荊軻尚未被人賞識時，他與燕國的市集中的一個屠狗者並且善擊筑的人叫高漸離的相交往，這些市井中人雖然身分很卑微，但也是有理想有志意的。因此他們惺惺相惜一同飲酒，荊軻高歌，高漸離擊筑旁若無人。這表示什麼呢？這就是一種知音，知音不見得就是懂得音樂，知音是二人互相瞭解，有共同的理想，共同的情趣。我們兩個人都不被人任用，我們有共同的相知之情，我們還有共同的不遇之感，你是不遇的，我也是不遇的，所以你就擊筑，我就唱歌。現在張惠言也就對他的學生說，我們有共同的相知之情，有共同的不遇之感，我們有共同對於人世的這種感慨——「百年復幾許？慷慨一何多」！要怎麼樣才能消解我們的這種感慨？「子當為我擊筑，我為子高歌」，而這高歌又能達到什麼樣的境界呢？

「招手海邊鷗鳥，看我胸中雲夢，蔕芥近如何？」這又是一個典故。這個海邊鷗鳥的典故是出於《列子》。《列子》說有一個人住在海邊上，他每天都坐著船出海，因為他沒有爭競之心，因此天上的海鷗鳥都飛下來跟他一同嬉戲。有一天，他的父親就跟他說，我知道你每天出海，天上的鷗鳥都飛下來跟你一同嬉戲，今天你出海去幫我抓兩隻鷗鳥回來。這個人就出海到海上去，準備抓幾隻海鷗給他的父親，誰知道鷗鳥只盤旋在天空，不肯再降落下來了。鷗鳥知道他要抓牠們因此都不肯落下來，因為這個人有了機心。機心就是算計人的心，人我、彼此利害的計較、爭權奪利的競爭，就是算計的心。他算計要把海鷗抓住，但海鷗雖然是動物牠有一種敏感，因此在天上盤旋再也不飛下來。現在張惠言說「招手海邊鷗鳥」，我招手叫海上的鷗鳥，這表示什麼？我能夠叫鷗鳥下來，因為我沒有機心。這個典故也是人常用的，蘇東坡曾寫過一首〈八聲甘州〉：「有情風萬里捲潮來，無情送潮歸……誰似東坡老，白首忘機。」因為蘇東坡所生的那個時代正是宋朝神宗、哲宗變法新舊黨爭的時代，彼此互相攻擊，彼此互相迫害。蘇東坡在新黨受到迫害，在舊黨也受到迫害。他說，其實我並沒有和你們競爭的意思，我只是為了國家人民的利益，我並沒有要跟你們爭權奪利。你們誰像我這個東坡老人，我現在是滿頭的白髮，但是我沒有算計利害得失的心，「誰似東坡老，白首忘機」。所以現在張惠言就對他的學生說，雖然人世間有這麼多可感慨的事情，「百年復幾許？慷慨一何多！」我們內心之中有這麼多的激昂感慨，所以「子當為我擊筑，我為子高歌」，我們要「招手海邊鷗鳥」，我們要把一己的得失利害全然忘掉。

「看我胸中雲夢，蔕芥近如何」，這又是一個典故，你們一定要懂這些東西你才能體會它的好處。「胸中雲夢」這個典故是出於漢朝作賦作得很好的司馬相如的〈子虛賦〉。〈子虛賦〉是一篇幻想諷刺的文章，它說有一個人叫子虛先生，還有一個人叫烏有先生。烏有先生也是沒有的意思，還有一個叫無是公，也是沒有這個人的意思，所以這都是編出來的。他寫的是一些什麼呢？就是寫的這些人互相誇口吹牛。子虛先生是楚國人，他說他到了齊國，齊國的國王就招待他，子虛先生就說，我們的楚國山怎麼樣好，水又怎麼樣好，物產又怎麼豐富。他又誇口說我們楚國有一個很大的湖泊就是雲夢澤，方圓有九百里，有多大多大……。烏有先生就說，我們齊國的國君招待你是禮貌，你這樣誇口是不對的，你知道我們齊國是靠近海的，你知道海有多大？我們齊國的氣象可以吞沒你們的雲夢澤八、九個，而就像吞下芥子這麼小的東西在胸中一樣。蔕、芥子，都是很小的植物的種子，只有針尖那麼一點大。你們的雲夢澤就算有八、九個大，我們齊國吞下在胸中比一個芥子還小。這句話後來的人就引用來象喻氣象胸襟的博大，像雲夢大澤，我胸中都可以容納，在我胸中連一個小刺子都沒有。無蔕芥就是沒有蔕芥在胸中，這說的是中國儒家道家各方面修養品格的博大。所以現在張惠言說：「子當為我擊筑，我為子高歌。招手海邊鷗鳥，看我胸中雲夢，蔕芥近如何？」我們雖然有「百年復幾許？慷慨一何多」的慷慨，但是我們也有超脫的襟懷，「看我胸中雲夢」。我的胸襟現在還有蔕芥嗎？現在還想不開嗎？還為了一點小事都放不掉嗎？

「楚越等閒耳，肝膽有風波」，這又是《莊子》裡〈德充符〉這篇文章裡的典故。這篇文章裡說，如果你的內心裡有德充於內，那你就能役物於外。你心裡面有這樣的品德修養，那你和萬物交接的時候，你自然就把你的品德修養發揮出來，而內外是相合的。

《莊子》在這一篇文章又說「自其異者而觀之」，你如果從人的差別、你我利害的很多分別計較上來看，就是你自己體內相連的肝膽，都是不一樣，都是有距離的。可是如果你從萬物的同者來看，「自其同者而觀之，萬物與我為一，天地與我並生」，就像是楚國和越國距離那麼遠，也好像是差不多沒有間隔。你們要知道像古人蘇東坡之類的，他的胸襟之所以這樣開闊博大，這樣曠達；你們要學習的話，我以為可從兩處入手，一個就是曠觀，另一個就是史觀。曠觀就是曠達，自其同者而觀之，萬物與我為一，你一切要看開，不要常常在人我利害之間打轉，若自其同者而觀之，則雖遠如楚越也不覺得遠。還有就是史觀，不要把一切的憂愁苦難都放在你一個人身上，你要從古往今來歷史上的整體來看。人世之間的興亡，人世之間的成敗，真是「人有悲歡離合，月有陰晴圓缺，此事古難全」。所有的興亡成敗、離合悲歡不是你一個人才有的，如果你有這種曠觀、這種史觀，你就不會局限在這種小我的計較和悲哀之中。所以他說「楚越等閒耳，肝膽有風波」，他是用了《莊子》的那個典故。楚國和越國本來是兩個不同的國家，但在我看起來卻差不多。「等閒」，就是差不多，沒有很大的不同，這是從它相同的地方來說。可是你要從它相異的地方來看，你一點小事也斤斤計較，那麼就算肝膽之間這麼密切的關係也會有風波、也會有鬥爭發生的。所以儒家的理想有《禮運・大同篇》，就是國父孫中山先生也是提倡「大同」的，所以我們應該有這樣的包容才對。

「生平事，天付與，且婆娑」，也有人指出中國人一切都很認命，這是一種很消極的思想，你自己不去努力，你自己不去競爭，那麼他就對他的學生說，我們現在不能夠實踐我們的理想，生平事有上天注定，那麼這是不是消極呢？這個話又很難說，所以中國的道理因為它很難講，只要稍微差一點點就變成阿Q了，這真是很難把握的一點。孔老夫子說：「三十而立，四十而不惑，五十而知天命。」什麼叫「知天命」？這不是說那我就不努力，反正我什麼都認命，我該活的話就餓不死，該餓死的話我也活不了，知天命不是這樣的意思。知天命是說有一天你自己認識到你自己的能力，你的人格，你的奮進，有所為，有所不為，你認識到那一點就是「生平事，天付與」，我知道我能夠做什麼，我也知道我不能夠做什麼。孔子說我不是不願意富貴，「富而可求，雖執鞭之士吾亦為之」，「不義而富且貴，於我如浮雲」。所以「生平事，天付與」，人要有這樣的一個認識，那就「且婆娑」。所以我們就不要管我們有沒有得到，可是我們還是要盡人力才能聽天命。人生不在於你得到多少，而是在乎你做了多少。重要的是你有沒有盡到你自己的能力，不要老是去跟別人比，只要你是盡了你的努力、你的責任、你問心無愧，那就「且婆娑」，把那些悲哀感慨都忘記。「婆娑」，是逍遙自在從容不迫的樣子。我們如果達到這個境界，有這樣的修養，我們就可以忘懷這樣的悲憤，這樣的感慨了。那我們就：「幾人塵外相視，一笑醉顏酡」，世界上有幾個人能達到我們這樣的境界？孔子曾經讚美顏回與他自己：「用之則行，舍之則藏，唯我與爾有是夫。」他說，如果這個世界或朝廷有人能夠用我們，我們有我們的理想，有我們的能力，「用之則行」；如果現在我們沒有能夠得到機會，沒有人用我們，我們也能夠「舍之則藏」，就是在陋巷我們也能夠不改其樂。孔子說誰能夠做到這一點呢？「唯我與爾」，只有我和你顏回，「有是夫」，有這樣的修養罷了！可見孔子門徒七十二賢人裡能夠做到這個境界的也不多。所以孔子對顏回說，只有我和你能做到吧！古人是說只要你盡了你的責任和本分，你內心之中有自己的充實，別人不知道你的才能，你不要因此而不高興、而煩惱，這就是人不知而不慍，要能有這個修養就可以了。但幾個人能到這樣的境界？「幾人塵外相視」？幾個人真的能夠超出塵世之間這種爭名奪利、爾虞我詐的競爭？如果能超出塵世之外，我們彼此可以相視一笑莫逆於心。我們有一種共同的修養，有一種共同的境界，有一種相知的契合。有幾個人能達到你我的這種境界？「一笑醉顏酡」，我們大家共同來喝一杯酒，大家開顏一笑，我們都喝得薰然微醉，把那些煩惱、把那些憂患、把那些慷慨都忘了，就達到了這樣一種境界，這當然是很好了。我們就說「幾人塵外相視，一笑醉顏酡」。

「看到浮雲過了，又恐堂堂歲月，一擲去如梭」，中國文化真是難以一言道盡，所以我說，透過他的這幾首詞看看我們中國知識分子的文化特質，和他們品格修養的特質。他說「看到浮雲過了」，這一方面是代表光陰的轉變，光陰的消逝。像辛稼軒有一首詞說：「萬事雲煙忽過。」辛稼軒說，我現在都看開了，我覺得萬事得失利害就好像一片雲煙飄過一樣，萬事都如雲煙過眼。我們「看到浮雲過了」，我們把一切的萬事看到如同雲煙過眼。好，現在又有讀書人的矛盾，我們說，我們煩惱、我們憂愁，這些我們先都放下不說了，我們現在且喝一杯酒那有多麼快樂，這不是很好，一切都當雲煙過眼。「又恐堂堂歲月，一擲去如梭」，你怎麼去完成你自己，我可以不去計較得失，不去計較利害，不計較禍福，但是你完成了自己沒有？「又恐堂堂歲月」，「堂堂」，有的時候是說堂堂正正光明偉大的意思，而在這裡是說光陰的消逝，它是這麼公然的就消逝了，堂堂皇皇的消逝了。我們現在可以什麼都不在乎，就在一起喝一杯酒好了，可是又恐怕那個堂堂的一去不返的，留不住的歲月「一擲去如梭」，你把它白白的拋棄，消磨掉了，時間就是生命，你為什麼要把你的生命消磨掉？「又恐堂堂歲月，一擲去如梭」！

「勸子且秉燭，為駐好春過」，我要勸你，你還是應該努力的。這裡他又回到〈古詩十九首〉，剛才我們講過〈古詩十九首〉的「生年不滿百，常懷千歲憂」，後面接下來又說「晝短苦夜長，何不秉燭遊」，白天是這麼短，夜是那麼長，你為什麼不在夜裡手裡拿根蠟燭繼續你的遊賞呢？這是古人說的，你要及時行樂。白天行樂還不夠，你晚上還要繼續行樂。現在張惠言用這兩句，他是說勸君且秉燭，我是勸你。我們不是說了嗎？「堂堂歲月，一擲去如梭」，你們要知道中國人用典有正用的，有反用的，有引申而用的。〈古詩十九首〉裡面，是說「何不秉燭遊」，你白天遊賞不夠，晚上還要遊賞。他表面上是用〈古詩十九首〉的「勸子且秉燭」，光陰是留不住的，你要掌握這個光陰，你不要把光陰白白的放過。你不但不能把你白天的光陰放過，連晚上的光陰你也不應該放過的。這是「勸子且秉燭，為駐好春過」。你秉燭夜遊那是秉燭，但是如果你秉燭夜讀呢？總而言之光陰是不該浪費的，你浪費了光陰就是浪費生命，你不能讓光陰就這樣空空白白的過去。所以他說「勸子且秉燭」，你不但要珍惜白天的光陰，他這裡的「秉燭」不是「秉燭夜遊」而是珍惜。你不但要珍惜白天的時光，你還要珍惜夜晚的時光，你要掌握時光「為駐好春過」。你現在還這麼年輕，這是你人生裡的春天。這麼美好的春天，春天正從你身上經過；你應該珍惜，你應該把你這樣美好的像是春天的生命，留下一些東西在這個世界上。「勸子且秉燭，為駐好春過」，這是張惠言寫給他學生共同勉勵的，寫得很不錯，我們接著看第三首。

踈簾捲春曉，蝴蝶忽飛來。游絲飛絮無緒，亂點碧雲釵。腸斷江南春思，黏著天涯殘夢，賸有首重回。銀蒜且深押，踈影任徘徊。羅帷卷，明月入，似人開。一尊屬月起舞，流影入誰懷？迎得一鉤月到，送得三更月去，鶯燕不相猜。但莫憑欄久，重露濕蒼苔。

我們上次舉了朱熹的兩句詩做對比，本來詩裡頭寫人的品格修養的就不多，而能把它寫得這麼美，而又這麼有詩意，又不變成教條似的說教是很難得的。朱熹的那一首「半畝方塘一鑑開」說得太實、太清楚了。好！現在我們就來看張惠言的詞。

「踈簾捲春曉，蝴蝶忽飛來」，我們剛才說朱熹那兩句道理也不錯，可是他說得太明白了。而張惠言說得很好，這就是詞的一種特質「興於微言」，就是它引起你一種興發感動，而它是從最細緻的、最不重要的、最精微的語言之中表達出來的。這第三首寫得很好，「踈簾捲春曉，蝴蝶忽飛來」，這跟第一首說的「東風無一事，妝出萬重花」頗為近似。這是說有一天你把那個簾子在春天的早晨打開了，你打開了嗎？詞是很奇妙的，它是個境界，不只是個意思。你說，我只是打開簾子嗎？不是。他用這個簾子在春天的早晨打開是比喻人生的境界。如果你開眼向世界，如果你真的是天地與我並生，萬物與我為一，你就會覺得宇宙的生命與你打通成了一氣，如果你真的在春天那麼美好的早晨，把你一直閉鎖的簾子打開了，你就會發現天地、宇宙是有一些美好的東西。

「蝴蝶」那麼美麗的，「飛」那麼帶著有生命力的，「蝴蝶忽飛來」。「游絲飛絮無緒，亂點碧雲釵」，春天來了當然是有蝴蝶的，當春天的時候空中會有像蜘蛛絲那樣的游絲，我想那是一些昆蟲的分泌物，它們不一定是蜘蛛，也可能是其他昆蟲的分泌物。「飛絮」，是春天的時候柳樹開的花，但柳樹的花它不像是櫻花，櫻花雖然開的時間也不是很長，只有一、兩個星期，可是柳樹的花，它只要一開就馬上被風吹走了。王國維寫過兩句詞說：「開時不與人看，如何一霎濛濛墜。」你看過柳樹開了滿樹的花嗎？當然不會有。柳樹上的楊花只要一放開的時候馬上就被風吹走了，所以王國維說柳樹的花你沒有機會看見它開，它只要剛開的那一剎那就濛濛的飄落了。當我年輕的時候我先生被關進了監獄，我帶著吃奶的孩子也一起被關了進去，我常常想到自己就像王國維這兩句詞寫的「開時不與人看，如何一霎濛濛墜」。柳樹就是這樣子的，那就是飛絮。而當柳絮濛濛亂飛的時候，那時節就接近暮春了。

以前我引過李商隱的〈燕臺〉詩，他說：「風光冉冉東西陌，幾日嬌魂尋不得。蜜房羽客類芳心，冶葉倡條遍相識。」後面他還說：「暖藹輝遲桃樹西，高鬟立共桃鬟齊，雄龍雌鳳杳何許？絮亂絲繁天亦迷。」這首詩李商隱寫得很好。他說世界上不應該有美好的東西嗎？應該有的。有鳳凰、有飛龍，有龍也有鳳，而且應該是圓滿的，你應該找到你自己理想的配合。所以有雄的龍，有雌的鳳。他說，我現在所見到的，既沒有龍，也沒有鳳，天下那些美好的東西，那些可達到人生最完滿境界的東西，是那麼遙遠，在什麼地方呢？我要去找它。「絮亂絲繁天亦迷」，那麼濛濛的柳絮，那麼撩亂的游絲，不用說，人面對這樣的景色會感到一種迷惘，你不知道怎麼辦才好。他說這種絮亂絲繁，天若有情，天都會感到迷惘的。

還有晏殊的詞：「春風不解禁楊花，濛濛亂撲行人面。」他說春風為什麼不懂得管住楊花，讓它濛濛的亂飛，打到我們行人的臉上。因為這種撩亂的游絲飛絮使人迷惘，使人不知道該怎麼辦才好。

「踈簾捲春曉，蝴蝶忽飛來。游絲飛絮無緒」，「無緒」，就是你不知道它有什麼意思。它為什麼？它為什麼要撩動你？游絲和飛絮為什麼要打動你的心靈和感情？為什麼要讓你感覺到迷惘？「無緒」，它是無意之間如此的，它不是有意要如此的。

「游絲飛絮無緒，亂點碧雲釵」，這游絲飛絮，「點」，我們可以說是點綴，點綴也可以說是沾惹。因為游絲飛絮它飛得到處都是，它會沾到你的衣服上、頭髮上。所以他說：

「疎簾捲春曉，蝴蝶忽飛來。游絲飛絮無緒……」它就沾到一個女孩子頭髮的簪釵上面，這個釵他管它叫做「碧雲釵」。唐詩裡有一句「春來亂插翠雲釵」，而張惠言叫它做「碧雲釵」。不管「翠雲」或「碧雲」，總而言之是一種碧綠翠玉的頭釵。而「游絲飛絮無緒，亂點碧雲釵」，它飛在你的頭釵上與你何干？

晚唐韋莊有一首詞，它的牌調叫〈思帝鄉〉。他說：「春日遊，杏花吹滿頭。陌上誰家年少足風流？妾擬將身嫁與一生休，縱被無情棄，不能休！」這寫一個女孩子春日去出遊，春天的杏花吹滿頭。他寫的是什麼？他寫的是春意，是那個春色對人的撩動。這個撩動的力量很強，你不只是遠遠的看到它花開、花飛。春日遊，杏花吹，吹到哪裡？杏花吹「滿」頭，它吹到你的頭上。歐陽修寫過〈豐樂亭遊春〉的詩，他說：「晴雲淡淡日輝輝，草惹行襟絮拂衣。」天上藍天裡飄著白雲，而太陽這麼亮。我走到草地上，這些草就沾惹到我的衣襟，那個柳絮呢？它就飄到我的衣服上。所以他說：「晴雲淡淡日輝輝，草惹行襟絮拂衣。」是春天對人的感發和撩動。李後主還寫過一首詞，他說：「多謝長條似相識，強垂煙穗拂人頭。」我非常感謝你這柳樹的長條還認識我，他上面還有兩句「風情漸老見春羞，到處芳魂感舊遊」。李後主年歲大了，他說我少年時候的風情已不再，我已逐漸老去，我再看到春天的來臨，我覺得是可羞赧的，因為我已經衰老了，「風情漸老見春羞」。但我的身體、面貌雖然已經衰老了，可是我的心沒有老，所以「到處芳魂感舊遊」。我看到春花的開，看到「芳魂」，就是春天那美麗的精神、那美好的生命，就想到我舊日遊春的快樂。這個時候誰還認得舊日當時年輕的我？就只有那柳樹的長條，它還「強垂煙穗」，在煙靄迷濛之中尚未開花的柳穗，飄拂在我的頭上。這些寫的都是春天的感發，這很難用言語解釋。作品中表現出感動的力量，你一定要知道這些感動的力量後，你才能體會出他詞的好處。

「疎簾捲春曉，蝴蝶忽飛來。游絲飛絮無緒，亂點碧雲釵」，這是春天給我們的撩動，給我們的撩動是什麼？春天是你感情覺醒的時候，你一切的志意，你一切的願望，你一切的感情，都隨著春天的撩動而覺醒。所以他後面就說了，你真的能夠把人生的憂患，把我們的理想都給忘記？沒有！春天來的時候我那一切心所嚮往的都又回到心頭來了。

「腸斷江南春思，黏著天涯殘夢，賸有首重回」，那些浪漫多情的春思，那麼多情浪漫的江南，當春天的游絲飛絮飄在我頭上的時候，我就想到我當年那麼多的江南春思，現在只落得腸斷，什麼都沒有完成。「腸斷江南春思」，我的那一份感情就隨著那游絲飛絮飄散到天涯。帶著我殘留的那一點夢想，去黏住，這是相接著游絲飛絮來說的。就好像游絲飛絮它一直飄到天涯，黏在遼遠的天涯，這是我的「天涯殘夢」。我現在什麼都沒得到，我所剩下來的，就是我回首我當年的志意、我當年的理想，「賸有首重回」，所以他下面就說「銀蒜且深押，疎影任徘徊」。你看，這是寫他內心之中的多少轉折？多少矛盾？開頭是打開簾子，「疎簾捲春曉」說有這麼多的撩動，可是這麼多的撩動我都落空了，我什麼都沒有，只剩有「天涯殘夢，賸有首重回」，現在我只好把簾子放下來了。

「銀蒜且深押」，「銀蒜」，是什麼呢？銀蒜就是簾押，當簾子垂下來的時候會飄來飄去，你要用重一點的東西把它押住，這就叫簾押。「蒜」，就是簾押的形狀。詞裡開頭他是說把簾子打開，現在再說把簾子垂下來而且是用銀做的簾押，銀是有重量的。我深深的垂下簾子，而且用簾押把它押住。我外邊所追求的沒有得到，所以我把簾子放下來了，我要跟外邊隔絕了。

「疎影任徘徊」，簾子上不是有很多花影嗎？我把簾子垂下來，我不出去，我跟你們外界讓我失望的東西斷絕了。任憑你們的影子在我的簾子上舞動，我再也不心動，再也不出去了。「銀蒜且深押」說得很好，任憑你們那些花的影子，就算「雲破月來花弄影」，你們在我的簾子上舞弄你們的影子，我不再為你們而動心介意了。「銀蒜且深押，疎影任徘徊」。他的詞真是反覆零亂，他不是說簾子是白天打開嗎？現在又放下來了。但是我跟你們外界真的能永遠斷絕嗎？人非草木，孰能無情？你說你真的就完全能斷絕了嗎？你怎能做到？你白天把簾子放下來了，到了晚上「羅帷卷，明月入，似人開」，這反覆零亂說出內心的矛盾。當晚上的時候我又把那絲羅的帷幔捲了起來，一輪明月的清光照射進來了，就像有個人把天幕打開讓月亮進來一樣。這首詞的好處就在這裡，前面蝴蝶飛來的撩動，現在又是月光投射光影撩亂的感動。「羅帷卷，明月入」，我看到月亮真是為月光而動情，月光又撩撥了我所有的感情和理想。

「一尊屬月起舞」，我拿起一杯酒，「屬月」，就是向月亮敬酒，請月亮喝酒，我伴隨著月光一起舞動。他這裡用的是李太白的〈月下獨酌〉：「花間一壺酒，獨酌無相親。舉杯邀明月，對影成三人。月既不解飲，影徒隨我身……」李太白也是在他的孤獨寂寞之中掙扎，他說我在花間有一壺酒，有花、有酒，可是就是沒有一個人跟我共同來喝這杯酒，因此我只好邀請月亮和我喝酒。有月亮、有我、還有月亮照在我身上拉長的影子，因此就成了三個人。這是李太白在孤獨寂寞無可奈何之中的排解，我是一個人，但是現在有我、有月亮、還有我自己的影子。所以張惠言現在也說「一尊屬月起舞」。李太白也曾對月起舞，他說：「我歌月徘徊，我舞影零亂……」我唱歌的時候，天上的月亮好像也隨著我徘徊舞動，我起舞的時候，那些影子也都重疊交錯。張惠言說，我也有一杯酒，我也向月亮敬酒，我也要對月起舞，人對月亮光影的撩撥是無可奈何的。李太白也是孤獨寂寞，雖然他外面寫得是那麼飛揚神采，他說他要舉杯邀明月，但是月亮也不懂得喝酒，影子又不會跟我說話。所以張惠言說「一尊屬月起舞」，徒然有這麼美好的月亮，有這麼美麗的光影，月光如水般溶溶傾瀉，你要把你的光影投到誰的懷抱？誰來接受你？他說：「一尊屬月起舞，流影入誰懷？」有誰欣賞你呢？有誰知道你？有誰理解你？你把你的影子投到誰的懷抱裡呢？這一段寫得非常動人，在你最孤獨寂寞的時候。

「迎得一鈎月到，送得三更月去，鶯燕不相猜」，張惠言在這裡把他想像的形象跟他內心的境界配合得很好。從月亮的初升寫起，那一鈎新月從東天上升起，你對月飲酒、起舞，到三更天以後月亮落了下去，你和月亮這一段相知的感情，月亮給你的這一份慰解——「迎得一鈎月到，送得三更月去，鶯燕不相猜」。我跟月亮之間有這樣的一種瞭解，就像李太白說的「永結無情遊，相期邈雲漢」，我跟那無情的月亮結了一個永久的交遊。我的朋友就是天上的月亮，你們人間爭奇鬥豔、萬紫千紅的那些鶯鶯燕燕不要對我猜疑。我的理想，我的朋友在天上，是天上一輪光明皎潔的月亮，你們這些人間的鶯燕不必猜忌我，懷疑我。

「但莫憑欄久，重露濕蒼苔」，這後面結尾他說，你是靠在欄干上，你是可以看到天上的月亮，但是你不要靠在欄干邊太久，因為夜已經很深了，那些沉重的露水都已降下來，把蒼苔都打濕了。李太白有一首〈玉階怨〉說：「玉階生白露，夜久侵羅襪。卻下水晶簾，玲瓏望秋月。」這也是在孤獨之中，也是在苦悶之中。「但莫憑欄久，重露濕蒼苔」，張惠言這裡寫得真是妙，若再獨自倚欄，徒將換得一身淒冷濃洌的露水。

我們講張惠言的〈水調歌頭〉五首，已經講了前面的三首了。我們知道張惠言的這五首〈水調歌頭〉是寫給他的學生——「春日賦示楊生子掞」的作品。根據張惠言自己文集裡邊的記載，楊子掞這個人是可以跟他一起言道的學生。「道」，就是中國所說的修養或真理。孔子說：「朝聞道，夕死可矣！」這個「道」是大家所追求的。道家說「道」，儒家也說「道」，基督教也說「道」，佛家也說「道」。「道」是人生一種最高的哲理。張惠言認為楊子掞是可以一起言道的人，楊子掞也是在追求儒家的最高修養。可是他有時候軟弱，有時候矛盾。所以張惠言寫了這五首詞跟他的學生共同反省，共同勉勵。所以這中間有很多感情是重複的，看起來好像是矛盾的，而這正是他感情本來的性質就是如此的。

我們已經講了前面的三首了，我們看見他一方面有以天地為心之志，天地與我並生，萬物與我為一。他說：「花外春來路，芳草不曾遮。」你如果真是能體會天地的春心，那麼春天就不會走了，春天就會留在你的心裡邊。我們上次講過俞平伯的祖父曾寫過一句詩「花落春猶在」，花雖落了，但春天還是長在的，所以他把他的書齋叫做「春在堂」。

第二首的結尾是「勸子且秉燭，為駐好春過」，雖然人生是短促的、很令人感慨的、有很多憂苦患難的事情，但是你仍然要珍重你的時光，珍重你的歲月，不要白白的浪費這短暫又美麗的人生。

第三首我們講了「但莫憑欄久，重露濕蒼苔」。上次我們講到這裡時間已經到了，我就沒有再發揮下去，就結束了。「但莫憑欄久，重露濕蒼苔」有多重的意思。我曾經說過詩跟詞是不同的，因為詩是顯意識的，我要說什麼我就清清楚楚的知道我要說什麼。詞呢？它表現的不是一個具體的情意，而是一種感情的境界，感情的一種狀況。王國維後來管它叫「境界」，這是很難說的，不是可以具體說明的。黑是黑，白是白，一是一，二是二，它不是，它有時候是很不容易說清楚的。

「重露濕蒼苔」，在中國文學的傳統上可以給我們幾個聯想。一個聯想是李白的〈玉階怨〉。他說：「玉階生白露，夜久侵羅襪。卻下水晶簾，玲瓏望秋月。」李白的〈玉階怨〉他要寫的是什麼？你要知道他的題目有一個「怨」字，而這個怨寫的是什麼怨？中國古代詩人最常寫的怨，一個是閨怨，另一個就是宮怨，都是女子的怨情。閨怨是說女子的丈夫日久不歸，如「閨中少婦不知愁，春日凝妝上翠樓。忽見陌頭楊柳色，悔叫夫婿覓封侯」。而宮怨呢？就像白居易〈長恨歌〉所說的「後宮佳麗三千人，三千寵愛在一身」。如果後宮有三千個美麗的女子，而皇帝每天只寵幸一個女子，那剩下的二千九百九十九個女子就都在怨情之中了。所以怨情所寫的就是在孤獨寂寞之中失去了愛情的女子。我以前也曾經說過，像《花間集》的那些小詞寫的大都是美女跟愛情，為什麼會給人很多很多的聯想呢？就因為他們所寫的常常是一些孤獨寂寞的女子，而敘寫孤獨寂寞失落了愛情的女子，在東方或西方的詩歌中都有一個這樣的傳統。在芝加哥有一個教授叫Lawrence Lipking，他寫過一本書叫 *Abandoned Women*，就是《被遺棄的女子》。被遺棄的女子不一定是結婚了才被拋棄，這只是說這是一群失去了愛情的女子。他後面還有一個副標題「詩歌的傳統」(*The Poetic Tradition*)，而他是西方人，他也懂一些中國的文學，所以他說，無論東方或西方都有一個寫孤獨寂寞的女子這樣一個傳統，而這些作者反而常常都是男性。就因為男子在他的日常生活中，他所追求的功名事業有很多不能成功的地方，或者國君不要他，朝廷把他貶出去了，所以用怨婦這樣的喻託。

李白寫的怨，是宮怨。「玉階生白露」，他是寫已是深夜了，這個女子還沒有回去睡覺，她是站在臺階的上邊，而臺階上因為夜深已降下了露水。玉階「生」白露，這個

「生」字是動詞，你如果說玉階「有」白露，這是很笨的說法；而李白是說玉階「生」白露，「生」是說露水不斷的增加了。而這個「生」字是要跟下邊這個「夜久」連起來看的，玉階上的露水愈來愈濃了，所以露水就打濕了這個女子所穿的那雙很薄的絲羅的襪子。

「玉階生白露，夜久侵羅襪」，「玉」，是潔白的、晶瑩的。「白露」的「白」，也是潔白的、晶瑩的。而露是寒冷的，所以她是在一種光明、潔白、晶瑩之中的寒冷、孤獨、寂寞的感覺。那麼這個女子為什麼在這麼寒冷的夜晚，襪子都被打濕了，她還站在臺階上呢？這又要岔開講到中國詞的妙處，在張惠言的詞學理論中他曾說：「興於微言，以相感動。」用那微妙的語彙，它給我們很多很多的聯想。

清朝有一位詩人他的名字叫做黃仲則，他的詩詞都寫得很好，但是很年輕，不到四十歲就去世了。他曾經寫過兩句詩：「如此星辰非昨夜，為誰風露立中宵？」你為什麼不回去睡覺？你為什麼站在臺階上？要講中國的詩是相當難的，因為你每牽動一個詞，它就有一串的歷史背景。這個「星辰昨夜」就有一個背景，它是李商隱的詩：「昨夜星辰昨夜風，畫樓西畔桂堂東。身無彩鳳雙飛翼，心有靈犀一點通。」他所描述的是一個男子與一個女子幽會，在畫樓西畔桂堂東。這是當年的一段感情，當年的一段愛情，當年一段美好的回憶。黃仲則是說，那個感情、那個愛情我失落了。天上的星辰跟當年一樣，可是不是我在畫樓西畔桂堂東，跟我所愛的人在一起的那個時節了。這「如此星辰非昨夜」，這愛情雖然失落了，但我還在懷念，還在追憶，所以在這寒冷的深夜裡，我還站在院子裡，這又是為了誰呢？「如此星辰非昨夜，為誰風露立中宵」，所以他是表示一種期待，一種追求，一種嚮往。現在我們如果從這一點講，張惠言跟他的學生說：「但莫憑欄久，重露濕蒼苔。」你不要把你的期待、把你的感情、把你的追求都寄託在別人的身上，都寄託在外面；你不要憑欄久，因為濃重的露水已經打濕了蒼苔。

中國的文學傳統這麼長久，像是陶淵明的〈歸園田居〉詩裡也曾說：「道狹草木長，夕露沾我衣。衣沾不足惜，但使願無違。」陶淵明歸隱後種田，他說，那田間的小路很窄，旁邊的草木長得很高大，他晚上才回來，那時候草木上已積聚了很多露水，把我的衣裳都打濕了。他說我衣服被打濕了不足惜，只要我的願望能實現，不被違背，我願意付上我衣服被沾濕的代價。

還有近人繆鉞老先生有一首詩也用到「露沾衣」，他說「早行應惜露沾衣」，這三個字用的是《詩經．行露》的意思，它有另外一個意思，就是說你沾污了你自己，你把你自己玷污了。他把這「露沾衣」作了另外一個解釋，說你不要把你的衣服沾濕。所以這個「露沾衣」有很多重的解釋，一方面可以表示你孤獨寂寞的怨情，一方面可以表示你為了追求一個理想所付出去的代價。李白所寫的是追求的怨情；陶淵明所寫的是追求所付上的代價；而這個代價在繆鉞的詩裡邊是暗示一種玷污，就是被外在的東西把你給玷污了。所以張惠言的這兩句詞「但莫憑欄久」，你不要靠在欄干上太久，因為外面的露水已經打濕了蒼苔。這是說一個人，你追求你的功名，追求你的事業；你當然可以追求，因為儒家的理想就是「修身、齊家、治國、平天下」。可是你不要真的只為了你一心向外追求的緣故，而把你自己沾濕了，把你自己玷污了，所以這兩句也有這樣可能性的涵義。

好，我們現在來看第四首。張惠言跟他的學生楊子掞所考慮的是人生的很多問題，人生很重大的課題之一在儒家士人來說就是「仕與隱」之間的抉擇。你是出去做官呢？還是隱居在家裡？而除了這個之外，我們人類所共同想到的一個問題就是「無常」。人生是有限的，「百年復幾許？慷慨一何多」。李後主的詞說：「春花秋月何時了？往事知多少，小樓昨夜又東風，故國不堪回首月明中。雕欄玉砌應猶在，只是朱顏改，問君能有幾多愁，恰似一江春水向東流！」他還有一首詞：「林花謝了春紅，太匆匆，無奈朝來寒雨晚來風。胭脂淚，留人醉，幾時重？自是人生長恨水長東！」人類年命的無常，你的年壽，你沒有能力把握，那是很短暫的。人類的命運也是不可預測的，李後主本來貴為一國之君，怎麼後來又變成宋朝的階下之囚呢？這是年命的無常，人生的短暫，光陰的消逝，這也是人類常常思考的一個問題，那終究我們人生的意義在哪裡？

所以他這第四首說：

今日非昨日，明日復何如？竭來真悔何事，不讀十年書。為問東風吹老，幾度楓江蘭徑，千里轉平蕪。寂寞斜陽外，渺渺正愁予！千古意，君知否？只斯須。名山料理身後，也算古人愚。一夜庭前綠遍，三月雨中紅透，天地入吾廬。容易眾芳歇，莫聽子規呼。

「今日非昨日，明日復何如？」李太白說的「棄我去者昨日之日不可留，亂我心者今日之日多煩憂」，我們若回想當我們少年青春正茂的時候，充滿了理想的生活經歷的時候，我們真是「今日非昨日」，我們現在已經不是當年的我們了，「明日復何如？」可是今天是不能留住的。李太白還有一首詩「前水非後水，古今相續流」，從古到今的時光就像水一樣的流過去；蘇軾說「浪淘盡千古風流人物」；連孔子也不免慨嘆，子在川上曰：「逝者如斯夫，不舍晝夜。」人年命的無常，光陰的不停留，這是人生共同的悲哀。「逝者如斯，不舍晝夜」，它白天不停止的流，晚上也不會停止的。所以學道的人，你要怎樣在這無常之中找到你自己？他說「今日非昨日，明日復何如？」，你要怎樣找到自己生命要完成的使命？他說：「揭來真悔何事，不讀十年書」，光陰是不停留的，你把你的光陰用到什麼上面去了？「揭來」，有兩個意思。一個就是去來的意思；一個就是爾來的意思。爾來，也就是近來的意思。在這裡應該是爾來、近來的意思。他說，我近來真是後悔，為什麼不好好的讀它十年的書？我每天空虛的悲慨，我追求的沒有得到，我的理想都落空了，這光陰就在空虛悲慨之中消逝了！這個其實是很多詩人、很多詞人都考慮到的問題。晏殊有一首小詞，他說：「滿目山河空念遠，落花風雨更傷春，不如憐取眼前人。」你說，我懷了一個非常遠大的理想，你總是嚮往那個遠大的理想，你看遠方的山河，心懷那個遠方的愛人，可是你是白白的懷念，你所懷念的遠人不會因為你站在這裡看眼前的山河，那遠行人就回來，或者你就能到遠方去，這是「滿目山河空念遠」。現在春天快要過去了，花都落了，你在這裡傷春，「落花風雨更傷春」。表面上看，你「念遠」是空的，何況更加上「傷春」，這是兩重的悲哀。你遠方的追求沒有得到是一個悲哀，現在你又不能把春天留住，已經是落花風雨更傷春，這是兩重的悲哀。古人的詞真是在那些微言的地方輕叩你的心靈。「更」是兩重的意思，這個「念遠」再加上那「更」是「傷春」。可是你要注意到它前面有一個「空」字，這「空」字也是連下來的，你「念遠」是空的，「傷春」也是空的。你只是坐在那裡傷春，你是白白的傷春；你只光是想的話，這都是白想。「念遠」是空，「傷春」也是空。「不如憐取眼前人」，你要掌握的其實應該是現在。

我開頭就已經說過了，中國的詩詞雖然寫的是美女跟愛情、或傷春怨別，可是它都有深一層的意思。你不要只把「眼前人」看成只是現實的一個美麗的女子，「眼前人」其實就是你目前所能掌握的一切。比如說我眼前追求的可以是功名，也可以是利祿，也可以是一個眼前你所愛的人，你當然都可以去追求，你所追求的「眼前人」是什麼？你要知道什麼才是有長久意義的「眼前人」？當然利祿財富你現在眼前看它很好，但是它逃不過刀兵、水、火、惡王、盜賊等，它可能一下子就消失了。你所愛的人你當然覺得很好，眼前有一個自己所愛的人，但是人生當然有生離死別，這還是說對方的感情不變，你還是不能避免有生離死別，何況人的感情是會變的，只要是你把你所追求的投注到外物上，而外物都是可變的，都是無常的，都是不可靠的。所以一切學道的人所追求的是什麼？是「反求諸己」。只要你自己的完成，並不是說你發了財了，做了官了，這就叫完成，這都還是外物。你自己的完成，是你自己的品性、人格真正的達到了完美修養的境界，這才是誰也奪不走的，是永遠不會改變的，你只有增加，而不會消失。這也就是儒家所追求的「道」。

現在西方人文哲學有一個學者叫做亞伯拉罕・馬斯洛 (A. H. Maslow)，他寫了一本書叫做《動機與人格》(*Motivation and Personality*)，提出了自我完成 (self-actualization) 的說法，他把人的追求分成幾個層次：你最基本的追求應該是維持生命，如衣、食溫飽。再進一層則是歸屬的追求，比如說你要有一個家，有一個歸屬，或歸屬一個團體。再進一層則是你要有一個事業，或是你有什麼理想，你有很多很多的追求。而最高層次的追求則是自我完成的追求，他說當你達到了自我完成的境界的時候，你不必別人來給你說教，那些外物對你來說就都不重要了。所以陶淵明有兩句詩說「敝廬何必廣，取足蔽床蓆」。他說，我的這一個草屋不一定要很大，我只要能有安身之處就好了。生存當然是最基本的一定要有，但是當你達到了自我完成的境界的時候，那些外物就都不足道了。《莊子》的道家思想中也曾有一個故事，中國的哲學和西方的哲學是很不一樣的，西方的哲學是很思辯性的，都是理論，有很廣大的理論的架構。可是中國的子書裡面都是小故事，你看那諸子的寓言都是些小故事。《莊子》裡有一篇以列子做了一個比喻：他說列子是御風而行。他說列子在天上是駕著風而飄行的，「泠然善也」，這當然是很好。「泠然」，是在天上飄的樣子，這當然不錯，這種味道是很好的。但是他說列子不夠徹底，因為列子仍是「猶有所待者也」，列子還是要等外邊的條件配合才能完成自己，他要有風他才能夠在天上飄，如果那天沒有風呢？那他就飄不起來了。所以《莊子》所說學道的人是「無待於外」，你不要等著外物來完成你，不管你所追求的是利祿，是功名，甚至於是愛情，不管你所追求的是什麼，只要你所期待的是外物，外物都是不可靠的，所以要能「無待於外」。

後來的韓愈寫過一篇很有名的文章是講儒家的道理，叫〈原道〉。他說：「博愛之謂仁，行而宜之之謂義，由是而之焉之謂道，足乎己，無待於外之謂德。」他講的是儒家的道理。「博愛之謂仁」，你對於天地萬物的一切愛心叫做「仁」。你所做的事情都是恰當的，都是合乎道理的，「行而宜之之謂義」。「由是而之焉」，「之」是往的意思。你就按著這個仁和義的道理去走，這就是「道」了。「足乎己」，你自己在你自己的生命之中找到充實和完成，就「無待於外」，你不必再等待外界來完成你自己，「足乎己，無待於外之謂德」。所以我們剛才講到的晏殊那首詞「滿目山河空念遠，落花風雨更傷春，不如憐取眼前人」。為什麼孔子說：「朝聞道，夕死可矣！」「道」究竟是一個什麼東西？為什麼說早上得了真理，就是晚上死了也都沒有遺憾？這就是你真正找到了你自己，你不再盲目的向外去追求。人生在無常的消逝之中你追求的是什麼？他說：「今日非昨日，明日復何如？竭來真悔何事，不讀十年書。」而你為什麼不讀書？因為古人所說的讀書，正是追求這種自我的完成。古人的讀書是為了學道，這是非常重要的一點。我覺得你如果從小培養你的小孩有一個讀書的習慣，而這個讀書不是只讀那些《蝙蝠俠》之類的書，而是取古今中外文學、哲學這樣的書，培養他的感情，培養他的修養，那麼你的小孩將來不管在什麼環境之中遇到挫折患難，那他還是會找到他自己的方向；但是如果你沒有這樣培養他，他沒有這種認識、沒有這種修養，一旦遇到了挫折患難，他就失落了他自己。所以這個讀書十年，並不是為了拿個博士學位，拿了博士學位如果你讀的只是知識，只是技能，對於你的人生是沒有補助的。你在你的知識技能以外，你應該學學體會中國古人所說的讀書，你要找到你自己，「竭來真悔何事，不讀十年書」。

「為問東風吹老，幾度楓江蘭徑，千里轉平蕪」，這裡他又用了一個典故，在《楚辭》裡邊有一篇叫〈招魂〉，這是宋玉的作品，他寫〈招魂〉據說是為招屈原的魂魄。他裡面有這樣的幾句：「朱明承夜兮，時不可以淹，皐蘭被徑兮斯路漸，湛湛江水兮上有楓，目極千里兮傷春心，魂兮歸來哀江南。」他說：「朱明承夜兮，時不可以淹。」「朱明」就是太陽。晝夜的循環，也是說光陰的無常。朱明也就是太陽，是接著夜晚就來了。

「時不可以淹」，時間是不會停留的。「淹」，就是停留。宇宙日出日落的循環，光陰是不會停止的。「皐蘭被徑兮斯路漸」，「皐蘭」，就是低窪的濕地，長滿了蘭花香草。「被」，是遮蓋的意思。「斯路漸」，「漸」在這裡讀ㄐㄧㄢ。也就是說，這一條長滿了蘭花香草的小路，被水給淹沒了。《楚辭》裡的美人香草都是喻託，蘭花也就是香草，而香草代表美德。路上雖然長滿了香草，但是這條路已經被水給淹沒了，你找不到芳草了。「朱明承夜兮，時不可以淹，皐蘭被徑兮斯路漸」，光陰是消逝了，而長滿蘭花的這條小路，被水給淹沒了。「湛湛江水兮上有楓，目極千里兮傷春心」，「湛湛」，是水盛多而且清澈的樣子，江岸上面長滿了楓樹。站在江邊上遠望千里，你看到春天來了，看到楓葉的生長，你就想屈原啊！你為什麼不回來？「魂兮歸來哀江南」，你的魂魄是應該回來的啊！這是宋玉招屈原的魂魄，有這樣的幾句話。這一則是說光陰無常的消逝，一則是說你所追求的美好道路可能給水淹沒了。可是宋玉最後說，你屈原應該找到你自己，在江南你的魂魄應該歸來。

現在張惠言用《楚辭》的典故，「為問東風吹老，幾度楓江蘭徑」，春天來了，春天又走了。春風吹老了，吹老了什麼？吹老了「楓江蘭徑」，這是《楚辭》裡的話。湛湛江水上的楓樹，皐蘭長滿了徑的蘭花香草。每一年楓葉長了出來，先是綠色，後來又轉成紅色，然後一年就這麼過去了；每一年小徑上長出了蘭草，然後又是一年過去了。所以「千里轉平蕪」，目極千里兮，你看這麼廣大的一片草木，有江水、有楓樹、有皐蘭。這一片平原上的平蕪，那些個草木。「蕪」，平原上的草木。「轉」，在轉變。你看看，每一年葉子長出來了，每一年葉子落了。每一年花開，每一年花落。在東風之中把這些植物吹開了，又把它們給吹落了，吹老了。「幾度」，有多少年？有多少個春天？你看到平原上的轉變，「幾度楓江蘭徑，千里轉平蕪」。

「寂寞斜陽外，渺渺正愁予」，在這種時光消逝之中，在你對於那些美好事物的追求之中，時間過去了。「寂寞斜陽外」，人生就像羅貫中的《三國演義》前面所說的「青山依舊在，幾度夕陽紅」，多少日出日落在寂寞的斜陽落下去以後，寂寞的斜陽外！什麼叫做「斜陽外」？歐陽修有兩句詞說是「平蕪盡處是春山，行人更在春山外」；范仲淹也曾說：「山映斜陽天接水，芳草無情，更在斜陽外。」芳草綠到天邊，無情無知的芳草一直蔓延到那夕陽落照之外。還有柳永有一首詞說：「夕陽鳥外，秋風原上，目斷四天垂。」柳永在仕宦上一直很不得意，他的一切追逐都落空了。他說，當秋風在一大片的原野上吹了起來，那些鳥雖然可以飛得很遠，可是斜陽落下去的盡頭比鳥飛的地方還更遠。我眼睛望斷了四面水平線天地交接的地方，都是這樣的寂寞，這樣的荒涼。所以張惠言也說了，他說：「寂寞斜陽外」，我們所追求的，你望斷了天外的斜陽，你所追求的還在斜陽之外。「寂寞斜陽外，渺渺正愁予」，因為你所追求的還在斜陽之外，所以他說「渺渺正愁予」。「渺渺」與「眇眇」相通，「眇眇」跟「愁予」都是出在《楚辭・九歌・湘夫人》。〈湘夫人〉的頭兩句說：「帝子降兮北渚，目眇眇兮愁予。」古時楚地之人都是信鬼而好巫，所以〈九歌〉裡有很多都是祭祀天地的各種鬼神的。「帝子」就是湘夫人，她們是帝堯的女兒所以叫帝子，她們的名字叫娥皇和女英，死後成為湘水之神。他說，你遠遠的看見那湘水上的女神仙從天上降下來，降在北邊的小沙洲上，但是我看不清楚。「眇眇」，是眼睛瞇起來極目向遠處看的樣子。「愁予」，使我覺得愁苦。我好像看到有一個美麗的影子降下來了，可是那麼遙遠我看不清楚。所以「渺渺正愁予」，張惠言用的都是古人的語句。

我現在要再講西方的一個文學理論。我剛才講修養，中國人講修養，是你要找到你自己，像韓退之所說「足乎己，無待於外之謂德」。西方的人文主義哲學家亞伯拉罕・馬斯洛講的 self-actualization，這中西觀念有相似之處。那麼，我現在講張惠言講了這麼多天了，我每次都引了別人很多詩詞，我為什麼要這樣講？這個我也應用了西方的一個文學理論叫做互為文本 (intertextuality)，text 是一篇文章，也可以說是本文。我們現在講的張惠言這五首詞就是 text，也就是本文。可是在西方的近代文學理論之中，他們對於 text 有另外的一種觀念，就是它不只是代表一篇現成的文章。他們把 text 看成是活動的，不斷演化的一個本體。它是用文字所構成的，它是本身有生命不斷在活動，不斷在變化的本體，所以我們把它翻譯成本文就不大好，現在有人把它翻譯成文本。很多人不明白本文跟文本有什麼分別？本文是已經印出來是一篇死板的東西，文本是用文字組織成功的，活動的，不斷演化之中的一個本體。這是法國的一個學者羅蘭‧巴特 (Roland Barthes) 的說法。他所提出的理論是說文字是活動的，不斷的活動本體。

另外還有一個法國的女學者，是一個文學理論家叫做茱莉亞‧克里斯特娃 (Julia Kristeva)，她說文本之間可以互相有關涉，你現在這一篇文本可以跟過去所有的各種文本連貫在一起，這叫「互為文本」(intertextuality)；就是這個文本裡面有那個文章的文本。克里斯特娃說這種現象就像歐洲的一種藝術叫 mosaic；這是一種小方塊石頭拼成的藝術。她說每一個 text 就好像是個 mosaic，它是由很多小石頭拼成的，而每一個小石頭都有它的背景，都有它的傳統，都有它的聯想，她認為詩歌一定要用這種方法來詮釋。而我認為特別是詞，因為詞不是說一就是一，說二就是二，不是那麼簡單的。它是「興於微言」，正是由文本中一些語言符號引生了許多微妙的作用，中國其實也悟出這個道理，不過它沒有西方這麼精密的理論來印證。

張惠言提出來的「興於微言，以相感動」，就是讓你看起來一點也不重要的那些個用字，但是每一個字，也就是每個語言符號都可以引起你很多的感發，都可以引起你很豐富的聯想，這是很微妙的。所以張惠言說：「寂寞斜陽外，渺渺正愁予！」這用的是《楚辭・九歌》的句子。那是表示對於遠方的一種期待，你好像看見，又好像看不清楚，真是使人哀愁！「帝子降兮北渚，目眇眇兮愁予」。

「千古意，君知否？只斯須。名山料理身後，也算古人愚」，我剛才說過詞不像詩是那麼的顯意識，所以這「千古意」也有多種的可能性，有很多的可能性。這「可能性」在西方的文學理論也自成說法，它有一個名詞叫 potential effect，提出來這個名詞的是一個德國的文學批評家 Wolfgang Iser，就是在文本裡面它給了讀者這種可能性，作者的顯意識裡有沒有這個意思你暫且不要去管他，主要是文本之中起了作用。剛才我們講過，text 我們不說本文而是說成文本，因為它是活動的、它是有生命的，而且它的生命有待讀者去完成，它這種活動要在讀者之間去完成，是讀者讀它的時候感覺到這麼多的可能性，其實中國的小詞是最適合西方最新的文學理論的。現在我們再回頭來看：「千古意，君知否？只斯須」，我們在講第二首的時候說「百年復幾許？慷慨一何多」，真是「生年不滿百，常懷千歲憂」，這「千古意」也就是說你為千古而憂愁。「君知否？只斯須」，你知道不知道？這幾千年從人的觀點看起來是很漫長悠久的，可是在整個大的宇宙時間觀來說，這「千古」也只是片刻的時間而已，千年也只是一剎那之間罷了。你縱然懷有千歲憂愁的「千古意」，可是你知道嗎？你自己是短暫的，你縱然有千古之意，但你的生命「只斯須」。而人只有百年有限的生命卻要做千古無窮的追求，人生是年命無常，而人這種生物總是想在無常之間追求永恆，所以有各種宗教就針對這個給我們答案。佛教說有輪迴，基督教說有永生，道教說有長生，就因為人總是在無常之中要追求永恆，可是人其實是無常的、其實是短暫的。所以他說：「千古意，君知否？只斯須。」你縱然有千歲憂，可是你知道嗎？你才有這麼短暫的生命。

「名山料理身後，也算古人愚」，那麼怎麼在無常之中追求永恆呢？基督教說有永生，佛教說有來生，道家說有長生。而儒家告訴你什麼？人生都是在無常之中追求永恆，其他的宗教都給你一個答案。而儒家說什麼？儒家是說不朽。你生命雖然朽壞了，但是你的精神可以留下來。所以儒家說：「太上有立德，其次有立功，其次有立言。」儒家所追求的就是這三不朽。要追求立言的不朽是「名山料理身後」，這也是司馬遷所追求的不朽。司馬遷受到了腐刑，他說這是人生最不堪受的污辱，而我之所以不立刻自殺，我所以忍辱苟活，就因為我要寫的《史記》沒有完成。所以他說，我要把我的《史記》寫出來，我的《史記》要究天人之際，要通古今之變，成一家之言，我說的話是人家沒有說過的，我寫的作品是人家未曾寫過的。但是我寫出來後，你們看不看呢？人家也許不看；看了以後懂不懂呢？大家也許不懂。但是司馬遷自我安慰，如果大家都不看，那我要「藏之名山，傳之其人」。我的書你們現在不看，我要把它藏之名山裡面，將來會有人看懂的。總而言之這些讀書人現在追求不到，想要求仕也不得，而人的生命這麼短促，你常懷千歲憂，「千古意，君知否？只斯須」。但我現在雖然短暫，但我可以不朽，我可以立言，我可以藏之名山，傳之千古，就像司馬遷所做的一樣。「名山料理身後」，你要自己整理著作出書，留在你的身後，可是張惠言又說了「也算古人愚」一句。這是古人的一種傻氣，杜甫說李白，就算千古以後有人讀了你的書，那也是「千秋萬歲名，寂寞身後事」！李白哪裡去了？這是千秋萬歲名，也是寂寞身後事！

所以這「名山料理身後，也算古人愚」，我開始就說，我要講這五首詞是要透過張惠言的詞，看中國傳統文化之中的士人他們的修養和感情心態。「名山料理身後，也算古人愚」。他常常寫到追求的落空，可是張惠言他總是馬上就拉回來，「一夜庭前綠遍，三月雨中紅透，天地入吾廬」，你不要管千年萬世以後怎麼樣，千年萬世以後誰也無法預知。

他說，可是眼前，就是現在，你當下就得到了。「一夜庭前綠遍」，今天晚上一陣春雨過後，你的院子前面就長滿了青草。「三月雨中紅透」，三月的時候沐在如膏春雨中的花，是那麼燦爛鮮明。就在這樣美麗的景色之中，你找到了你自己，不但找到了你自己，你跟天地宇宙合而為一。天地與我並生，萬物與我為一。「天地入吾廬」，天地宇宙的生命、生機都來到我的房子裡面了。「吾廬」，是我的房子。他表面是說天地的生機來到我的房子裡，其實「吾廬」也就是我的心，我的心裡接納了天地，宇宙天地就來到了我的心中。入吾廬是要先入吾心，你才能入吾廬。

「容易眾芳歇，莫聽子規呼」，他時時勉勵他的學生要及時努力，你要知道光陰是容易消逝的，繁華是容易消歇的，很容易眾芳就會落盡，你不要等到聽到子規叫的時候才後悔。「子規」，就是杜鵑鳥。古人說如果子規叫那春天就將消逝了，所以你要掌握現在。我剛才引了晏殊的那幾句詞：「滿目山河空念遠，落花風雨更傷春，不如憐取眼前人。」而「眼前人」是什麼？眼前人不是那些平常的外物，是一個真正屬於你自己的一個永恆的東西。你要珍惜的是現在，「容易眾芳歇，莫聽子規呼」。

好，現在我們講最後一首；我先把它唸一遍。

長鑱白木柄，劚破一庭寒。三枝兩枝生綠，位置小窗前。要使花顏四面，和著草心千朵，向我十分妍。何必蘭與菊，生意總欣然。

曉來風，夜來雨，晚來煙。是他釀就春色，又斷送流年。便欲誅茅江上，只恐空林衰草，憔悴不堪憐。歌罷且更酌，與子遶花間。

「長鑱白木柄，劚破一庭寒。三枝兩枝生綠，位置小窗前。要使花顏四面，和著草心千朵，向我十分妍。何必蘭與菊，生意總欣然」，這真是張惠言的見道之句。你留住一片春天在你的心裡邊不走了，那是「花落春猶在」。「花外春來路，芳草不曾遮」、「天地入吾廬」……他都是用外表的形象來表現的。

「長鑱白木柄」，一個很長的剷子，有一個白色的木柄，就像我們冬天用來剷雪的剷子。而他為什麼要說長鑱是白木柄呢？張惠言真是無一字無來歷，他是引用了杜甫的〈乾元中寓居同谷縣作歌七首〉裡的「長鑱長鑱白木柄，我生託子以為命」。杜甫曾經流落到同谷縣，幾乎被餓死了，他家既沒有糧食，也沒有衣服，同谷縣那年山中又下大雪，一大家子的家眷都飢寒交迫。沒有東西吃怎麼辦呢？杜甫就到山中去挖黃獨根來吃。他說，我這個本來是想要致君堯舜的杜甫，現在落得只有這一把長鑱，我現在就靠著你這把長鑱來維持我們這一家子的生命。因此杜甫說：「長鑱長鑱白木柄，我生託子以為命。」這是杜甫寫的詩，是他自己親自的生活經歷。我現在沒有時間專來講杜甫，我只是說張惠言用的是杜甫的詩句，為什麼是「長鑱白木柄」？你要知道「長鑱白木柄」當初杜甫寫的就是飢寒交迫的景況，這表示什麼呢？這表示是在貧困之中最簡單最樸素的一種謀生工具。所以張惠言說，我們固然沒有什麼金銀錦繡之類的細軟，但是你如果有一把長鑱白木柄，只要你有這一把劚子，你就可以「劚破一庭寒」，你就可以種出有生命的東西來。只要你有一把最樸素、最簡單的劚子，你就可以找到生命，你就可以用這把劚子「劚」，就是砍破、挖破的意思。你就可以把那滿院子的寒冷都趕走，你就用這把劚子可以打破封鎖你的所有的寂寞和寒冷。你用它幹什麼？你可以用它找到生命，你可以用它種出美麗的花草，你只要用這把最簡單的長鑱白木柄，你就可以打破一庭的寂寞和寒冷。你可以種出來「三枝兩枝」，你也許不能夠種出一大片的樹林，但是種它三枝兩枝有綠顏色的生命。他的字眼用得都很好。他不說三枝兩枝花草，他說：「三枝兩枝生綠」，有生命綠顏色的植物「位置小窗前」。你種出幾株綠意盎然的植物，然後把它栽植在你的窗前、放在你的窗前。

「要使花顏四面，和著草心千朵，向我十分妍」，你親手種出來的花草，你要使你的花開出來，那個花的顏面，那個花朵向著四方都開出來。還伴著那草中間的草心，他用「草心千朵」就是形容那樣的集中在中間。我要舉杜甫的兩句詩，他說：「種竹交加翠，栽桃爛漫紅。」我杜甫種出來的竹子要它長得那樣交加的翠綠，我要我栽出來的桃花，像噴火似的那樣灼灼爛漫。你用自己的勞動、用自己的手找到生命。所以張惠言說，我雖然只有一把「長鑱白木柄」，但是我可以「劚破一庭寒」。我要種出來「三枝兩枝生綠」，把它栽在我的窗前，「位置小窗前」。我「要使花顏四面」，這「顏」字用得好，「四面」用得好。這種精力的飽滿、這種投注的熱情，就像杜甫說的「種竹交加翠，栽桃爛漫紅。」交加、爛漫、花顏四面、草心千朵，這表現了激越投注的熱情而且「向我十分妍」，我自己親手種的花草，它們對著我顯得那麼可愛，那麼美麗。「妍」，美麗的樣子。

「何必蘭與菊，生意總欣然」，你何必一定要種什麼蘭花？何必一定要栽什麼菊花？何必一定非栽那些高貴的植物不可？你大可不必要如此，你只要有你的生命就好了。「何必蘭與菊」？只要有了生命，有了「三枝兩枝生綠」，「生意總欣然」，哪怕就是花落了，春天還是常在你身邊的。

「曉來風，夜來雨，晚來煙。是他釀就春色，又斷送流年」，張惠言這五首詞真是反覆零亂。因為人，他有他得道的境界，可是他也有迷惑不悟的時刻。細看張惠言一生的生平，他小的時候孤寒、困苦、貧窮、失意、挫折。他寫這五首詞的時候，他還沒有通過科舉進士的考試。不錯，我是想生命奮進，我要種出「三枝兩枝生綠」，可是人生！人生有多少困苦？有多少風雨？在中國的文學傳統常常用風雨表示人生遇到的挫折患難，如辛棄疾說「可惜流年，憂愁風雨」，本來年華已似流水，一去不返，何況在流逝的年華之中，還有那麼多的挫折憂患。所以李後主的詞說是「林花謝了春紅」，花本來就是無百日紅，總是要凋落的，這還不說，還要「無奈朝來寒雨晚來風」。花，本已是無常，在無常之中還要忍受風雨的摧殘。風雨是你人生之中的憂患，你栽種出來「三枝兩枝生綠」它「位置小窗前」，可是它又有「曉來風，夜來雨，晚來煙」，這個環境實在非常惡劣，有風、有雨、有煙、有挫折、有苦難、有哀愁。

「是他釀就春色，又斷送流年」，可是人的一生，就是要在風雨憂患之中完成你自己。孟子說：「生於憂患，死於安樂。」有時候人是要在挫折憂患之中，你才會對於人生有更為深刻的反省和覺悟。法國有一位小說家叫法朗士 (Anatole France)，他曾說，如果一個女人，她一生連一次大病都沒害過，那麼這個女人一定是非常膚淺、非常庸俗的。要是以我們世俗的眼光來看，這個女人應該是非常幸福才對。他的意思是說你要在憂患之中，你才會對人生有反省，才有更深刻的認識。「曉來風，夜來雨，晚來煙」，「是他釀就春色」，就是在這種風雨煙靄之中，它醞釀，像做酒一樣，造成了這樣美麗的一片春光，春光就在風雨煙靄之中。可是也就在這個風雨憂患之中斷送了流年，這無常的光陰消逝了。可是你所追求的都沒有得到，像張惠言他的志意、他的理想也都還沒有完成。那麼他又打算怎麼樣呢？

「便欲誅茅江上，只恐空林衰草，憔悴不堪憐」，張惠言又說了，既然功名、富貴、利祿都不屬於我們所有，我們的功名事業，我們的治國、平天下的理想，我們都沒有得到，我們就放棄它們吧！我們都不要追求了，我們就「誅茅江上」，我們躲開這喧囂的世界，我們跑到江邊上一個寂寞荒涼的地方，「誅」，就是砍的意思。我砍了很多茅草在江邊上蓋了一個房子。「誅茅江上」是杜甫的一句詩「誅茅隱居總為此」。杜甫說，我要砍一些茅草，在這個地方蓋一所屋子，因為這江邊的風景很好。張惠言也說「便欲誅茅江上」，我不再追求了，我就找一個地方去隱居。但詞到這裡他又一個轉折，他都是反覆的，都是用兩方面來說的。

「只恐空林衰草，憔悴不堪憐」，我只恐怕那個時候，江邊的茅屋面對的只有空林衰草，那樣的憔悴，那樣的荒涼，那樣的寂寞，已經不值得我們留戀了，「憔悴不堪憐」。這又說到哪一點呢？我們前面不是說要透過這五首詞來講儒家的修養，士人的感情心態嗎？孔子說過一句話：「鳥獸不可以同群，吾非斯人之徒與而誰與？」就算我們去隱居到山林裡邊，我們跟那些花草啦、鳥獸在一起作伴不好嗎？孔子說：「鳥獸不可以同群。」鳥獸不是我們的同類，「非斯人之徒與」，我如果不是跟這樣的人類在一起，那我要跟什麼在一起呢？我們是人類，我們應該關懷人類。我離開人類去跟草木、鳥獸去作伴侶，鳥獸不可以同群。這也是蘇東坡的那首〈水調歌頭〉說的：「我欲乘風歸去，又恐瓊樓玉宇高處不勝寒。起舞弄清影，何似在人間？」我要想避開人世，人世不可愛，我不要人世了。可是你是人，你怎能夠不關懷人世？你怎能夠不為人世做事？所以就算「誅茅江上」，也「只恐空林衰草，憔悴不堪憐」。

「歌罷且更酌」，想到人生的這麼多問題，我這五首詞就好似一曲長歌，我的歌唱完了，我們兩人再來喝一杯酒，「與子繞花間」，我們珍重眼前美麗的春色，美麗的生命，我和你再到山林花木之間遶行一週，珍重我們現在擁有的寶貴生命。

好！現在我們講完了張惠言的五首〈水調歌頭〉。他是敘說我們中國儒家的讀書人，他們的追求，他們的不得志，他們的憂患，他們的憤慨。同時也顯示出了他們那種得道的快樂，他們內心的那種充實和滿足。張惠言的這五首詞之所以好，是因為張惠言本身確實是有這樣的一種生活的體驗，有這樣生活的反省，有這樣生活的感受。這是那些沒有經歷過如此生活體驗的人所不能理解和相信的。記得多年前我讀過一篇猶太裔德國作家卡夫卡（Franz Kafka）的短篇小說，題目是〈絕食的藝術家〉。故事中說一個不肯吃人間煙火的人，是因為他看到食物就有欲嘔的感覺，但沒有人相信他的絕食，因為我們都吃，他怎能不吃呢？這也正如一隻羊對老虎說，我只吃草不吃肉，但以血肉為食的老虎怎會相信呢？在競相逐利的社會中，和他們說學道自足之樂，他們會相信嗎？但就張惠言而言，則這種快樂乃是真實可信的。